KB094933

十兵鬼
십병귀

FANTASTIC ORIENTAL HEROES

오채지 新무협 판타지 소설

십병귀 8

오채지 新무협 판타지 소설

초판 1쇄 찍은 날 § 2012년 11월 28일
초판 1쇄 펴낸 날 § 2012년 12월 5일

지은이 § 오채지
펴낸이 § 서경석

편집부장 § 권태완
편집책임 § 어정원

펴낸곳 § 도서출판 청어람
등록번호 § 제1081-1-89호
등록일자 § 1999. 5. 31
어람번호 § 제2-2284호

주소 § 경기도 부천시 원미구 심곡2동 163-2 서경B/D 3F (우) 420-822
전화 § 032-656-4452 팩스 § 032-656-4453
http://www.chungeoram.com
E-mail § chungeorambook@daum.net

十兵鬼
시십병귀

8
[완결]

오채지 新무협 판타지 소설

FANTASTIC ORIENTAL HEROES

청어람

第一章

이성녀 신화옥

十兵鬼
십병귀

삼백 평의 대지 위에 팔 층 높이로 쌓아 올린 창룡루의 위용은 그야말로 압도적이었다. 이 거대한 건축물의 최상층에는 십만 교도에게 신처럼 군림하는 교주의 거처, 바로 교주부(敎主府)가 있다.

교도들은 창룡루를 우러르며 교주를 경외한다.

교주의 권위를 상징하는 건축물답게 창룡루 주변엔 언제나 철통 같은 경계가 펼쳐졌다.

오늘은 특히 그랬다.

사루(四樓), 칠당(七堂), 육대(六隊), 오원(吾園)의 새로운 수장이 된 자들을 포함해 혼세신교의 수뇌부가 대거 참석하는 대연회가 바로 창룡루에서 있기 때문이다.

첫 번째 경계선은 창룡루를 중심에 두고 삼십여 장 밖에서 진을 치고 있는 오백의 말 탄 무장 병력이었다. 소속은 흑색 도귀병단. 신궁의 철갑귀마대에 대응하기 위해 팔마궁에서 만든 돌격병단이었다. 오로지 싸움을 위해 태어난 일당백의 전투 귀신들은 묵갑과 대월도로 무장한 채 도열해 있었다.

혹여 누군가 허락 없이 창룡루로 들어가려면 반드시 저 흑색도귀병단이 펼친 방어진을 뚫어야 한다. 흑색도귀병 간의 거리는 불과 삼 장. 제아무리 은잠술의 대가라 할지라도 그들의 눈에 띄지 않고 창룡루로 접근하는 것은 불가능했다.

두 번째 경계선은 출입구를 지키고 선 일백의 병력이다. 그들 역시 흑색도귀병단의 무사들이었으나 전신에서 뿜어져 나오는 기도가 달랐다. 흑색도귀병단 내에서도 백전을 치른 고수로만 구성된 특무조인 탓이다. 그들 특무조는 정문을 통해 창룡루를 출입하는 사람들을 일일이 검문하고 있었다.

아무래도 오늘 밤 창룡루의 경계는 흑색도귀병단이 맡은 모양이다. 본시 신궁에는 오원의 한곳인 호법원(護法園)이 있어 교주부를 상시 경호했다. 그럼에도 불구하고 흑색도귀병단이라는 전투적인 집단으로 하여금 창룡루를 엄호케 한 것은 뿌리 깊게 남아 있을 초공산의 잔존 세력을 우려해서였다.

엽무백과 법공, 당엽은 창룡루가 바라다보이는 장원 초입에 있었다. 일일이 소속을 확인할 수 없을 만큼 수많은 사람이 바쁘게 주변을 오갔지만 세 사람은 횃불까지 밝히며 태연한 모습으로 서 있었다. 지금과 같은 상황에선 태연한 것이 최고의 위장술이었으므로. 하지만 한 자리에 오래 서 있는 건 가히 좋은 일이 아니었다.

"쉽지 않을 거라는 생각은 했지만, 경계가 이렇게까지 엄중할 줄은 몰랐소."

당엽이 말했다.

"이정갑이 아직 신궁을 완벽하게 장악하지는 못했다는 방증이지."

엽무백이 말했다.

"오늘의 회동으로 그것을 공고히 하겠구려."

"하지만 날벼락을 맞게 되겠지."

"그 날벼락이라는 게 정확히 무엇이오?"

당엽과 법공은 아직까지도 엽무백이 정확하게 무얼 하려는 건지 모르는 채 따라만 왔다. 당엽의 말이 합당한지라 법공까지 두 눈을 크게 뜨고 엽무백을 바라보았다.

"창룡루를 날려 버릴 것이다."

한순간 이어진 침묵.

창룡루에는 지금 새롭게 혼세신교를 장악한 수뇌부들이 모두 집결한다. 그런 창룡루를 날려 버린다는 것은 수뇌부를 떼로 죽여 버리겠다는 뜻이다.

"흐흐흐."

법공은 생각만 해도 신이 나는지 괴소를 흘렸다.

반면 당엽은 착 가라앉은 얼굴이 되었다.

'불곡도와 철무극이 당한 걸 그대로 돌려주려 하고 있어.'

엽무백의 생각을 간파한 당엽은 더욱 진지한 음성으로 말을 이었다.

"저만한 건축물을 날려 버리려면 폭발의 진원이 기둥으로부터 시작되어야 하오. 그래야 건축물이 무너짐과 동시에 일대가 불바다로 변하면서 인명 피해가 더 커질 거요."

"무식한 놈. 흑색도귀병단이 횃불을 대낮처럼 밝힌 채 저렇게 찰싹 달라붙어 있는데 무슨 수로 기둥까지 접근한단 말이야? 설사 접근한다 한들 우리가 폭기를 설치하는 걸 놈들이 '거참, 신기한 걸 하고 계십니다' 이러면서 지켜보고만 있겠어? 말이 되는 소리를 해야지."

법공이 억지 논리까지 끌어들이며 당엽에게 면박을 주었다. 하지만 당엽은 무언가 짚이는 게 있는 듯 엽무백만 응시했다. 이윽고 엽무백의 입이 열렸다.

"바깥에서 폭발하면 폭압의 절반을 버리게 돼."

"무슨… 소리야?"

법공의 얼굴이 딱딱하게 굳었다.

"안으로 침투한다."

"미쳤어? 저렇게 검문이 삼엄한데 무슨 수로 침투를 할 것이며, 설사 침투를 한들 안에서 무슨 일이 벌어지는지 알고."

"방법은 그것밖에 없어."

엽무백의 생각은 확고했다.

당엽은 자신의 생각도 그러하다는 듯 고개를 끄덕였다. 법공은 자신이 아무래도 멋모르고 미친놈들을 따라왔다는 생각에 후회가 물밀듯이 밀려왔다. 그때 괴이한 냄새가 법공의 코끝을 스쳐 갔다.

"킁킁, 이건 무슨 냄새지?"

멀지 않은 곳에서 몇 사람이 기다란 장대 양 끝에 커다란 항아리 두 개를 매달고 가는 중이었다. 좀 전에 창룡루에서 나온 사람들인데, 정체불명의 냄새는 바로 그들이 짊어지고 가는 항아리에서 흘러나왔다.

"술은 술인데……."

법공은 저도 모르게 입맛을 다셨다.

술이라면 누구보다 일가견이 있는 그였지만 이런 냄새는 난생처음이다. 뭔가 시큼하면서도 알싸한 것이 오장육부를 확 끌어당겼다.

"거참 묘하네."

"적진에서 술타령이라니, 한심하기 짝이 없군."

당엽이 사정없이 면박을 주었다.

"내가 맡고 싶어서 맡았나. 냄새가 나는 걸 어떡하라고."

"마유주(馬乳酒)야."

엽무백이 말했다.

"마유주?"

"말 젖을 가죽 부대에 넣고 막대기로 밤새 저어 발효시켜 먹는 술이지. 다른 것이 있다면 마락(馬酪)이라고 부르는 기름 덩어리를 풀어 데운 다음 식기 전에 목구멍을 지지면서 먹는다는 점이지. 하지만 마락의 양과 온도를 맞추기가 쉽지 않아 아무 때나 맛볼 수 없는 술이야."

천산에서 채화한 불을 신령하게 여기는 것에서도 알 수 있듯이 혼세신교의 뿌리는 본시 대륙의 북쪽에서 시작되었다.

그런 이유로 죽은 초공산 전대 교주는 몽고마의 젖으로 빚은 마유주를 특별히 즐겼는데, 덕분에 마유주는 만찬 때마다 빠지지 않는 술이었다.

법공과 당엽은 어리둥절했다.

마유주가 무엇인지는 안다.

몽골을 비롯한 북방 유목민족들이 먹는다는 그 시큼하고 걸쭉한 술이 아닌가. 한데 마락을 풀어 데워서 먹는다는 얘기는 또 처음이었다.

엽무백이 말했다.

"어쩌면 일이 생각보다 쉽게 풀릴지도 모르겠는걸."

*　　　*　　　*

신화옥은 신궁의 서쪽 송림에 자리한 자신의 거처에서 시비들에게 둘러싸인 채 목욕을 즐기고 있었다. 그녀의 나이 올해 스물일곱. 무인으로서야 아직 후기지수라는 소리를 들어 마땅하지만 여자로서는 분명 적지 않은 나이다.

그 나이의 대부분을 이곳에서 보냈다.

오래전 그날의 일이 생각났다.

무사들의 귀여움을 독차지하며 벽력궁의 앞마당을 뛰놀던 일곱 살 그녀에게 어느 날 아버지가 말했다.

"무언가 간절히 원하는 것이 있다면 그것이 가장 가까이 다가올 때까지 너를 최대한 숨겨라. 그리고 결단의 순간이 오면 목숨을 걸어라. 그래야 비로소 원하는 것을 손에 넣을 수 있단다."

그때는 그 말 속에 숨은 복잡한 의미를 알지 못했다. 그리고 다음 날 신화옥은 지금 이곳으로 왔다. 자신이 신궁이라 불리는 왕국의 주인이자 대륙제일고수 초공산의 제자가 되었다는 걸 안 건 신궁으로 들어오고도 한 달이 지난 후였다.

어디를 가든, 누구를 만나든, 무엇을 하든 신화옥은 어디에선가 항상 자신을 지켜보는 눈길을 느낄 수 있었다.

시간이 흘러 나이 많은 어느 시비가 귀띔해 주었다. 그는 사부인 초공산이 보낸 그림자 무사이며, 벽력궁에 있는 아버지가 역심을 품는 순간 저 그림자 무사가 무시무시한 살수로 돌변해 자신의 목숨을 앗아갈 거라고.

이후의 삶은 지옥과도 같았다.

좋은 집에 언제나 맛있는 음식이 나왔고, 시비들은 예쁜 옷을 끊임없이 가져다 날랐지만 그녀는 단 한 번도 행복하다고 느낀 적이 없었다.

그때 알았다.

행복은 많은 걸 가져서가 아니라 단 하나라도 원하는 걸 가져야 비로소 얻을 수 있다는 걸. 그녀는 모든 걸 가졌지만 단 하나를 가지지 못했다.

그건 자유 의지였다.

원하는 걸 가지려면 힘이 필요했다.

그녀는 힘을 얻기 위해 목숨을 걸었다.

하루라도 수련을 게을리한 적이 없다. 사부인 초공산의 눈에 들기 위해, 그가 이룩했다는 그 무시무시한 무학들을 하나라도 더 사사하기 위해 죽을힘을 다했다.

하지만 곧 벽에 부딪쳤다.

노력으로 상승의 고수는 될 수 있지만 어느 누구의 눈치도 볼 필요 없는 최강의 포식자가 될 수는 없었다. 그걸 얻기 위해서는 노력 너머의 또 다른 무언가가 있어야 했다.

그건 타고난 무재(武才)였다.

불행하게도 신화옥은 좋은 자질은 지녔으되 최강이 될 수 있는 무재는 없었다.

그 무렵 신화옥은 초공산에게 자신 외에도 스물여섯 명의 제자가 더 있다는 걸 알게 되었다. 스물여섯이 다 같지 않으며 그중 일곱만이 자신과 같은 처지의 볼모라는 것도 알게 됐다.

어느 날 여덟의 볼모가 한자리에 모였다.

그리고 그 자리를 주선한 사람의 이름이 이도정이며, 초공산과 대적할 유일한 힘이라 일컬어지는 비마궁의 대공자라는 것을 알았다. 신화옥은 언젠가 이도정이 가지게 될 힘을 취하기 위해 그를 가지기로 결심했다.

그리고 이십 년이 흘렀다.

신화옥은 뿌연 수증기가 솟아오르는 참나무 욕탕에 몸을 폭 담갔다. 정도무림의 결사대를 치러 갔다가 십병귀에게 붙잡혀 당한 갖은 고초의 피로는 아무리 더운물에 몸을 담가도 쉬이 가시지 않았다. 육체의 피로가 아니라 마음의 분노 때문이다.

"얘기 들으셨어요?"

신화옥의 어깨에 향유를 바르던 시비가 말했다.

"……?"

"좀 전에 홍연각(紅淵閣)의 시비가 다녀갔는데 일성군께서 일다경 전에 또 육성녀의 처소로 걸음을 하셨다고 합니다. 하루 사이에만도 벌써 세 번째예요."

"방금 뭐라고 했지?"

신화옥의 눈매가 사납게 일그러졌다.

일성군이 일다경 전에 육성녀의 처소로 갔다는 건 보고고, 하루 사이에 벌써 세 번째라는 건 평가다. 시비는 보고를 겸해 자신의 평가를 곁들임으로써 성군을 비하했다. 감히 시비 주제에 말이다.

"소녀가 실언을⋯⋯!"

뒤늦게 실태를 깨달은 시비가 황급히 물러나더니 무릎을 꿇고 머리를 조아렸다. 어깨는 두려움으로 사시나무처럼 떨리고 있었다.

"정랑, 네 역할은 나의 귀가 되는 것이지 입이 아니라는 걸 잊지 마라. 그것만 명심하면 평생 내 손에 죽을 일은 없을 것이다."

"명심하겠습니다."

시비 정랑은 다시 한 번 머리를 조아렸다.

신화옥은 생각에 잠겼다.

사실 정랑의 말은 하나도 틀리지 않았다.

십병귀에게 잡혔다가 신궁으로 귀환한 지 꼬박 하루, 그사이 이도정은 세 번이나 신화옥의 처소를 찾았다. 신궁으로 귀환할 당시 신화옥의 상태가 몹시 좋지 않았다는 표면적인 이유가 있지만, 과연 그게 전부일까?

이도정의 마음이 신화옥을 향해 있다는 걸 안 지는 오래되었다. 물밑에선 소문도 파다하다. 비마궁과 벽력궁의 서슬이 무서워 겉으로는 다들 쉬쉬하지만 규방에선 이도정의 복심이 이성녀가 아닌 육성녀에게 있다는 말들이 끝없이 나돌았다.

소문 따윈 개의치 않는다.

이도정의 진짜 마음이 어디로 향하는지도 상관하지 않는다. 신화옥이 원하는 건 이도정이 아니라 장차 그가 지니게 될 힘이었으니까. 하지만 자신과 벽력궁의 체면을 깎는 것만큼은 용납할 수 없었다.

'나는 한 번도 찾지 않았으면서 그년은 세 번이나 찾았단 말이지.'

그때 바깥에서 인기척과 함께 시비의 목소리가 들렸다.

"손님께서 오셨습니다."

"들라고 해."

신화옥은 누군지 묻지도 않았다.

잠시 후 피풍의에 죽립을 깊게 눌러쓴 검사가 내실로 들어섰다. 단순히 모습을 나타내는 것만으로도 냉혹한 살기가 주변을 감도는 자다.

그는 한 달 전 무당산에서 엽무백에게 죽은 냉면철담(冷面鐵胆) 이옥정의 뒤를 이어 잔살의 새로운 살주가 된 고루검(高樓劍) 상문호였다.

상문호는 목욕 중인 신화옥을 발견하고 크게 당황한 듯했다. 그가 황급히 고개를 돌려 밖으로 나가려는 순간 신화옥이 말했다.

"처음도 아니잖아?"

그 한마디에 상문호는 걸음을 뚝 멈출 수밖에 없었다. 그건 아무도 모르는 자신의 비밀을 신화옥이 알고 있음을 의미하는 것이기에. 상문호는 이러지도 저러지도 못한 채 석상처럼 굳어버렸다.

"계속 등을 보고 얘기할까?"

일개 하부 조직의 수장 따위가 감히 성녀의 말을 등으로 받을 수는 없다. 상문호는 천천히 돌아섰다. 하지만 신화옥의 알몸을 보지 않으려는 듯 고개를 깊이 떨구었다.

상문호가 돌아서고 나서도 정작 신화옥은 아무런 말을 하지 않았다. 새로 생긴 장난감을 살피듯 상문호를 한참이나 이리저리 뜯어보기만 했다.

신화옥의 침묵이 길어질수록 상문호의 어깨는 점점 떨려갔다. 그럴 수밖에 없었다. 장차 이도정의 부인이자 교주 이정갑의 며느리가 될 성녀의 알몸을 대하고 있으니 목이 열 개라도 모자랄 판이다.

'이 장면을 누가 보기라도 한다면……'

잠시 후, 신화옥이 몸을 일으켰다.

맑은 물이 아름다운 나신을 타고 주르륵 흘러내렸다. 신화옥은 놀랍게도 그 상태 그대로 욕탕을 나와서는 두 팔을 벌리고 섰다.

목욕을 돕던 시비들이 그녀의 양쪽에 붙어 하얀 천으로 몸에 묻은 물기를 닦아냈다. 상문호의 어깨는 더욱더 심하게 떨렸다.

이윽고 몸을 모두 닦은 시비들이 옷가지를 가져와 하나씩 입혀주기 시작했다. 먼저 고의를 입히고, 잠자리 날개 같은 나삼을 입히고, 마지막으로 화려한 채색의 궁장을 입히기까지 적지 않은 시간이 흘렀다.

그때까지도 상문호는 옴짝달싹 못했다.

신화옥은 알고 있었다.

죽립을 눌러쓰고 머리까지 숙였지만 상문호의 눈동자는 욕탕을 나서는 순간부터 자신의 알몸을 향하고 있었음을. 이윽고 단장을 모두 마쳤을 때 신화옥이 시비들을 향해 말했다.

"나가봐."

시비들이 종종걸음으로 사라졌다.

이제 내실엔 방금 목욕을 마친 신화옥과 상문호만 남게 되었다. 아직 가시지 않은 수증기 때문일까, 내실엔 열기로 가득했다.

"언제부터였지?"

신화옥이 탁자로 걸어가 찻잔에 따뜻한 찻물을 따르면서 물었다. 언제부터 자신을 감시했느냐는 뜻이다. 상문호가 대답을 하기 전에 신화옥은 한마디를 덧붙였다.

"잘 생각해서 대답해야 할 거야. 대답 여하에 따라 너는 오늘 여기서 살아 나갈 수도 있고 시체가 될 수도 있으니까."

한 치의 거짓도 용납하지 않겠다는 뜻이다.

상문호는 생각했다.

'이미 알고 묻는 말이다.'

"초공산 전대 교주께서 서거하셨을 때부터입니다."

"나와 사형의 혼담이 오갈 때부터라는 말이네?"

신화옥의 날카로운 안목에 상문호는 오한이 들었다. 상문호가 신화옥을 감시하게 된 건 대략 이 년여 전이다. 그때 그는 천망의 일개 조원에 불과했다.

하지만 그건 세상에 드러난 공식적인 신분일 뿐, 그의 진짜 신분은 따로 있었다. 그는 비마궁주의 밀명을 받아 신궁에 잠입해 활동하는 잔살의 살수조 조장이었다.

그에게 어느 날 뜻하지 않은 명령 하나가 떨어졌다. 신화옥의 일거수일투족을 살펴 보고하라는 게 그것이었다.

그때는 초공산 전대 교주가 세상을 하직하고 권좌를 둘러싼 스물일곱 제자 사이의 암투가 살벌한 때였다. 더불어 비마궁과 벽력궁 사이에서는 혼담이 오가기도 했다.

그날 이후 상문호는 신화옥이 기거하는 이곳 송화각(松華閣)을 밤이고 낮이고 살폈다. 흑월과 견주는 비마궁 최강의 살수 조직, 그중에서도 다섯 손가락 안에 드는 고수답게 그는 송화각 곳곳을 제집처럼 드나들었다.

그러던 어느 날 누군가가 신화옥에게 보냈다는 전서를 찾기 위해 들어왔다가 신화옥이 돌아오는 바람에 느닷없이 내실에 갇히게 되는 일이 발생했다.

그는 대들보 위에 숨어 고도의 은신술을 펼쳤다. 신화옥은 초공산의 진전을 이은 무인. 비록 성군들 사이에서는 두드러지지 않았다고 하나 일반 무인들에게는 여전히 까마득한 경지의 초절정고수였다.

상문호는 호흡도 멈춘 채 살아 있는 시체가 되었다. 그리고 보았다. 시비들이 욕탕을 가져오고, 더운물을 채우고, 꽃잎을 뿌리고, 마침내 신화옥이 알몸이 되어 들어가는 모습을.

그날 이후 상문호는 신화옥의 아름다운 나신을 한시도 잊은 적이 없다. 여자의 몸이라면 수도 없이 봐왔다. 하지만 신화옥의 그것은 지금껏 보아온 여자와는 달랐다.

특히 꽃잎을 들어 후 불어 날릴 때 짓던 그 찬란한 미소는 상문호의 혼백을 송두리째 흔들어놓았다.

그건 차라리 마력(魔力)이었다.

강력한 주술에 걸린 사람처럼 정신을 차릴 수 없었다. 간이 커진 상문호는 수시로 신화옥이 목욕하는 모습을 훔쳐보았다. 목숨을 걸어야 할 만큼 위험한 일이었지만 멈출 수가 없었다.

신화옥은 이 모든 걸 알고 있었던 것이다.

한데 왜 여태 모른 척했을까?

"누가 시켰지?"

다시 신화옥이 물었다.

"그건 말씀드릴 수 없……."

"신중히 대답하라고 했을 텐데."

상문호는 깊이 갈등했다.

말을 하면 그에게 죽고, 말을 하지 않으면 신화옥에게 죽는다. 어차피 죽는 것은 매한가지일까?

아니다.

명령한 사람에게 죽는 건 나중의 일이고 신화옥에게 죽는건 지금의 일이다. 그리고 어쩌면 신화옥을 통해 살길을 도모해 볼 수도 있을 것 같다는 실낱같은 희망을 보았다.

"일성군이십니다."

"교주가 아니라… 사형이?"

신화옥의 눈동자에 기광이 맺혔다.

"교주께서는 전혀 모르시는 일입니다."

누군가 자신의 동태를 감시하고, 그가 잠살에서도 수위를 다투는 고수라는 걸 알았을 때 신화옥은 이정갑의 밀명을 받은 자일 거라고 생각했다.

장차 시아버지가 될 인물이 며느리와 며느리가 속한 벽력궁의 동태를 살피는 거라고 생각했다. 여염집에서는 말도 안되는 얘기지만 팔마궁에서는 얼마든지 가능한 일이었다. 사부인 초공산도 그러지 않았던가.

"왜지?"

신화옥의 목소리가 한층 달떴다.

"이성녀에 관한 한 무엇이든 감시하라라고 하셨습니다."

"그래서 무얼 찾아냈지?"

"남자입니다."

신화옥의 얼굴이 아주 잠깐 굳었다.

"적귀대주도 그래서 죽었나?"

자신에게 무재가 없음을 깨닫고 난 후 신화옥은 다른 방법으로 길을 찾았다. 그건 힘을 취하는 게 아니라 힘을 가진 사내들을 취하는 것이었다.

그래서 익힌 게 염정환희소(艷情歡喜笑)다.

그녀는 염정환희소로 수많은 사내를 발아래 꿇리고 조종했다. 물론 염정환희소를 익혔다는 사실을 철저히 숨겼다.

십병귀에게 사로잡혀 갖은 고초를 당할 때도 염정환희소만큼은 숨겼다. 이성녀가 홍등가의 계집처럼 천박한 색공을 익혔다는 사실이 세상에 알려지면 이 얼마나 창피 막심한 일인가.

신화옥이 염정환희소를 익혔다는 사실을 아는 사람들은 둘 중 하나다. 이미 죽어 이 세상에 존재하지 않거나 아니면 철저히 그녀의 수족이 되어 지금도 어딘가에서 그녀를 한 번 안아보기 위해 목숨을 걸고 있거나.

적귀대주 조철군도 그렇게 이용한 사내 중 하나였다. 한데 바로 그 조철군이 오늘 아침 신도에서 괴인의 습격을 받고 죽어버렸다. 말이야 혈랑대의 잔존 세력으로 추정된다고 하지만, 신화옥은 그 말을 곧이곧대로 믿을 만큼 멍청하지 않았다.

"적귀대주는 이성녀의 훌륭한 약점인데, 제가 손을 쓸 이유가 없지요. 전 오히려 치부를 감추기 위해 이성녀께서 손을 쓰신 줄 알고……."

"약점?"

신화옥의 눈매가 가늘게 좁혀졌다.

방금 그녀는 매우 중요한 사실 한 가지를 놓쳤다. 적귀대주 조철군을 죽인 흉수가 혈랑대도 아니고 잔살도 아니라면 제삼자가 있을 수도 있다는 말이 된다.

신화옥은 몰랐지만 이건 사실 당엽이 벌인 일이었다. 그 사건을 추적해 갔더라면 십병귀가 신도로 들어왔음을 알았을 테지만, 애석하게도 약점이라는 한마디에 사로잡혀 그녀는 중요한 문제를 놓치고 말았다.

"다시 말해봐. 방금 약점이라고 했어?"

상문호는 잠시 갈등했지만 이미 엎질러진 물이라는 걸 알고 있다.

"이렇게까지 되었으니 방도가 없군요. 좋습니다. 모두 말씀드리지요. 일성군께서는 오래전부터 이성녀께서 사내들과 은밀히 통정을… 하신다는 걸 알고 계셨습니다. 해서 이 혼약을 깨고 싶어 하셨습니다. 제게 떨어진 임무는 그 물증을 손에 넣으라는 것이었습니다. 교주를 설득시키기 위해서죠."

신화옥은 한순간 아찔한 현기증을 느꼈다.

"내가 더럽다 이거지."

"이성녀께서는 세상 누구보다 고결하십니다."

신화옥은 눈빛을 빛내며 상문호를 돌아보았다.

그리고 언제 그랬냐는 듯 입가에 살포시 미소를 지었다. 상문호의 눈빛이 심하게 흔들리고 있었다.

"나를 좋아하고 있군. 그렇지?"

신화옥이 상문의 뺨을 어루만졌다.

"왜… 모른 척하셨습니까?"

"네가 처음이 아니었으니까."

"……?"

신화옥의 가느다란 손가락이 상문호의 뺨을 타고 내려와 옷자락을 스쳤다. 신화옥은 이제 상문호를 가운데 두고 주변을 사박사박 걷기 시작했다. 그녀가 움직일 때마다 상문호는 아찔한 체향을 느꼈다.

"아홉 살 때 송화각으로 처음 들어왔어. 그리고 이십 년이 지나도록 난 항상 누군가의 감시를 받았지. 처음엔 사부가 보낸 자객들이었고, 다음엔… 일사형이 보낸 자객이었군. 너는 소모품에 불과해. 너를 죽여도 또 다른 사람이 나를 감시하게 될 거였어. 난 싸우는 대신에 자객들을 이용하는 법을 배웠지. 지금의 너처럼."

신화옥이 걸음을 멈추고 상문호를 돌아보았다.

살짝 올려보는 얼굴 아래 하얀 목덜미가 드러났다.

"원하는 게 있음 말해봐."

상문호는 마른침을 꿀꺽 삼켰다.

지금 당장에라도 당신을 안고 싶다 말하고 싶었지만 차마 목소리가 나오질 않았다.

"나 예쁘지 않아?"

"……."

"피이, 그만 가봐."

신화옥은 샐쭉해져 돌아섰다.

그 모습이 토라진 여인의 그것처럼 어여뻤다.

뱀처럼 차갑다가도 언제 그랬냐는 듯 새치름한 처녀로 돌변하는 신화옥의 모습에 상문호는 정신을 차릴 수가 없었다.

하지만 상문호는 바보가 아니었다.

그는 신화옥이 지금 자신에게 무얼 원하는지, 무슨 제안을 한 것인지 똑똑히 알고 있었다.

"이성녀께서 관심을 가지실 만한 정보가 한 가지 있습니다."

신화옥이 걸음을 멈추고 상문호를 돌아보았다.

그러곤 말갛게 뜬 눈으로 고개를 갸웃거렸다.

상문호는 마른침을 꿀꺽 삼키고 말을 이었다.

"육성녀께 태기가 있는 듯합니다."

"……!"

신화옥의 얼굴이 딱딱하게 굳었다.

장내의 공기가 찬물을 끼얹은 듯 급격하게 식었다.

"방금… 뭐라고 했지?"

"육성녀께서 임신을 하신 듯……."

번쩍!

언제 어떻게 뽑았는지도 모른다.

눈앞에서 섬광이 번쩍이는가 싶더니 상문호의 턱밑에 비수 한 자루가 붙었다.

"상문호 너 이 새끼, 감히 누구 앞에서 수작질이야? 죽고 싶어서 환장했어?"

또다시 돌변한 신화옥의 태도에 상문호는 퍼뜩 정신을 차렸다. 동시에 온몸에서 소름이 돋았다. 만만한 상대가 아닌 줄은 알았지만 이토록 빠를 줄이야.

"소신이 오래전부터 천망에 잠입해서 활동하던 복검자 출신이라는 건 아시지요? 그때 이화궁의 인물 하나를 매수했는데, 간밤에 그자가 연화각(蓮花閣)을 다녀갔습니다. 참고로 그자는 최고의 솜씨를 지닌 의원이죠."

연화각은 육성녀 소수옥이 기거하는 곳이다.

몸이 아픈 와중에도 신궁의 의원들을 거부한 채 이화궁에서 직접 의원을 불러들이더니 그런 사정이 있었을 줄이야.

"아이의 아버지는?"

"그것까진 밝혀내지 못했습니다."

"밝힐 필요 없어. 누군지 짐작하니까."

"혹시 일성군께서……?"

"훗, 그 인간에게 그런 주변머리나 있으려고."

"하면……."

"됐어, 거기까지만 알아."

"예."

"이 사실을 아는 사람이 또 누가 있지?"

"잔살에는 '어쩌면' 이라는 말이 없죠. 확실하지 않은 터라 아직 누구에게도 보고하지 않은, 저와 이성녀만이 아는 정보입니다."

"일사형도 당연히 모르겠군."

"물론입니다."

"그렇단 말이지."

신화옥의 머릿속이 빠르게 회전하기 시작했다.

상황이 재밌지 않은가.

자신이 더럽다는 이유로 이도정은 소수옥에게 집착하지만, 정작 그녀가 임신을 했다는 사실은 까맣게 모르고 있으니 말이다. 만약 그렇게 오매불망 연모하는 여자가 다른 사내의 아이를 가졌다는 사실을 알면 어떤 표정을 지을까?

한결 기분이 좋아진 신화옥은 갑자기 상문호의 바지춤에 손을 넣었다. 그리고 더할 수 없이 맑은 미소를 지으며 말했다.

"난 이제 네 여자야."

第二章 침투

십병귀

　흑색도귀병단의 부단주 염호충은 사나운 안광을 뿌리며
수하들을 주시하고 있었다. 오늘 밤 연회에 참석하기로 예정
된 인물은 모두 삼백. 그들은 교도라면 누구나 얼굴을 아는
수뇌부이기 때문에 신분 확인은 형식적인 절차에 지나지 않
았다. 문제는 연회를 진행하는 데 필요한 이런저런 인력이었
다.

　신교의 근간을 이루는 삼백의 수뇌부가 각 직급에 따라 창
룡루 전 층에서 먹고 마신다. 그만한 인원이 먹는 술과 음식
을 대려면 몇 배로 많은 인력이 필요할 것은 자명한 일. 그들
의 신분을 일일이 확인하고 점검하는 모든 과정을 관리 감독

하는 것이 흑색도귀병단이 맡은 임무였다.

한데, 여기에 적지 않은 애로 사항이 있었다.

신궁과 팔마궁의 내전이 있은 후 구대교주가 된 이정갑은 혼란을 방지하고 대통합의 시대를 연다는 차원에서 대부분의 조직 편제를 현행 그대로 유지했다. 다시 말해 천제악 휘하에서 조장이나 각주 자리를 해먹던 인물들이 여전히 자리를 보전한다는 뜻이다.

하지만 죽어 없어진 사람들의 자리는 채워야 했다.

내전으로 말미암아 죽거나 부상을 입고 드러누운 사람의 숫자는 현재까지 확인된 것만도 물경 삼만. 그만큼의 사람들이 궁내 곳곳에 배속되었고, 그들은 대부분 비마궁을 비롯한 팔마궁 인물들로 채워졌다. 통합만큼이나 중요한 것이 궁내 곳곳을 장악하는 것이기 때문이다.

그런 연유로 신궁의 인물들은 팔마궁의 인물들을 모르고, 팔마궁의 인물들은 신궁의 인물들을 알아보지 못하는 경우가 비일비재했다. 따지고 보면 모든 것이 신궁에 거주하는 사람들의 숫자가 일개 도시를 방불케 할 만큼 방대한 탓에 벌어지는 일이었다.

이런 혼란을 방지하고자 연회의 준비를 총괄하는 홍원당(紅院堂)에서 각주를 포함한 조장급 인물 십수 명이 나와 드나드는 인물들을 확인해 주고 있었다. 각자 자기 휘하의 인물들이 무언가를 들고 오면 '양고기 도착이오', '돼지고기 도착이오'

라고 말해주는 식이다. 입으로는 음식 이름을 언급하지만 실은 자기 휘하의 사람이니 안심해도 좋다는 뜻이다.

그럼에도 불구하고 이따금씩 난감한 일이 생긴다.

바로 지금과 같은 경우다.

두 사람이 창룡루의 입구를 향해 다가왔다.

굵은 대나무 장대의 양 끝에 커다란 항아리 두 개를 매달고, 그걸 다시 왼쪽 어깨에 걸머졌는데 항아리의 무게 때문인지 걸음을 옮겨 디딜 때마다 대나무가 부러질 듯 휘청거렸다.

주조방(酒造房)에서 마유주를 가져오는 것이다.

문제는 그들이 초저녁부터 창룡루를 들락거리던 그 인물들이 아니라는 점이다. 늙수그레한 얼굴의 홍원당 제삼각주 조일청이 두 사람을 막아섰다.

"잠깐!"

두 사람이 우뚝 멈춰 섰다.

조일청은 두 사람을 아래위로 훑으며 물었다.

"뭔가?"

"마유주올습니다요."

힘깨나 쓸 것 같은 사내가 대답했다.

"마유주인지 누가 몰라서 물어?"

"그렇습니까요?"

"무슨 대답이 그래?"

"예?"

이런 미욱한 놈이 있나.

조일청은 순간적으로 울컥 치미는 화를 꿀꺽 삼키고는 물었다.

"갑자기 사람이 바뀌었으면 응당 설명이 있어야 할 거 아냐?"

"아, 그건 앞서 왔다 간 이가 놈과 신가 놈이 허리가 부실해서 말입죠. 앞으로 두어 시진은 소인들이 술을 나르게 될 겁니다요."

말과 함께 사내가 자신의 가슴을 탕탕 쳐 보였다.

이만하면 믿음직스럽지 않느냐는 듯이.

하기야 초저녁부터 두 시진이 넘도록 술을 져 날랐으니 허리가 고장 날 만도 하다. 이 시점이 되어 지게꾼들이 바뀌는 것은 지극히 자연스러운 일이었다. 그래도 절차가 있으니 조일청으로서는 확인을 해야 했다.

"누구 이 친구들 아는 사람 없어?"

조일청이 주변의 조장들을 둘러보며 물었다.

아쉬운 대로 혹시나 두 명의 얼굴을 아는 이가 있을까 해서였다. 본시 아는 사람을 '안다'라고 증명하기는 쉬워도 모르는 사람을 '모른다'고 증명하기란 어렵다. 어디선가 한 번쯤은 보았는데도 기억이 나지 않는 경우도 있기 때문이다. 며칠 전의 내전으로 쑥대밭이 된 주조방의 경우는 특히 그랬다.

아홉의 조장은 서로의 눈치만 볼 뿐이었다.

조일청은 골치가 아파왔다.

술 항아리 두 개가 들어가는데 절차가 이렇게 복잡해서야 원. 모든 게 전쟁 때문이다. 겨우 열 명 남짓한 주조방의 인물조차 확인을 해야 하는 상황이라니. 어쨌든 이런 경우 신분확인을 할 때까지 당연히 출입을 통제해야 맞다.

하지만 무작정 기다릴 수도 없지 않은가.

조일청은 염호충을 조심스럽게 바라보며 물었다.

"어떻게 할깝쇼?"

"술 항아리만 들어가면 안 되나?"

염호충이 이해할 수 없다는 얼굴로 물었다.

조일청은 오히려 그런 염호충이 답답했다.

아마도 염호충이 북방이 아닌 강동 출신이라서 저런 말을 하는 것이리라.

몽고마의 젖을 짜 빚은 술을 통칭해 마유주라 부르지만 지역에 따라, 부족에 따라 마시는 방법이 제각각이다. 초공산 전대 교주는 천산 아래 살던 기마부족의 풍습에 따라 마락이라 부르는 기름 덩어리를 마유주에 흥건하게 녹이고 데워 먹기를 즐겼다. 한데 이 과정에서 매우 정교한 손과 눈이 필요했다.

"그건 부단주께서 모르고 하시는 말씀입니다. 본시 초공산 전대 교주께서 즐기시던 마유주는 말린 말똥을 은근히 피운 불에 술을 데우다가 적당한 온도에 이르면 마락을 풀어 뜨겁게 마시는 술입지요. 천산의 추운 날씨에서 이 마유주로 언 몸을 녹이고 부족한 기름기를 보충한 데서 유래한 것입니다. 한데 그 적당한 마락의 양과 온도를 찾는 게 아무나 할 수 있는 게 아닙니다. 신궁에선 오직 주조방의 사람들만이 그 재주를 가졌지요."

염호충의 눈빛이 갑자기 사나워졌다.

조일청이 부지불식간에 초공산 전대 교주를 언급했기 때문이다. 뒤늦게 실태를 깨달은 조일청은 감히 더 따질 생각을 못했다. 그는 황급히 고개를 꺾어 애꿎은 수하를 향해 화풀이를 했다.

"뭘 하고 있는 게야. 어서 주조방으로 장 방주(房主)를 끌고 오지 않고."

* * *

주조방은 신궁 서쪽 송림의 양지바른 곳에 자리한 작은 전각을 일컫는 말이다. 이곳에 주조방이 들어선 이유는 사철 쉬지 않고 샘솟는 우물이 있고, 마유가 가장 이상적으로 발효할 수 있는 볕이 있고, 잡균의 접근을 막아주는 소나무 특유의 독성이 있기 때문이다.

주조방은 생각보다 규모가 크지 않았다.

이는 궁내에 이미 여러 개의 주루가 있는데다 일반 무사들이 마실 술은 바깥에서 대량으로 공급해 오는 탓이다. 다시 말해 이곳 주조방은 오직 초공산 전대 교주만을 위한 곳이었다.

인원도 겨우 십여 명. 그 십여 명이 오늘은 정말 피똥 싸도록 바빴다. 교주 이정갑이 오늘만큼은 창룡루로 공급되는 모든 술을 주조방의 마유주로 통일하라 명했기 때문이다.

아마도 죽은 초공산을 흉내 내고 싶은 것이리라.

그러나 이제 더 이상 바쁘지 않게 되었다.

바쁘려야 바쁠 수가 없었다.

반각 전 정체 모를 괴인 셋이 나타나 주조방을 장악해 버렸기 때문이다. 그들의 움직임은 실로 유령과도 같았다. 술을 뜨고 채에 거르느라 정신이 없던 십여 명의 주조방 인물을 순식간에 기절시킨 세 명은 모두를 술 창고에 가두었다.

이어 그때까지 입고 있던 철검조의 복장을 벗고 주조방 사람들의 것으로 갈아입더니 두 명은 대나무 장대에 술 항아리를 걸고 어디론가 사라졌다. 그리고 나머지 한 명이 남아 살벌한 눈빛으로 사람들을 노려보고 있었다.

"이러고도 무사할 줄 아느냐?"

장곽이 두 눈을 부릅뜨고 말했다.

주조방에서 술이나 빚는 늙은이에 불과하지만 강단이라면 누구에게도 뒤지지 않는 그였다.

"성질은 여전하구려."

괴인이 말했다.

"여전해? 나를 안단 말이냐?"

"당신이 생각하는 것보다 더."

"나를 아는 걸 보니 필시 신궁의 인물이렷다?"

"과거엔 그랬지."

"과거에 그랬다면 지금은 아니다?"

괴인은 피식 웃더니 말했다.

"나를 떠볼 생각이라면 그만두시오. 귀하에게 당할 내가
아니니."

"말하는 걸 볼작시면 우리를 해할 생각은 없는 것 같은데,
무슨 일인지 모르나 지금 창룡루에서는 연회가 벌어지고 있
다. 그리고 나는 교주와 궁주들에게 직접 마유주를 데워 드리
기로 되어 있지. 내가 돌아가지 않거나 술이 제때에 공급되지
않으면 이를 이상히 여기고 반드시 사람들이 찾아올 것이다.
너는 그 일을 감당할 수 있겠느냐?"

"주조방의 장곽이 종잡을 수 없는 술고래라는 걸 모르는
사람이 없을 테니 한동안 없어져도 이상하게 여길 사람은 없
지. 술은 일다경만 제대로 공급되면 되니 그 또한 문제가 없
고."

"일다경이면 볼일이 끝난다?"

"여섯 동이면 아쉬운 대로 일다경은 버틸 것 같소만."

"대관절 네놈은 누구냐?"

그때였다.

누군가 다급하게 송림으로 들어서는 듯한 발걸음 소리가 들렸다.

"왔군."

타타탁!

괴인이 서둘러 장곽의 아혈까지 마저 짚어버렸다.

그리고 조용히 말했다.

"소싯적에 귀하가 빚은 마유주를 적잖이 훔쳐 먹었소. 그때의 빚으로 알려주는 것이니 지금부터 내가 하는 말을 잘 들으시오. 행여 혈도가 풀리는 한이 있더라도 오늘 밤만큼은 창룡루 근처에 얼씬도 하지 마시오."

말은 끝낸 괴인은 허리춤에서 두 자루 곤을 꺼내더니 양쪽 끄트머리를 맞붙였다. 두 자루 곤은 그의 손바닥 안에서 기음을 토하며 회전하는가 싶더니 눈 깜짝할 사이에 한 자루 장봉으로 돌변했다. 괴인은 다시 한 자 정도 되는 단검을 장봉 끝에 장착했다. 장봉은 이제 장창으로 변했다.

그게 끝이 아니었다.

괴인은 술 항아리를 옮길 때 쓰는 대나무 장대의 끄트머리로 장창을 밀어 넣기 시작했다. 본시 대나무 장대에는 항아리의 무게를 견디기 위해 단단한 참나무 봉이 심어져 있었다. 장창이 들어가면서 반대쪽으로 참나무 봉이 튀어나왔다.

장대에 장창을 숨긴 괴인이 이번엔 품속에서 주먹만 한 철구 대여섯 개를 꺼내 미리 준비해 둔 마유주 항아리에 넣었다.

말 젖을 짜 빚은 탓에 마유주는 본래 탁했다.

철구는 눈 깜짝할 사이에 자취를 감춰 버렸다.

마지막으로 괴인은 장창을 숨긴 장대를 두 개의 항아리에 걸어 어깨에 짊어지고는 밖으로 나갔다.

괴인의 동작을 가만히 지켜보던 장곽은 눈이 휘둥그레질 수밖에 없었다. 무슨 목적으로 저런 짓을 하는지 모르겠지만 자신과 주조방은 물론 신궁의 사정에 대해서도 훤히 꿰뚫고 있는 자임에 틀림없었다.

술 창고를 나온 엽무백은 주조방으로 막 들어서던 홍원각의 인물과 맞닥뜨렸다.

"장 방주는 어딜 갔는가?"

사내가 물었다.

"창룡루에 있지 않습니까?"

"없으니까 하는 말이지!"

"글쎄요. 한번 찾아보겠습니다."

말과 함께 괴인 엽무백은 술 항아리를 내려놓고 장곽을 찾으러 갈 시늉을 했다. 홍원각의 인물이 재빨리 말렸다.

"아, 됐고. 그 술, 창룡루로 내 가는 것인가?"

"그렇습니다."

"잘됐군. 빨리 가세."

엽무백이 창룡루에 도착했을 때는 주조방의 인물로 변복한 법공과 당엽이 어정쩡한 모습으로 한쪽에 서 있었다. 입구에 이르자마자 엽무백은 두 사람을 향해 버럭 역정을 냈다.

"마유주를 갖다 주고 오라고 한 지가 언젠데 아직까지 여기 있으면 어쩌자는 게야! 게을러빠진 놈들 같으니라고!"

"우리도 그러고 싶었지만……."

법공이 말꼬리를 흘리며 조일청에게로 시선을 돌렸다.

조일청은 엽무백을 일별하고는 함께 온 홍원각의 무사에게 물었다.

"주조방 사람이 틀림없는가?"

"제가 주조방에서 직접 데리고 왔습니다."

"어서 들여가게."

조일청이 엽무백을 향해 귀찮다는 듯 말했다.

엽무백은 법공, 당엽과 함께 술동이를 짊어지고 창룡루를 향해 걸음을 옮겼다.

그 순간,

"잠깐.

염호충이었다.

말과 함께 그가 엽무백을 향해 성큼 다가왔다.

그러곤 갑자기 대월도를 쑥 뽑더니 엽무백의 목에 붙였다.

염호충의 돌발적인 행동에 사람들은 아연실색했다. 당엽과 법공은 한순간 눈동자를 빛내며 움찔거렸지만 다행히 더 이상의 행동은 하지 않았다.

엽무백은 뒤늦게 놀란 표정을 지으며 목을 움츠렸다.

마치 염호충이 발도가 너무나 빨라 아무런 동작을 취할 수 없었다는 것처럼.

대월도는 엽무백의 왼쪽 어깨를 타고 내려가 옆구리를 더듬으며 올라오더니 다시 겨드랑이 사이를 파고들었다. 그러다 가슴을 훑고 오른쪽 옆구리와 겨드랑이를 더듬은 다음 가랑이 사이로 빠져나갔다.

혹여 있을지 모르는 무기를 확인하는 것이다.

만약에 비수라도 한 자루 숨기고 있다면 칼끝을 통해 전해지는 느낌으로 충분히 알 수 있었다. 염호충은 엽무백에게서 아무것도 찾지 못했다. 한데 같은 방식으로 당엽과 법공의 몸을 훑던 흑색도귀병의 칼끝에 무언가 걸렸다.

툭!

법공이었다.

주변의 모든 시선이 법공과 법공을 몸을 더듬던 흑색도귀병에게로 모아졌다. 엽무백은 당황했다. 애초 법공과 당엽에게 이르길, '흑색도귀병단의 부단주 염호충은 편협하고 의심이 많은 작자이니 어떤 돌발 행동을 할지 모른다. 그 어떤 무기도 몸에 은닉하지 마라'라고 했다.

한데 법공이 자신의 말을 무시하고 기어이 사고를 친 모양이다. 주조방의 인물이라고 해서 무기 하나 지니고 다니지 말란 법은 없다. 창룡루로 출입하는 사람들에게 비무장령이 떨어진 것도 아니라고 들었다.

문제는 염호충이다.

평소였다면 아무렇지도 않을 이 작은 일이 염호충의 의심을 사는 순간 어떤 상황으로 전개될지 알 수가 없었다.

엽무백은 조용히 주먹을 말아 쥐었다.

흑색도귀병은 눈동자를 사납게 빛내며 칼끝을 법공의 품속으로 쑤셔 넣었다. 이어 칼끝을 툭 쳐올리자 호리병 하나가 마유주를 뿌리며 솟구쳤다.

그새 마유주 한 병을 슬쩍한 것이다.

엽무백은 안도의 한숨을 쉬었다.

흑색도귀병이 날아오른 술병을 낚아채서는 염호충을 돌아보았다. 염호충이 조용히 고개를 끄덕였다. 흑색도귀병이 한쪽으로 물러나며 길을 터주었다.

"들어가라."

*　　　*　　　*

창룡루로 들어서는 순간 엽무백은 재빠르게 사위를 살폈다. 유등 수백 개를 대낮처럼 밝힌 창룡루의 대전은 예전과 다름없이 웅장했다.

대전의 정중앙에 박혀 있는 네 개의 기둥은 여전히 우람한 덩치를 자랑했으며, 높다란 천장은 그렇지 않아도 넓은 대전을 더욱 넓게 보이도록 했다.

그 아래 물경 일백을 헤아리는 사람들이 삼삼오오 짝을 지어 만찬을 즐기고 있었다. 전체 팔 층 중 일 층이었으니 오늘 연회에 초대된 삼백의 수뇌부 중 각주급에 해당하는 인물들이리라. 그렇다고 해도 휘하에 일이백씩 수하를 거느리는 고수들이다.

그 많은 사람이 한꺼번에 와자지껄하게 떠드는 터라 대전은 벌 떼가 웅웅대는 것처럼 소란스러웠다.

"개떼처럼 모여 있구만, 호로새끼들."

법공이 모기만 한 소리로 중얼거렸다.

아주 가까이에서 듣지 않으면 어지간히 소리를 질러도 들리지 않을 만큼 시끄러웠음에도 불구하고 법공은 극도로 조심했다. 적진의 심장부에 와 있으니 간이 배 밖으로 나왔다는 평가를 받는 그도 이번만큼은 긴장하지 않을 수 없었다.

[앞에 계단 보이지?]

엽무백이 법공과 당엽에게 전음을 보냈다.

두 사람이 미세하게 고개를 끄덕였다.

사실 창룡루로 들어서는 순간 두 사람은 이미 엽무백이 말한 계단의 위용에 압도당한 터였다. 계단은 평지였다면 마차

두 대가 나란히 지나갈 만큼 폭이 넓었다. 그만한 계단이 삼 장 간격을 두고 사각의 꼭짓점을 이루는 네 기둥을 따라 오르 는데, 한 층이 끝나면 계단 위에 또다시 아름드리 기둥이 있 고, 그 기둥을 타고 계단이 또 오르고 다시 기둥이 있기를 반 복했다.

아름드리 기둥과 삼 장의 폭을 지닌 계단이 번갈아 쌓이는 이런 구조는 꼭대기 팔 층까지 이어졌다. 그 모습이 흡사 거 대한 용이 하늘을 향해 승천하는 것처럼 웅장했다.

덕분에 천장은 계단이 이어지는 가운데가 뻥 뚫린 구조였 고, 이는 창룡루 전체를 속이 빈 하나의 거대한 탑처럼 만드 는 역할도 했다.

[도룡계주(跳龍階柱)라는 계단이다. 이름에서 알 수 있듯이 계단이라는 실용적 기능 외에 창룡루의 척추 역할을 하는 기 둥이지. 계단 아래의 네 기둥에 폭기를 설치한다.]

[기둥 아래 항아리가 있는데, 보았소?]

당엽이 엽무백에게 전음으로 물었다.

당엽의 표정이 전에 없이 굳어 있었다.

적진의 심장부에 들어와 있어서가 아니었다. 네 기둥 아래 놓인 암소 배만 한 항아리에 담긴 그 액체로부터 나는 냄새가 그를 긴장시키고 있었다.

[물론.]

엽무백이 대답했다.

그건 북해의 늪지대에서 나는 검은 지유(地油)에 말할경(抹香鯨)이라는 고래의 기름을 섞은 것이었다. 아마도 창룡루 곳곳을 밝힌 수백 개의 유등에 쓰이는 기름을 거치적거리지 않도록 기둥 아래에 비치해 둔 것 같았다.

값싼 지유에 고래의 향유(香油)를 섞어 태우면 은은한 향이 오래도록 간다. 이는 추운 날씨 탓에 자주 씻을 수 없었던 북방의 유목민들이 가죽옷에 밴 악취를 없애기 위해 자주 사용하는 방법이다. 혼세신교 역시 북방에서 유래한 터라 아직도 그 풍습이 그대로 남아 있었다.

문제는 이렇게 해서 만들어진 기름의 발화점이 매우 높다는 데 있었다. 꼭대기 층을 향해 가운데가 뻥 뚫린 구조는 연통 역할을 해줄 것이고, 네 기둥 아래 있는 엄청난 양의 기름 항아리는 폭발 시 발생하는 화력을 몇 배 배가시켜 줄 것이다.

한마디로 창룡루 전체가 거대한 불구덩이로 변하는 것이다. 어쩜 이렇게 딱 맞아떨어질 수가 있나.

아니다.

이건 우연이라고 치부하기에는 너무나 절묘하다.

당엽은 엽무백이 창룡루를 선택할 당시 이것까지 계산에 넣었을지도 모른다는 생각이 들었다. 신궁의 사정이라면 속속들이 아는 그이지 않은가.

우연이 있다면 하필 이 시점에 이곳 창룡루에서 이정갑이 연회를 열었다는 것이다. 제아무리 엽무백이라고 할지라도 그것까진 예상하진 못했을 테니까.

[기둥과 항아리 사이에 그늘진 틈이 있다. 그곳에 폭기를 모두 넣어두고 여길 빠져나간다.]

[차라리 저 꼭대기 층으로 올라가서 죄다 던져 버리고 내빼는 건 어떨까?]

법공이 천장을 힐끔 올려다보며 전음을 보냈다.

가장 위층에는 이정갑을 비롯해 외궁 칠궁의 궁주들이 회동을 하고 있다. 법공의 말은 그들이 연회를 여는 복판에서 폭기를 모두 터뜨리자는 것이다. 기왕 칠 바에야 확실한 놈들을 치자는 말인데, 그게 그렇게 쉬운 게 아니었다.

우선 위층으로 올라갈수록 사람의 숫자가 현저하게 줄어든다. 꼭대기 층엔 이정갑과 외궁의 궁주들이 전부일 것이다.

그들의 눈과 주의력을 속이고 폭기를 설치한다는 건 불가능하다. 어찌어찌하여 폭기를 설치하더라도 그들을 죽인다는 보장은 없다. 그들은 이미 인간의 한계를 넘어선 무신들, 폭발이 일어나는 순간 그들의 몸은 상상도 할 수 없는 동작으로 반응하리라.

운이 좋으면 한두 명쯤은 중상을 입힐 수도 있다.

하지만 그게 전부다.

그러곤 남은 무신들에게 둘러싸여 생사대결을 펼쳐야 하리라. 결국 별 소득도 없이 꼭대기 한 층을 날리는 것보다는 일 층을 폭파시켜 창룡루 전체를 한순간 거대한 화염이 치솟는 굴뚝으로 만들어 버리는 게 낫다는 것이 엽무백의 판단이었다. 그리고 지금의 방식이 불곡도와 철무극, 그리고 오백결사가 뇌옥에서 죽을 당시에 겪은 상황과 가장 흡사했다.

그때였다.

"뭣들 하고 있는 거지?"

소리가 난 쪽으로 돌아보니 중년인 하나가 서 있었다.

관자놀이를 향해 쭉 찢어진 눈매가 무척이나 음험한 인상을 주는 자였다. 아마도 연회를 총괄하는 홍원당의 인물인 듯했다. 그는 세 사람이 짊어진 술 항아리를 일별하고 말했다.

"주조방에서 왔나?"

"그렇습니다."

엽무백이 말했다.

"하면 냉큼 준비를 하지 않고 뭣들 하는 게야?"

"지금 시작하려는 참입니다."

"다른 층에는 술이 아직 남은 듯하니 사람이 많은 일 층부터 우선 돌려라. 화구(火具)는 저쪽에 있다."

중년인은 마치 제 수하 부리듯 한마디를 툭 던져 놓고 사라져 버렸다. 세 사람은 중년인이 가르쳐 준 건물의 구석진 곳으로 자리를 옮겼다.

벽체의 기둥을 연한 그곳에 중년인이 말한 화구가 있었다. 구 척은 족히 되어 보이는 철봉을 삼각으로 세우고 꼭짓점에서 쇠사슬 세 개를 내렸는데, 그 쇠사슬의 끝에 반구 형태의 커다란 쇠솥이 대롱대롱 걸려 있었다.

쇠솥 아래에는 말린 말똥을 태운 화톳불이 아직도 은은한 불꽃을 피워내고 있었다. 앞서 다녀간 주조방의 인물들이 피운 것이리라. 쇠솥 옆에는 누런 마락을 담은 항아리까지 있었다.

세 사람은 지고 온 술동이들을 일부러 기둥 뒤쪽의 어두운 곳에 모두 내려놓았다. 그리고 어둠과 혼란을 틈타 마유주 속에 숨겨온 폭기들을 꺼내 재빨리 품속에 감추었다.

한데 그 과정에서 폭기 하나가 법공의 손에서 미끄러지는 불상사가 발생했다. 엽무백은 재빨리 발등을 뻗어 폭기를 받아냈다. 당엽이 얼른 낚아채 품속에 감추었다.

뇌귀로부터 얻은 폭기는 머리카락처럼 가느다란 쇠바늘이 진동하는 순간 내부의 연쇄작용으로 점화가 된다. 골적에서 나는 소리의 파장으로 쇠바늘을 진동시키는 것은 원하는 장소에 매설을 한 후 멀리서 은밀히 폭발시킬 때 필요한 과정일 뿐, 폭기는 외부에 가해지는 작은 충격으로도 얼마든지 폭발이 된다고 했다.

세 사람은 누가 먼저랄 것도 없이 식은땀을 흘렸다.

당엽은 씹어 먹을 듯한 눈으로 법공을 노려보았다.

사색이 된 법공은 입술에 침을 바르며 두 눈을 끔벅거렸다.

그사이 엽무백은 쇠솥에 마유주 한 동이를 들입다 부은 다음 화덕에도 말똥 몇 개를 더 던져 넣었다. 화력이 강해지고 잠시 후 마유주에서 수증기가 오르자 이번엔 마락 하나를 던져 넣었다.

마락은 순식간에 녹아들기 시작했다.

법공과 당엽은 엽무백이 마유주를 만드는 모습을 멀거니 지켜만 보았다. 실내에 화구를 만들어놓고 술을 데우는 풍습이며, 술에 기름을 넣는 것이며 하나같이 이국적이지 않은 것이 없었다.

"이런 건 또 언제 배웠어?"

법공이 물었다.

굳이 비밀을 요하는 질문이 아니었으므로 이번엔 목소리가 좀 편했다.

"안 배웠어."

"그럼 어떻게 알아?"

"몰라."

"뭔 소리야?"

"그냥 아무렇게나 하는 거야."

"……!"

"……!"

법공과 당엽은 어이가 없었다.

이윽고 마락이 모두 녹자 엽무백이 두 사람을 향해 고개를 끄덕였다. 두 사람이 탁자를 돌며 작은 술 단지들을 가져왔고, 그때마다 엽무백이 뜨겁게 데운 마유주를 가득가득 퍼주었다.

이렇게 담은 마유주는 일다경 이상 온기를 유지하며 사람들의 입속으로 들어간다. 마유주에 풀어 넣는 마락이 일종의 기름인지라 술이 쉬이 식지 않는 까닭이다.

모두가 추운 북방 지대에서 마유주의 온기를 조금이라도 오래 유지하기 위해 생겨난 지혜였다. 그리고 이 복잡하고도 거추장스러운 풍습이 엽무백과 두 사람으로 하여금 이곳 창룡루로의 침투를 가능케 했다.

법공과 당엽은 엽무백이 퍼준 마유주를 탁자들로 부지런히 가져다 날랐다. 그때마다 중앙에 있는 계단과 기둥을 이리저리 휘돌았음은 물론이다.

이윽고 여섯 개의 술 항아리 중 네 개를 비웠을 때쯤 세 사람은 다시 한자리에 모였다. 법공과 당엽이 미세하게 고개를 끄덕였다. 폭기 장착을 모두 끝냈다는 뜻이다.

"가자."

엽무백은 의심을 피하기 위해 장대에 항아리를 짊어지고 일어섰다. 법공과 당엽이 똑같은 방법으로 나섰다.

이제 창룡루를 나가 적당한 장소를 고른 다음 골적만 불면 된다. 내공 실린 골적의 음파가 기둥 아래 설치된 폭기 속 쇠바늘과 공명하는 순간, 열여섯 발의 굉음과 함께 창룡루는 한순간 거대한 불기둥으로 변하리라.

이후 아수라장이 된 틈을 타 재빨리 연지로 달려간 다음 연못 바닥의 비밀 통로를 통해 신궁을 빠져나가면 모든 게 끝이 난다.

　하지만 출입구를 대여섯 걸음 정도 앞두었을 때 엽무백과 두 사람은 그 자리에 우뚝 멈춰 섰다. 일남이녀가 예사롭지 않은 기도를 풍기는 십수 명의 호위를 거느리며 막 창룡루로 들어서고 있었기 때문이다.

　그들 일남이녀를 보는 순간 엽무백, 법공, 당엽은 석상처럼 굳어버렸다. 십수 명의 호위를 받으며 등장한 세 사람은 일성군 이도정과 이성녀 신화옥, 그리고 육성녀 소수옥이었다.

第三章 재회

十兵鬼
십병귀

삼성군의 등장에 와자지껄하던 대전이 일시에 고요해졌
다. 몇몇 권력깨나 휘두를 것으로 보이는 자들이 달려와 세
사람을 향해 앞다투어 머리를 조아렸다. 위층으로 연결된 계
단으로부터도 피풍의를 입은 대여섯 명의 검사가 내려왔다.

그중 괴이한 용모를 지닌 사람이 있었다.

어딘지 부자연스러워 보이는 왼팔에 강철 막대기를 덧대
었는데 그 끄트머리에는 손목 대신 다섯 가닥의 굵고 튼튼한
쇠 발톱이 고정되어 있었다. 무림인들은 이것을 용조(龍爪),
혹은 용타(龍吒)라고 한다.

한데 보통의 용조가 아니다.

엽무백은 저 물건을 알아보았다.

정확한 이름은 화룡백연조(火龍百鍊爪), 천산에서 나는 묵강(墨鋼)을 일백 번 담금질해서 만든 기물로 혼세신교의 십대신병 중 하나다. 천하의 그 어떤 호신강기와 강철방패도 종잇장처럼 찢어버리는 귀물 중의 귀물.

본시 저 물건의 주인은 백여 년 전 신교를 뒤흔들었던 혈수마군(血手魔君)이라는 인물이다. 그는 그가 창안한 독특한 조공(爪功)을 완성하기 위해 스스로 손목을 자르고 바로 저 화룡백연조를 장착했다. 그리고 초공산에게 도전했다가 무려 오십여 합을 나눈 끝에 장렬하게 전사했다.

그날 이후 한 번도 모습을 드러내지 않던 화룡백연조가 느닷없이 괴인을 통해 등장한 것이다.

비정상적인 것은 팔뚝만이 아니었다.

전투를 치른 지 오래지 않았는지 괴인의 얼굴 곳곳엔 아직도 격전의 흔적이 고스란히 남아 있었다. 특히 왼쪽 눈을 가로지르는 검은 안대는 그렇잖아도 흉포해 보이는 얼굴을 더욱 잔인해 보이게 만들었다.

괴인의 얼굴을 찬찬히 살피던 엽무백이 낯빛을 굳혔다.

당엽은 온몸의 털이 곤두서는 듯한 충격을 느꼈다.

외팔이에 외눈박이가 되어 나타난 괴인은 흑월주 이정풍이었다. 전날 고원에서 이정풍을 직접 죽인 당엽으로서는 지금의 상황이 믿어지지 않았다.

그때 이정풍은 팔이 부러지고 얼굴이 말발굽에 짓이겨져 죽었다. 축 늘어지는 걸 똑똑히 보았다. 적진을 관통하기 위해 전속력으로 달리느라 마지막까지 그의 시체를 확인하지 못했다면 못했을 뿐.

정말 지독하게도 끈질긴 놈이 아닌가.

이정풍은 삼성군 이도정의 앞에 이르자 공손하게 허리를 숙였다.

"어서 오십시오."

"월주께서 여긴 어쩐 일이오?"

"흑색도병단이 바깥의 경계를, 흑월이 안쪽의 경계를 맡았지요."

"부상이 중했다고 들었소만."

"헛소문을 들으셨군요."

이정풍이 가볍게 입꼬리를 말아 올렸다.

"좋은 물건을 얻었다더니 그건 헛소문이 아닌가 보오."

이도정이 이정풍의 손목에 매달린 용조를 일별하며 말했다. 이정풍은 왼팔을 슬쩍 들어 보이며 농담처럼 응수했다.

"주군께서 은혜를 베푸셨지요."

이정갑이 내어주었다는 얘기다.

비록 성군들을 구하라는 임무에는 실패했지만 흑월의 이정풍만큼 믿음직한 고수도 드물다. 이정풍이 외팔이가 되어 돌아오자 이정갑이 그의 무력을 회복시켜 주기 위해 화룡백연조를 하사했으리라. 결과적으로 이정풍은 더욱 위험한 존재가 되었다.

"오르시지요. 속하가 모시겠습니다."

이정풍이 다시 한 번 깍듯이 말했다.

그럴 수밖에 없었다.

이정갑이 구대교주가 된 지금 그의 혈육인 이도정은 장차 신교의 맥을 이어갈 용혈이다. 신화옥, 소수옥과 더불어 성군이라 통칭해 불린다지만 이도정의 지위가 남다를 수밖에 없는 이유가 거기에 있었다.

이정풍이 앞장을 섰다.

이도정과 신화옥, 소수옥이 차례로 계단을 향해 다가갔다. 눈도장을 찍기 위해, 혹은 예를 올리기 위해 입구로 몰려들었던 사람들이 일시에 물러나면서 작은 길이 생겼다. 그 길의 가장자리에 항아리를 내려놓고 허리를 숙인 엽무백 일행도 섞여 있었다.

엽무백은 소수옥에게서 시선을 떼지 못했다.

한순간 소수옥이 시선을 느끼고 곁을 돌아보았다.

두 사람의 시선이 허공에서 부딪쳤다.

엽무백은 여전히 시선을 떼지 않았지만 소수옥은 그를 알아보지 못했다. 신궁으로 잠입하기 전 세 사람 모두 완벽하게 역용을 했기 때문이다. 수소옥은 잠시 의혹의 눈길을 보냈지만 이내 계단을 딛고 올라갔다. 이정풍과 세 사람이 사라지자 흑월의 고수 하나가 삼성군을 모시고 온 호위들을 향해 말했다.

"대전에서 대기하라는 명령이오."

호위들이 빈자리를 찾아 흩어졌다.

몰려든 사람들도 제자리로 돌아가면서 대전은 다시 왁자지껄해졌다.

창룡루를 나가려던 엽무백은 공황상태에 빠져 버렸다.

수뇌부가 모두 참석하는 연회를 연다고 했을 때 엽무백은 성군들의 참석을 예상했다. 자신을 잡겠다고 육반산까지 추격해 와서는 갖은 고생 끝에 유일하게 돌아간 세 사람이 아닌가. 그들은 자신과 삼천 결사대의 위용을 현장에서 목격한 거의 유일한 사람들이다. 거기에 성군이라는 지고한 위치까지 있었으니 그들의 참석은 처음부터 정해진 수순이었다.

그러나 소수옥만은 예외였다.

산묘에서 헤어질 당시 몸 상태가 매우 좋지 않았기 때문에 지금쯤 이화궁의 비처에서 정양을 하고 있을 줄 알았다.

더구나 뱃속에는 아이가 자라고 있지 않은가.

설마 소수옥이 자신의 몸 상태가 어떤지를 모르는 걸까?

절대로 그럴 리 없다.

무인은 자신의 몸속에서 일어나는 작은 변화에도 예민하게 반응하는 법이다. 하물며 일 갑자 이상의 내공을 지닌 소수옥이 태기를 느끼지 못했다면 말이 되지 않는다.

그것도 두 달이 지난 상황에서.

모르는 건 소수옥이 아니라 다른 사람들이다.

그녀는 자신의 상태를 들키지 않기 위해 무리를 해서라도 연회에 참석한 것이다. 지금쯤 말할 수 없는 피로를 느끼고 있으리라.

[어떻게 할 거요?]

당엽이 전음으로 물었다.

엽무백은 선뜻 결정을 내리지 못했다.

바깥으로 나가 골적만 불면 모든 게 끝난다.

하지만 거기엔 소수옥과 뱃속에 든 아이의 희생이 따른다. 스치는 순간 미세한 격기(擊氣)를 통해 살펴본 소수옥의 상태는 썩 좋지 않았다. 여전히 부상을 회복하지 못하고 있는 것이다. 그런 몸 상태로 폭압과 화마를 견디는 것은 절대로 불가능했다.

그때였다.

"장 방주는 아직 안 왔나?"

앞서 이정풍과 함께 내려왔던 흑월의 인물 하나가 좌우를 둘러보며 한 말이다. 대전을 책임지고 있던 홍원당의 또 다른 인물이 조르르 달려가서는 금방 찾아서 올려보내겠다며 연신 허리를 굽실거렸다.

흑월의 인물이 사라지자 홍원당의 인물이 사방을 둘러보다 엽무백과 눈이 딱 마주쳤다.

"냉큼 가서 장 방주를 불러와라."

엽무백은 가볍게 고개를 끄덕이고는 다시 술동이를 어깨
에 짊어졌다. 그때 묵직한 손 하나가 어깨를 찍어 눌렀다. 당
엽이었다. 당엽이 전에 없이 착 가라앉은 눈빛으로 속삭였다.

"대별산에서 당신과 합류한 이후 한 번도 뜻을 거스른 적
이 없소. 하지만 이번만큼은 한마디 해야겠소. 지금 팔 층으
로 올라가는 건 자살 행위요."

당엽은 엽무백이 팔 층으로 오를 걸 알고 있었다.

팔 층엔 교주 이정갑을 위시해 외궁의 궁주들이 모두 모여
있다. 그들 중 넷은 엽무백에게 혈족을 잃었다. 제아무리 엽
무백이라고 할지라도 일곱이나 되는 궁주를 상대로 싸워 이
길 수는 없다. 지금 팔 층으로 올라가는 것은 죽음을 자초하
는 길이다.

하지만 엽무백의 생각은 단호했다.

엽무백은 자신의 어깨 위에 올려 있는 당엽의 손을 천천히
밀어냈다. 이어 품속에서 골적을 꺼내 법공의 손에 쥐어주며
속삭였다.

"일각이 지나도 내가 돌아오지 않거든 골적을 불어라. 첫
번째 구멍과 세 번째 구멍을 막아야 한다는 걸 잊지 말도록."

말과 함께 엽무백은 계단을 향해 걸음을 옮겼다.

팔 층으로 오르는 길은 어렵지 않았다.

한 층을 오를 때마다 흑월의 무사들이 경계를 서고 있었지만 팔 층으로 올라가는 마유주라고 하자 신분 확인조차 없이 통과시켜 주었다.

마유주가 올 것이라는 말을 그들도 들은 탓이다.

신분 확인은 팔 층에 이르렀을 때 딱 한 번 이루어졌다.

피풍의를 입은 흑월의 무사가 앞을 가로막았다.

"마유주인가?"

"그렇습니다."

"장 방주는 어딜 가고 아랫것들이 왔지?"

"그게 ...."

엽무백은 일부러 당황한 척했다.

아랫사람으로서 차마 윗사람의 치부를 말할 수가 없다는 듯. 본시 흑월은 신궁에 상주했던 세력이다. 주조방 장 방주의 행실을 익히 아는 무사는 인상을 찌푸렸다.

"죽고 싶으냐?"

"무슨 말씀이신지?"

"교주께서 드실 마유주는 장 방주가 직접 데워야 한다. 어찌하여 네놈이 오게 되었는지 짐작 못하는 바는 아니나 오늘만큼은 대충 넘어갈 수가 없다. 죽고 싶지 않다면 당장 장 방주를 찾아 끌고 오너라."

"저도 그러고 싶지만, 이 넓은 신궁의 어느 구석에 처박혀 있는 줄 알고 찾겠습니까? 그러지 말고 한 번만 눈감아주십시오. 혹시 압니까? 언제고 제가 무사님께 오늘의 신세를 갚을 날이 올지."

"여기가 어디라고 감히 수작을!"

흑월무사는 대번에 살벌한 안광을 쏟아냈다.

"소인의 목을 걸면 되겠습니까?"

"……?"

"위기는 곧 기회라는 말도 있지요. 그 옛날 방주께서도 처음 교주께 마유주를 올리던 날이 있었겠지요. 오늘이 제게는 그런 날일지도 모르겠습니다만……."

말인즉슨, 교주의 눈에 들 수 있도록 최선을 다할 테니 한 번 기회를 달라는 소리다. 엽무백은 자신이 마치 장 방주의 자리를 노리는 것처럼 연극을 했다.

흑월무사의 눈동자에 이채가 어렸다.

주조방의 일개 일꾼 정도로 치부했던 엽무백에게서 뜻하지 않은 야망을 읽은 것이다. 흑월무사는 한동안 엽무백을 노려보더니 왼편을 향해 고개를 끄덕였다.

뒤쪽에 물러나 있던 흑월의 무사 둘이 앞으로 나오더니 한 사람은 항아리에 담긴 마유주를 확인하고, 다른 하나는 검갑으로 엽무백의 전신을 훑었다.

흑월의 무사들은 몸에 다섯 가지의 병기를 지닌다. 검(劍), 삭사(削絲), 질려(蒺藜), 비도(飛刀), 수전(手箭)이 그것이다.

실내에서조차 피풍의를 두른 것은 영이 떨어지면 언제라

도 외부로 나가 작전을 수행하기 위한 이유도 있었지만, 그보다는 다섯 가지 병기를 은닉하기 좋은 탓이었다.

다시 말해 흑월이 피풍의를 입었다면 중무장을 하고 있다고 봐야 한다. 계단에는 피풍의를 입은 흑월의 무사가 이십여 명 정도 있었다. 하나같이 출중한 기도를 뿜어내는 것이 흑월 중에서도 수위를 다투는 고수들을 추려 배치했음이 분명했다.

엽무백은 슬그머니 왼편을 살폈다.

계단이 끝나는 지점에서 바로 시원하게 뚫린 공간이 나타나는 다른 층과 달리 팔 층은 기다란 회랑으로 이어졌다. 그 회랑의 끄트머리에 치렁하게 늘어선 주렴(珠簾)이 있었고, 그 너머로 사람들의 목소리가 은은하게 흘러나오고 있었다.

"따라와라."

검문이 끝나자 흑월의 무사가 앞장을 섰다.

엽무백은 장대에 항아리를 짊어지고 무사를 따라 회랑을 걸었다. 연회가 펼쳐지고 있는 내실이 점점 가까워질수록 사람의 말소리도 더욱 선명하게 들려왔다.

걷는 동안 엽무백은 호흡을 조절했다.

이제부터 만날 사람들은 대륙을 통틀어 가장 강하다고 평가되는 강자들이다. 단순히 기운을 갈무리하는 정도로는 그들의 눈을 속일 수가 없다. 엽무백은 먼저 걸음을 바꾸고, 호흡의 박자를 바꾸고, 경락을 따라 도는 기운을 멈추게 했다.

무엇보다 심장 박동수를 크게 증가시켰다. 까마득한 잡졸이 무신들을 알현함으로 말미암아 매우 긴장하고 있는 것처럼.

이윽고 내실 앞에 도착했다.

흑월의 무사가 주렴을 걷고 먼저 안으로 들어갔다.

엽무백이 뒤를 따랐다.

내실로 들어서는 순간 가장 먼저 보이는 것은 남북으로 길게 뻗은 희고 투명한 탁자였다. 대설산에서 캔 설강석(雪鋼石)으로 만든 이 탁자는 초공산이 생전에 극히 아끼던 것으로 한여름에도 서늘한 한기를 뿜어내는 기물이다. 내실에 두면 더위를 쫓고, 음식을 올려놓으면 상하는 법이 없다.

탁자의 북쪽 상석에는 은발의 수염이 가슴까지 내려오는 육 척 장신의 노인이 앉아 있었다. 황금색 비단에 붉은 용이 수 놓인 용포를 입었는데 그 모습이 가히 황제를 방불케 했다.

팔순의 나이에도 불구하고 산악을 연상시킬 정도로 압도적인 위압감을 뿜어내는 그가 바로 천제악을 죽이고 혼세신교의 구대교주가 된 이정갑이었다.

이정갑을 가운데 두고 왼편에는 대쪽처럼 마른 체구의 노인이 자리했다. 잡티 하나 섞이지 않은 백의 장삼에 흰 수염, 흰 머리카락이 백색의 탁자와 어울려 묘한 느낌이 드는 노인이었다. 그가 바로 비마궁에 이어 제이궁의 지위를 차지한 벽력궁의 궁주 신풍길이었다.

신풍길로부터 대각선으로 맞은편에는 학사풍의 청건을 두른 노인이 앉아 있었다. 이정갑 못지않게 건장한 체격에 준수한 용모를 자랑하는 노인이었다. 제삼궁 초마궁의 궁주 북일도였다.

네 번째는 키도 작고 체격도 왜소해 어디로 보나 볼품이라곤 없었다. 하지만 흰 눈썹 아래 움푹 꺼진 눈동자에서 뿜어나오는 안광이 불처럼 뜨거웠다. 제사궁 대양궁(大亮宮)의 궁주 허장옥이었다.

다섯 번째는 창날처럼 뾰족한 하관에 얼음을 박아놓은 것처럼 차가운 눈동자를 지닌 노인이었다. 허리춤에는 보옥으로 요란하게 치장한 협봉검이 매달려 있었는데, 그가 바로 제오궁 적양궁(赤陽宮)의 궁주이자 천하제일 쾌검으로 불리는 조첨문이었다.

여섯 번째는 화의 궁장을 산뜻하게 차려입은 노파였다. 나이를 짐작할 수 없을 만큼 아름다운 자태를 여태 지닌, 그러면서도 한 가닥 서늘한 기운이 뿜어져 나와 함부로 범접할 수 없는 위엄을 발산하는 그녀가 바로 육궁인 이화궁(移花宮)의 궁주 염화령이었다.

이화궁은 오직 여자 문도만을 받아들였는데, 그럼에도 불구하고 제칠궁의 지위에 이르렀으니 비전 무공이 얼마나 대단한지 짐작하고도 남음이 있었다.

일곱 번째는 무인이라기보다는 강남의 거부 같은 인상을 주는 노인이었다. 보기 좋게 잡힌 살집과 넉넉한 인상은 어느 모로 보나 무인과는 거리가 멀었다. 하지만 저 사람 좋아 보이는 얼굴 속에 숨어 있는 잔인함을 안다면 누구라도 그를 일컬어 인상 좋다 못할 것이다. 그가 바로 칠궁인 장락궁(長樂宮)의 궁주 섭일호였다.

일곱 명의 무신 외에도 이도정, 신화옥, 소수옥, 신기자가 자리해 있었다. 신기자를 제외한 셋은 무공으로 보나 나이로 보나 함께 자리한 칠 인의 무신에 비하면 까마득한 아랫사람이거나 혈족, 혹은 제자들이었다.

하지만 나이나 항렬로는 따질 수 없는 위엄이 그들 세 사람에겐 있었다. 그건 전전대 교주인 초공산의 진전을 이은 적전제자라는 사실이다. 무신들이 교맥을 부정하지 않는 이상 그건 막강한 권위이자 힘이었다.

본시 이 자리에는 한 명의 궁주가 더 자리해야 했다. 바로 패력으로 유명한 유마궁의 궁주 우청백이다. 하지만 그는 이미 엽무백의 손에 죽어 고혼으로 변한 지 오래였다.

무신과 성군들이 마주한 탁자로부터 멀리 떨어진 사방 벽엔 황소도 드나들 정도의 커다란 창이 도열해 있었다. 개수는 이십여 개. 각 창문마다 흑월의 고수들이 배치되어 있었는데 필시 창문을 통해 침투할지 모르는 자객을 막기 위한 일차 방어선일 것이다.

이미 내실로 침투한 엽무백에게 그들은 창문을 통한 탈출을 막는 방어선으로 돌변했다. 잠깐 사이에 장내의 상황을 모두 파악한 엽무백은 정신을 집중하고 자신을 향해 쏟아지는 시선들을 담담하게 받아냈다.

그저 단순한 시선일 뿐이었지만 그 속에 담긴 통찰과 예리한 후각은 계단마다 배치되어 있던 흑월무사들의 검문보다 훨씬 엄중했다.

작은 의구심만으로도 일이 커질 수 있었다.

그런 시선 중에 이정풍의 것도 있었다.

이정갑의 뒤편에서 호위하듯 경내를 주시하고 있던 이정풍은 엽무백을 일별한 후 흑월무사를 쏘아보았다.

어찌 된 영문인지를 묻는 것이다.

흑월무사가 잰걸음으로 이정풍에게 다가가 귀엣말을 전했다. 이정풍은 인상을 찡그리더니 엽무백을 향해 한순간 사나운 눈빛을 보냈다. 그러다 앞에 앉은 이정갑의 어깨너머로 작게 속삭였다.

설명을 모두 들은 이정갑이 가볍게 고개를 끄덕였다. 이정풍이 다시 흑월무사에게 고갯짓을 했고, 흑월무사는 엽무백을 내실의 한쪽, 탁자로부터 멀지 않은 곳에 놓인 화톳불로 데려갔다.

화톳불 위에는 일층 대전에 놓인 것과 동일한 형태의 솥단지가 삼각형의 강철 막대기 아래에 매달려 있었다. 차이가 있

다면 사람 하나 정도는 통째로 삶을 만큼 크고 용이 새겨져
있다는 정도였다.

"행운을 비네."

흑월무사가 낮게 속삭이고는 내실을 나갔다.

홀로 남은 엽무백은 가지고 온 마유주 한 동이를 솥단지에
부었다. 이어 바닥에 쭈그리고 앉아 부채로 화톳불의 화력을
키우기 시작했다.

그때쯤엔 이정갑을 위시한 무신들의 대화가 다시 이어지
고 있었다.

"명왕은 어떻게 처리를 하실 생각이십니까?"

벽력궁주 신풍길이 말했다.

"약속대로 금제를 풀어주어야겠지요."

이정갑이 말했다.

딱히 내공을 담지 않았음에도 불구하고 그의 목소리에는
범접하기 어려운 울림이 있었다.

지난날 초공산은 북방 새외에 산개한 마도 종파들을 굴복
시키는 과정에서 명왕이라는 괴물과 조우했다. 오백여 초를
겨룬 끝에 결국 명왕을 굴복시킨 초공산은 명왕과 그를 따르
는 오백의 마두에게 강력한 금제를 가했다.

주술과 독을 이용한 금마령(禁魔靈)이 그것이다.

이후 명왕과 마두들을 진령 깊숙한 숲에 머물게 한 후 일
년에 한 번씩 영단을 나눠 주어 독성의 발작을 막았다. 그 영

단의 공급이 끊기면 명왕과 오백의 마두들은 하루를 넘기지 못하고 죽는다.

이정갑은 명왕을 끌어들이는 조건으로 초공산이 명계에 가한 금제를 모두 풀어주겠다고 약속했다. 문제는 그 방법을 알지 못한다는 데 있었다. 명왕도 그건 알고 있었다. 해서 나온 절충안이 '전력을 다해 찾겠다'는 것이다.

사실 방법이 아주 없지는 않았다.

만장각에는 세상 모든 마도 종파의 무공과 술법을 총망라한 비급이 있었고, 십만 교도 중에는 독과 금제에 조예가 깊은 기인들이 적지 않았다. 의지가 문제이지 하자면 못할 것도 없다.

"서두르실 일이 아닌 줄로 아룁니다."

신풍길이 다시 말했다.

"아시다시피 명왕을 따르는 무리는 통제가 어려운 괴수들입니다. 초공산 전대 교주께서 그들을 끝내 품지 못하고 강력한 금제로 명계에 가두어놓은 것도 그 때문이지요. 득보다 실이 많을 것입니다."

"본좌에게 약속을 지키지 말란 뜻이오?"

"약속을 지키되 여전히 그들을 통제할 수 있는 대안을 만들어놓아야 한다는 것입니다. 영단을 계속해서 공급하는 건 어떻겠습니까?"

"지금도 시간은 충분히 끌었소. 더 늦춰지면 의심을 살 것이오."

"어쩌면 보다 중요한 문제가 있을지도 모릅니다."

갑자기 끼어든 목소리는 초마궁주 북일도였다.

사람들의 시선이 일제히 그를 향했다.

"교주께서는 명왕을 얼마나 믿으십니까?"

북일도가 이정갑을 바라보며 물었다.

"무슨 뜻이오?"

"명왕은 본시 속세의 일에 초연한 은둔자입니다. 그런 그
가 천제악과의 전쟁을 앞두었을 때 우리에게 먼저 손을 내밀
었습니다. 이건 우리가 여태 들어온 명왕의 모습이 아닙니
다."

"그는 내게 가루라염(迦樓羅炎)을 주었소."

가루라염은 무공에 미친 인간들의 세상, 금단의 땅 명계에
전해지는 전설 속 비학이다. 더불어 그 옛날 명왕으로 하여금
초공산을 상대로 무려 오백 초나 버티게 만들었다는 북천류
와는 상극의 무공이었다.

전날 이정갑을 찾아왔을 때 명왕은 바로 그 가루라염의 비
급을 주었다. 이후 이정갑은 운공과 수련을 거듭하여 마침내
등봉조극의 경지에 올랐다. 지난 이백 년 동안 초공산 외에는
아무도 올라보지 못한 진정한 신의 경지를.

여기까지 듣고 있던 엽무백은 살짝 놀랐다.

천제악과의 내전 당시 명계의 마두들이 등장했다기에 신

기자가 손을 내밀어 명왕을 포섭한 줄 알았다. 초공산 외에는 그 누구에게도 진면목을 보인 적 없는 명왕을 어떻게 포섭했는지 대단하다 여겼더니 그게 아닌 모양이다.

"그 때문에 저와 교주께서는 그가 명왕이라고 철석같이 믿었지요. 그가 건네준 가루라염은 틀림없는 진본이었기에."

"궁주, 그게 무슨 뜻이오?"

신풍길이 놀란 눈을 치켜뜨고 물었다.

"우리 중 명왕을 아는 사람은 아무도 없습니다. 그저 말로만 들었을 뿐이지요. 명왕의 얼굴을 직접 본 사람은 초공산 전대 교주가 유일했습니다."

그 옛날 명계에 은둔한 명왕은 유일하게 한 사람과의 독대만을 허락했다. 그가 바로 초공산이다. 초공산 외에는 누가 아무리 명계를 찾아가도 명왕은 얼굴조차 비친 적이 없었다. 그런 그가 천제악과의 전쟁을 앞두었을 때 제 스스로 이정갑을 찾아왔다.

확실히 이상하다.

사람들은 갑자기 모골이 송연해졌다.

"격기를 통해 느낀 그의 무공은 결코 본좌의 아래가 아니었소. 본좌는 평생 단 세 명만을 적수로 생각했소. 설산검군과 초공산, 그리고 명왕이오. 설산검군은 지금 결사대를 이끌고 있고 초공산은 죽었소. 마지막으로 남은 한 사람이 명왕인데, 그가 가짜라면 천하에 누가 있어 그만한 경지를 이루었단 말이오."

좌중이 조용하게 식었다.

"하지만 이상한 점이 한둘이 아니긴 하오. 해서 처음부터 명왕의 동태를 은밀히 살피고 있으니 다들 염려하지 않아도 될 것이오. 하니 그 얘긴 그만하도록 합시다."

곁에 있던 신기자가 고개를 끄덕였다.

무언가 일이 진행되고 있다는 것을 느낀 궁주들은 그제야 안심을 했다.

어쨌든 이정갑은 그쯤에서 대화를 매듭지었다.

명왕과 명계의 마두들에 대한 이야기는 그만하라는 뜻이다. 오랫동안 이정갑을 가까이에서 봐온 궁주들은 그것이 따로 복안이 있다는 뜻임을 모르지 않았다. 이정갑 역시 명왕과 명계의 마두들을 풀어줄 생각이 애초부터 없었던 것이다.

눈치 빠른 신풍길이 화제를 돌렸다.

"정도무림의 잔당들이 대륙 곳곳을 돌며 신교의 행사에 협조적인 문파들을 공격하고 있다고 들었습니다. 그 피해가 막심하고 곳곳에서 지원 요청을 해온다고 하던데, 교주께선 달리 복안이 있으신지요?"

말인즉슨 당장에라도 병력을 보내 정도무림의 잔당들을 소탕하고 신교에 협조적인 문파들을 구해내야 하지 않겠냐는 뜻이다. 조금 더 나아가면, 여기서 한가롭게 술이나 마시고 있을 때가 아니지 않으냐는 뜻이다.

"그건 군사로부터 듣는 게 좋겠군."

말과 함께 이정갑이 신기자에게로 공을 넘겼다.

신기자는 가볍게 고개를 숙인 후 좌중의 궁주들을 돌아보며 짧고 간단하게 말했다.

"아직은 출병을 할 때가 아닙니다."

여섯 명의 궁주가 이정갑에게서 가장 부러운 것이 있다면 바로 저 신기자라는 인간이다. 머릿속 가득히 든 지략도 지략이지만 주군의 전력을 지키기 위해 한 팔을 기꺼이 내바치는 것은 결코 쉬운 일이 아니다.

"어찌하여 그렇소?"

신풍길이 물었다.

예전엔 스스럼없이 하대를 했지만 신교의 군사가 된 지금은 함부로 대할 수 없었다.

"모두 짐작하시다시피 적들의 무력은 이제 일개 대(隊)를 보내 다스릴 수 있는 수준이 아닙니다. 출병을 한다면 그건 토벌을 위한 전면전이어야 하지요."

신기자가 여기까지 말했을 때 모두 고개를 끄덕였다. 죽은 줄 알았던 설산검군이 살아 있고, 무림의 명숙들이 있고, 사천여에 달하는 결사대가 있다. 그들은 혼자서도 대륙을 흔들어놓던 엽무백에게 강력한 날개가 되어줄 것이다. 또다시 그들과 부딪쳐야 한다면 그건 전면전이다.

신기자의 말이 이어졌다.

"출병을 한다고 가정했을 경우 신궁과 외팔궁의 수호를 위해 최소 삼 할의 전력을 남겨두어야 합니다. 결국 놈들을 잡기 위해 출병할 수 있는 인원은 최대 칠만입니다. 반면 놈들은 각 오륙백씩 아홉 개의 대로 나뉘어 있죠. 결국 놈들을 잡으려면 우리 역시 아홉 조각으로 나뉘어서 추격을 해야 합니다. 여기에 심각한 문제가 있습니다. 십만과 일만의 대결은 하늘이 두 쪽 나도 십만의 승리일 수밖에 없습니다. 하지만 칠천과 오륙백의 대결은 변수가 너무나 많습니다. 전술과 천시에 따라 소수가 다수를 이길 방법은 얼마든지 있습니다. 그게 아니라면 소신과 같은 책사들이 존재할 이유가 없지요."

"음……."

신풍길은 나직하게 신음했다.

"결정적으로 놈들은 기동성의 이점을 최대한 살려 대륙을 돌며 전투를 치르고 있습니다. 우리가 출병을 하면 정면대결이 아닌 추격전이 될 확률이 높지요."

"장기전으로 전개될 거라는 얘기로군."

북일도가 말했다.

"장기전을 펼친다고 해도 결국엔 우리의 승리가 되겠지요. 하지만 많은 희생이 필요할 것입니다. 십병귀가 원하는 게 그것입니다."

"귀신같은 놈이로고."

신풍길이 말했다.

궁주들은 또다시 고개를 끄덕였다.

생각하면 할수록 십병귀의 잔꾀가 놀라웠다.

엽무백은 속으로 실소를 터뜨릴 수밖에 없었다. 신기자의 통찰력은 매우 훌륭했다. 하지만 틀렸다. 엽무백은 바로 그런 이유 때문에 신기자가 출병을 하지 않을 거라는 걸 알았다. 그리고 지금 신궁으로 잠입했다. 자신들이 말한 그 십병귀가 코앞에 있다는 걸 알면 어떤 표정을 지을까.

"매혼문들이 곳곳에서 지원 요청을 하고 있습니다. 지금처럼 그들의 청을 계속해서 묵살한다면 정도무림의 잔당들을 소탕한 이후 그들에 대한 신교의 장악력이 약해질까 두렵습니다."

대양궁주 허장옥이 이정갑을 돌아보며 물었다.

지금의 상황을 가장 정확하게 내지르는 한마디였다.

"본좌의 생각은 다르오."

이정갑이 말했다.

"우리가 원하는 건 천하일 뿐, 문파가 아니외다. 문파는 없어지면 언제든 다시 세우면 그뿐. 더불어 우리에게 힘이 있는 한 그들은 절대 배신을 할 수 없소이다."

이정갑의 음성은 너무나 단호하여 그 어떤 반론도 허락지 않겠다는 것처럼 들렸다. 하지만 궁주들은 그의 음성에 실린 위압감이 아니라 그 속에 담긴 뜻에 수긍할 수밖에 없었다. 더불어 이정갑은 자신들이 생각했던 것보다 더 큰 그림을 그리고 있음을 알 수 있었다.

'법공이 보았다면 개자식들이라고 욕했겠지.'

엽무백이 속으로 중얼거렸다.

저게 혼세신교가 마교라고 불리는 이유다. 저게 정도무림
인들과 다른 점이다. 정도무림인들이었자면 전쟁에서 승리
하는 것보다 자신들을 믿고 따르는 문파들을 구출하는 것에
우선 무게를 실었을 것이다. 이정갑과 궁주들은 매혼문들을
목적이 아닌 언제든 쓰고 벼려도 좋을 도구로 보고 있었다.

"그건 그렇고, 비마궁의 궁주 자리는 언제까지 공석으로
비워두실 겝니까?"

여태 한마디도 않고 있던 장락궁의 궁주 섭일호가 만면에
미소를 띠며 물었다. 그 말에 신풍길이 사뭇 난감하다는 표정
을, 그러면서도 한편으로는 싫지 않은 미소를 지어 보였다.

불과 보름 전까지만 해도 비마궁의 궁주는 이정갑이었다.
한데 그가 교주가 되었으니 당연히 비마궁의 궁주 자리가 비
지 않겠는가. 섭일호의 말은 이정갑이 교주로 등극했음을 은
연중에 찬사함과 함께 이도정과 신화옥의 혼례를 은근히 종
용하고자 하는 뜻이 담겨 있었다.

"그 얘긴 다음에 하십시다."

이정갑은 단호한 음성으로 섭일호의 말을 잘랐다. 한데 이
번엔 어쩐 일인지 신기자까지 옹호하고 나섰다.

"신교의 사직을 튼튼히 하는 일이옵니다. 미룰 일이 아닌

줄 압니다."

이정갑이 무표정한 얼굴로 신기자를 응시했다.

신기자의 말이 다시 이어졌다.

"교주의 복심에 일성군께서 계시다는 건 모두가 짐작하는 바, 하루라도 속히 일성군께 비마궁을 맡기시옵소서. 더불어 오래전에 예정되었던 이성녀와의 혼례를 치르도록 하여 일성 군께서 보다 수월하게 비마궁을 이끌 수 있도록 힘을 실어주 옵소서."

신기자가 의도했던 게 이것이다.

이도정과 신화옥이 혼례를 치르면 비마궁과 벽력궁은 사 돈지간이 된다. 신교를 하루빨리 안정시키기 위해서는 벽력 궁이라는 강력한 뒷배가 필요했다.

어디 그뿐인가.

이도정이 비마궁의 궁주가 되면 다른 육궁의 궁주들과 공 식적으로 어깨를 나란히 하게 된다. 다시 말해, 제일궁과 이 궁이 모두 이정갑의 세력이 되는 것이다. 가장 막강한 힘을 지닌 두 곳이 이정갑을 강력하게 지지하는데 누가 감히 권좌 를 넘볼 것인가.

물론 여기에는 장차 신화옥이 낳을 아이가 이정갑, 이도정 의 뒤를 이어 십일대 교주가 될 거라는 전제가 깔려 있었다.

신기자는 지금 연회를 가장한 논공행상을 하고 있었다. 모 두가 예정된 수순. 육궁의 궁주들은 누구 하나 반대를 하고 나서는 이가 없었다.

"팔성군 중 다섯이 십병귀에게 죽임을 당했다. 도정이와 화옥이의 혼례는 이미 정해진 것. 지금 그것을 언급하는 것은 적절치 않다. 산적한 일이 많으니 군사는 더 이상 언급 말라."

이정갑은 다시 한 번 단호한 음성으로 말을 잘랐다. 이정갑이 이렇게까지 나오는 데야 신기자도 더는 중언부언할 수 없었다.

하지만 소기의 목적은 충분히 달성했다.

다소 뜬금없다는 생각이 들 정도로 섭일호가 물꼬를 트고, 신기자가 뒤에서 지원을 한 데는 이유가 있었다.

얼마 전부터 신궁의 하급무사들 사이에서는 은밀한 말이 떠돌았다. 그건 일성군이 이성녀가 아닌 육성녀를 마음에 두고 있다는 소문이었다.

본시 뜬소문이라는 것이 잠시 불타올랐다가 이내 사그라지게 마련인데 이건 그렇지가 않았다. 심지어 비마궁이 이화궁과 사돈을 맺을지도 모른다는 말까지 나왔다.

급기야 벽력궁에서 은밀히 이도정의 뒤를 캐고 있다는 첩보까지 신기자에게 들어왔다. 이는 벽력궁의 궁주가 소문을 심각하게 보고 있다는 방증이다.

신기자는 소문의 당사자들과 외궁의 궁주들이 보는 앞에서 교주의 권위를 이용, 혼례를 기정사실화함으로써 소문을 종식하는 한편 벽력궁주의 면을 세워주었다.

반면 이정갑은 신기자의 청을 묵살함으로써 십병귀에게 혈족을 잃은 다섯 궁주의 불편한 심정을 어루만져 주었다. 두 마리 토끼를 모두 잡은 것이다.

모두가 일궁을 이끄는 거물들이다.

어찌 신기자의 속내를 짐작 못 할 것이며, 이것이 계산된 대화라는 걸 모를 것인가. 누구도 선뜻 입을 열지 않는 가운데 한동안 어색한 분위기가 흘렀다.

그사이 엽무백은 김이 모락모락 나는 마유주를 두 개의 술 단지에 각각 나눠 담아 일어섰다.

잠시 후, 엽무백은 이정갑의 앞에 섰다.

장벽산을 죽음으로 몰고 간 힘의 시작이자 혼세신교를 장악한 철의 무인으로부터 마침내 세 걸음 앞까지 도착한 것이다.

하지만 기습은 꿈도 꿀 수 없었다.

이정갑과 엽무백 사이에는 커다란 탁자가 놓여 있었고, 여덟이나 되는 무신이 자리했기 때문이다. 기습을 하는 순간 승패와 상관없이 자신의 몸은 벌집이 되리라. 무엇보다 지금은 더 중요한 일이 있었다.

엽무백은 먼저 이정갑의 앞에 놓인 술잔에 뜨거운 마유주를 따랐다. 술을 따르는 동안 흡사 빗방울과도 같은 기운이 전신으로 부딪쳐 왔다. 기운의 진원은 흑월주 이정풍. 그가 격기(擊氣)를 통해 엽무백의 전신을 살피고 있었다.

어느새 내부로 침투한 기운은 혈도 곳곳을 두들기며 돌아다녔다. 엽무백은 오한이 든 사람처럼 몸을 떨었지만, 실수를 하지 않으려는 듯 결의에 찬 표정으로 정성스레 술잔을 채웠다.

잠시 후, 빗방울도 사라졌다.

엽무백은 동일한 방식으로 군중 한 사람 한 사람의 술잔에 마유주를 채워 나갔다. 마유주를 데우고 따르는 일은 지난날 술을 훔쳐 먹으러 들어간 주조방의 대들보에서 장곽이 하는 동작을 익히 보아온 터라 제법 자연스러웠다.

하지만 과정은 흉내 낸다고 한들 그 맛까지 재현해 낼 수는 없다. 이 자리에 모인 무신들은 초공산과 함께 구주팔황을 질타하던 장본인들. 그때 노상에서 솥을 걸고 마시던 마유주의 맛을 분명 기억할 것이다. 다시 말해 모든 술잔에 술이 차고 무신들이 맛을 보는 순간 엽무백의 행각도 끝이 난다.

그전에 소수옥을 빼돌려야 한다.

그때 신화옥의 입에서 뜻밖의 말이 흘러나왔다.

"소녀, 교주님께 한 가지 청이 있습니다."

누구 말이라고 거절할까.

신풍길의 말은 거절해도 장차 며느리 될 신화옥의 청은 거절할 수 없는 것이 지금 이정갑의 입장이었다. 이정갑은 마유주를 마시려다 말고 자애로운 표정으로 말했다.

"말해보아라."

"꼭 들어주셨으면 합니다."

궁주들은 어리둥절한 표정을 지었다.

대체 무슨 소리를 하려고 저러는 걸까.

"무슨 뜻이더냐?"

신풍길이 물었다.

신화옥은 잠시 사이를 두어 무신들의 궁금함이 더해지기를 기다렸다. 이어 자신에게로 향해진 시선을 그대로 옮기기라도 하려는 듯 소수옥을 돌아보며 말했다.

"저와 사형은 상관없습니다만 사매의 혼례는 조금 서두를 수 있도록 허락해 주셨으면 해요. 어차피 혼례 준비는 아랫사람들이 할 테니 여기 계신 어른들이 신경을 쓰실 일도 없을 거예요. 손이 필요하다면 제가 도울 수도 있고요."

궁주들은 어안이 벙벙해졌다.

뜬금없이 왜 소수옥의 혼례 얘길 꺼내는 것인가.

사실 초공산에게 입문한 순서를 따져 신화옥이 이성녀가 되었지만, 그녀는 소수옥보다 두 살이 어렸다.

신기자는 나이 많은 사매를 두고 먼저 시집을 가려니 민망한 척 궁주들 앞에서 소수옥을 한번 챙겨본 것이라고 생각했다. 그렇다고 해도 뭔가 이상하긴 했다.

한데 더 이상한 건 소수옥의 반응이었다.

웬일인지 그녀의 얼굴이 하얗게 질려 있었다.

그녀로부터 멀지 않은 곳에 있던 소수옥의 사부 이화궁주 염화령도, 그리고 사람들은 몰랐지만 술을 따르던 엽무백도 얼굴이 급격하게 식었다.

　'눈치챘어.'

第四章

무신 이정갑

"사매, 무슨 말을 하는 거야?"

이도정이 나직한 음성으로 나무랐다.

그의 얼굴은 필요 이상으로 경직되어 있었다.

"사형도 모르고 계셨나 보군요. 사매에겐 오래전부터 정인
이 있답니다."

사람들은 너나 할 것 없이 뜨악했다.

무림에 발을 들여놓은 여자들의 삶은 여염집 여자의 그것
과는 다르다. 노정에서 남자들과 노숙을 하는 것도 예사고 교
분을 나눔에 있어서도 거리낌이 없다. 젊은 남녀가 정을 쌓고
연인이 되는 것이 무림에선 흉이 아니다.

그렇다고 해도 지금은 그런 얘기를 할 때가 아니지 않은가. 더구나 당사자와 이화궁주도 가만히 있는 일을 이렇게 많은 사람이 보는 앞에서 신화옥이 언급할 문제는 아니었다.

"그렇다면 좋은 일이군요. 하지만 지금은 적절한 때가 아닌 듯하니 자세한 얘기는 후일로 미루심이 어떻겠습니까?"

신기자는 사태를 서둘러 매듭지으려 했다.

소수옥이 아까부터 새파랗게 질린 데다 그녀를 바라보는 신화옥의 얼굴에서 독기를 느끼고는 무언가 좋지 않은 일이 있음을 직감했기 때문이다.

아나나 다를까, 이화궁주 염화령은 당황스러운 가운데에도 한줄기 은은한 노기를 발산하고 있었다. 이화궁과 척을 지어서 좋을 게 하나도 없었다.

한데 신화옥은 순순히 물러나지 않았다.

그녀가 신기자를 차갑게 돌아보며 물었다.

"언제부터 성군들의 혼담에 군사가 끼어들어 훈계를 했죠?"

신기자의 얼굴이 딱딱하게 굳었다.

탁자를 둘러싸고 있는 궁주들도 마찬가지였다. 지금 이 자리는 궁주와 성군들이 모여 회동을 하는 자리다.

아무리 공을 세운다 한들 신기자는 궁주나 성군들과 같은 탁자를 두고 앉을 수 없다. 공으로 치자면 신기자 못지않은 흑월주 이정풍도 언감생심 동석을 못하고 뒤편에 시립해 있지 않은가.

그럼에도 불구하고 신기자가 동석을 할 수 있었던 것은 이정갑의 파격적인 배려 때문이다. 신기자가 한 팔을 바쳐 수만의 전력 손실을 막은 이후 그에 대한 이정갑의 신뢰는 더욱 깊어졌다. 한데 신화옥은 그런 안배를 무색하게 만들어 버렸다.

"하나밖에 없는 사매에게 어찌 이리 짓궂게 구는 것이냐. 이화궁의 궁주께서 너를 두고 버릇없는 아이라 흉보실까 두렵구나. 이제 그만하거라."

신풍길이 나직한 음성으로 신화옥을 나무랐다.

그는 신화옥이 무슨 말을 하려는 건지 몰랐다. 하지만 무언가 작심을 한 듯한 신화옥의 얼굴과 하얗게 질린 소수옥의 얼굴에서 가볍지 않은 일이 일어나고 있음을 직감했다.

그는 자신의 딸을 믿었다.

무슨 일인지는 모르나 오늘의 이 자리를 빌려 그녀가 무언가를 밝히려 한다면 그건 그녀 자신이나 벽력궁에 해가 되는 일이 아닐 것이다.

그래서 이화궁주 염화령의 신색을 살폈다.

그녀의 반응이 궁금해서.

그랬더니 놀랍게도 염화령이 크게 흔들리고 있었다. 난감함과 격노가 하나로 뒤엉킨 듯한 감정이랄까.

'뭔가 숨기는 게 있군.'

어쨌거나 신풍길의 호통은 결과적으로 신화옥에게 보다 적극적인 해명을 할 수밖에 없도록 만들었다.

"모두 사매를 위해서예요."

너무나 모호하기 짝이 없는 대답이다.

사람들은 더욱 궁금할 수밖에 없고, 그럴수록 신화옥은 보다 명확한 대답을 내놓아야 했다. 이런 분위기를 모아 신풍길이 다시 한 번 신화옥을 꾸짖었다.

"이 녀석이 그래도."

신풍길의 언성이 높아질 듯하자 이정갑이 한 손을 들어 그를 막았다. 그러곤 신화옥을 돌아보며 착 가라앉은 음성으로 말했다. 이정갑 역시 뭔가 심상치 않은 일이 일어나고 있음을 직감했다.

"하고 싶은 말이 있다면 정확히 하라."

"그 얘긴 사매가 직접 하는 게 나을 듯합니다."

신화옥은 공을 소수옥에게로 넘겨 버렸다.

사람들의 시선이 일제히 소수옥을 향했다.

소수옥은 이제 사시나무 떨듯 떨고 있었다.

이화궁의 대제자로 사는 동안 적지 않은 일을 겪은 그녀다. 하지만 맹세코 오늘처럼 긴장한 적은 없었다. 자리의 쉽고 어려움 때문이 아니었다. 그녀 스스로가 떳떳하지 못했기 때문이다. 소수옥은 신화옥이 자신의 상태를 눈치챘다는 걸 알아차렸다.

교주까지 나선 이상 두루뭉술하게 넘어가긴 틀렸다.

자신을 향해 쏟아질 멸시와 조롱은 두렵지 않았다. 장벽산과 만난 것을 후회하지도 않는다. 하지만 이로 인해 이화궁과 사부가 겪게 될 고초를 생각하니 가슴이 무너지는 것 같았다.

믿었던 제자에 대한 실망감 때문일까?

염화령은 모든 걸 체념한 듯 눈을 감아버렸다.

'사부님……'

더는 물러설 곳이 없음을 깨달은 소수옥은 천천히 사람들을 돌아보았다. 그리고 오랫동안 가슴에 담아두었던, 이제는 더 숨기려야 숨길 수도 없는 그 이야기를 꺼내기 위해 자리에서 일어나려는 순간,

"헛!"

소수옥의 술잔에 마유주를 따르려던 엽무백이 외마디 비명과 함께 엎어졌다. 동시에 손에 들고 있던 술 단지를 막 일어서려던 소수옥의 앞가슴에 냅다 들이부어 버렸다.

술 단지가 바닥으로 떨어지며 깨졌다.

넘어지지 않으려는 듯 손을 뻗은 엽무백은 탁자 위에 있는 이런저런 음식들을 소수옥에게로 쓸어 부었다. 그럼에도 불구하고 그는 쓰러졌다.

넋이 나간 탓일까?

뜨거운 술과 여러 가지 음식을 몽땅 뒤집어쓰는 와중에도 소수옥은 그 어떤 동작도 취하지 않았다. 그저 일어나는 동작

그대로 그 자리에 우두커니 서서 황망한 표정을 지을 뿐이었다.

"죄송합니다. 발이 의자에 걸려 그만……."

엽무백은 하얗게 질린 척 가장하며 연신 소수옥에게 머리를 조아렸다.

"이런 멍청한 놈!"

진노한 이도정이 벌떡 일어나 엽무백을 후려쳤다.

짝! 소리와 함께 뺨을 맞은 엽무백은 석 장이나 밀려난 끝에 마유주를 담아온 항아리와 부딪쳤다. '철퍽' 하는 소리와 함께 항아리 하나가 박살 나면서 남은 마유주가 진창으로 쏟아졌다. 일대는 한바탕 아수라장이 되었다.

"뭣들 하는 거야! 저놈을 당장 끌어내 손목을 잘라라!"

이도정의 호통에 창문을 지키고 있던 흑월의 무사들이 우르르 달려들어 엽무백을 제압하고 끌어냈다. 그사이 이도정은 소수옥을 돌아보며 차분한 음성으로 말했다.

"돌아가서 옷을 갈아입는 게 좋겠어."

이도정은 다시 이정갑을 향해 말했다.

"허락해 주십시오."

뜨거움은 둘째치고 기름기 가득한 마유주를 가슴에서부터 흠뻑 뒤집어썼다. 물기 탓에 몸의 굴곡이 그대로 드러나고 있는 상황. 아무리 중요한 얘기를 하려던 참이어도 이런 모습으로는 곤란하지 않겠는가.

이정갑이 가볍게 고개를 끄덕였다.

이도정이 다시 소수옥을 향해 고개를 끄덕여 주었다.

그 모습이 연인을 바라보듯 따뜻하기 짝이 없었다.

소수옥은 이정갑을 향해 한차례 포권지례를 하고는 걸음을 옮겼다.

흑월무사들에게 끌려가며 엽무백은 생각했다.

'됐다.'

그의 목적은 소수옥을 바깥으로 빼돌리는 것이다.

때마침 이도정이 나서서 도와주는 바람에 일이 생각했던 것보다 쉽게 풀리는 듯했다.

그때 흑월주 이정풍이 나섰다.

"잠깐!"

이정풍의 말에 엽무백을 끌고 가던 흑월무사들이 그 자리에 우뚝 멈춰 섰다. 바깥으로 나가려던 소수옥도 걸음을 멈추고 이정풍을 돌아보았다.

"아무도 이 방을 나갈 수 없다."

"흑월주 당신이 감히……!"

이도정이 이정풍을 향해 눈을 사납게 치켜떴다.

"이상하지 않습니까?"

"무어?"

"무슨 사정이 있는지는 모르나 육성녀께서 매우 곤란해하시던 참에 하필 저자가 넘어지면서 술 단지를 육성녀께 쏟아부었습니다. 일성군께서는 기다렸다는 듯이 육성녀께서 이 자리를 뜰 수 있도록 배려를 하셨고요. 그냥 지나치기에는 상황이 너무나 공교롭다는 생각이 들지 않습니까?"

"내가 저자와 짜고 사매를 빼돌리려 했단 말인가?"

"물론 일성군께서야 순수하게 배려를 하신 거겠지요. 하지만 만약 저자의 행동이 일성군의 그런 반응까지 염두에 둔 것이라면……?"

"……!"

이도정은 꿀 먹은 벙어리가 되었다.

신기자도 외궁의 궁주들도 모두 놀란 눈을 치켜떴다. 그러고 보니 이상한 점이 한둘이 아니지 않은가.

그때였다.

휘우우웅! 펑! 펑! 펑!

길게 이어지는 음향과 함께 창밖 허공에서 섬광이 연달아 터졌다. 양섬(揚閃)이라는 폭죽으로 일종의 섬광탄이다. 양섬이 터진 지점으로부터 방원 백여 장의 대지가 대낮처럼 밝아졌다가 다시 어두워지기를 반복했다. 뒤를 이어 곳곳에서 소란이 일어나기 시작했다.

갑작스러운 소란에 사람들은 너도나도 일어나 바깥 동정을 살폈다. 놀랍게도 궁 안 곳곳에서 계속 효시가 날아오르고 병력이 대거 창룡루로 집결하는 중이었다.

"뭣들 하느냐! 당장 무슨 일인지 확인하라!"

신기자가 흑월무사들을 향해 소리쳤다.

"그럴 필요 없습니다. 속하가 지시한 일입니다."

이정풍이 말했다.

그 순간, 우당탕탕 하는 소리와 함께 흑월무사 하나가 내실로 득달같이 뛰어들어 왔다. 앞서 엽무백을 이곳으로 이끌었던 바로 그 흑월무사였다. 그는 흑월무사들에게 제압당해 무릎을 꿇은 엽무백을 일별하고는 서둘러 이정풍을 향해 말했다.

"월주님의 예상이 맞았습니다. 장 방주를 포함, 주조방의 인물들이 모두 혈도를 제압당한 채 쓰러져 있었습니다. 장 방주 말이 일다경 전에 철검조 복장을 한 세 놈이 들이닥쳐 자신들을 쓰러뜨리고는 마유주를 가져갔다고 합니다. 흑색도 귀병단의 염 부단주를 통해 그들 세 놈이 창룡루로 들어간 것을 확인했습니다. 근동을 샅샅이 뒤졌지만 두 놈은 어디로 내뺐는지 보이지 않고 한 놈은……."

말미에 흑월무사가 엽무백을 손가락으로 찌를 듯이 가리키며 말을 이었다.

"바로 저놈입니다."

차차창!

흑월무사 몇 명이 득달같이 장검을 뽑아들고는 엽무백의 목을 겨누었다. 그전에 엽무백을 바깥으로 끌고 나가기 위해 양팔을 나눠 잡고 있던 자들은 팔을 꺾고 등을 찍어 눌렀다.

좌중의 공기가 태풍을 맞은 것처럼 술렁였다.

"월주, 어찌 된 일인가?"

신풍길이 물었다.

"처음 장 방주를 대신에 저자가 나타났을 때 뭔가 이상하다는 생각이 들었습니다. 장 방주의 부재야 그렇다 쳐도 일개 주조방의 장인 따위가 무신들이 모인 장소에 나타날 수 있는 배포를 지녔다는 게 아무래도 석연치 않았지요. 해서 수하들에게 일러 주조방을 살펴보게 했습니다. 그 결과가 지금 이것입니다."

"과연 흑월주다운 안목이군."

"모두 물러나시오."

묵직한 음성과 함께 이정갑이 자리에서 천천히 일어났다.

이정갑은 한 걸음씩 물러나는 사람들 사이를 가로질러 천천히 엽무백을 향해 다가왔다. 그 모습이 흡사 태산이 움직이는 것처럼 묵직했다. 이윽고 서너 장을 남겨두었을 때 이정갑이 걸음을 멈추었다.

"물러나라. 너희가 상대할 수 있는 자가 아니다."

이정갑이 엽무백을 붙잡고 있는 흑월무사들에게 말했다.

흑월무사들은 당황했다.

이자가 대체 누구이관데 이미 제압을 한 상태에서도 당하지 못할 거라는 걸까? 도무지 이해할 수 없는 말이었지만, 감히 누구의 명이라고 거역할 것인가. 흑월무사들은 천천히 압제를 풀고 물러났다. 하지만 엽무백을 겨눈 검은 여전히 거두지 않았다.

엽무백은 길게 한숨을 쉬며 일어섰다.

상황이 다 틀어져 버렸다.

이제 남은 일은 힘으로라도 소수옥을 데리고 여길 빠져나가는 것이다. 그전에 장내를 눈에 담았다. 좌우에는 흑월의 무사 십여 명이 장검을 뽑아 든 채 대치했고, 맞은편엔 이정갑이, 다시 이정갑의 뒤에는 여섯 명의 무신과 이정풍, 신기자, 이도정, 신화옥, 소수옥이 버티고 있다.

가장 가까운 이정갑과의 거리는 삼 장.

모든 게 이 삼 장을 어떻게 활용하느냐에 달려 있었다.

"본모습을 드러내지 그러나."

이정갑이 말했다.

"눈썰미가 좋구려."

엽무백이 말했다.

당황하고 두려워하던 조금 전과는 전혀 다른 모습.

더불어 그의 몸 곳곳에서 툭툭 하는 소리가 나기 시작했다. 꺾이고 어긋났던 관절이 제자리를 찾으면서 그의 키는 육 척 장신의 본래 모습으로 돌아왔다. 좁았던 어깨도 펴지고 축 늘어져 있던 팔다리도 고찰의 당간지주처럼 굳건해졌다.

축골공(縮骨功)이다.

역용술과는 비교도 할 수 없는 상승의 공부.

돌변한 엽무백의 기도에 무신들의 얼굴이 차갑게 얼어붙었다. 그러다 얼굴마저 본래의 모습으로 돌아왔을 때 이도정, 신화옥, 소수옥은 머릿속에서 뇌성이 치는 듯한 충격을 받았다.

"십병귀……!"

신화옥이 목소리를 쥐어짰다.

그 한마디가 벌집을 쑤셔놓은 것과도 같은 결과를 초래했다. 장내의 공기가 미친 듯이 출렁이는가 싶더니 순식간에 숨이 턱턱 막혔다.

내공이 약한 자가 있었다면 목을 움켜쥐고 바닥을 뒹굴었으리라. 무신들의 전신에서 뿜어져 나온 살기는 그토록 살벌했다. 무신들은 몸속 깊은 곳에서 솟구치는 격정을 느끼며 선 자리에서 한 걸음씩 앞으로 옮겨 디뎠다.

"네놈이 정녕 십병귀렷다!"

넉넉한 살집의 노인이 불같은 안광을 뿜으며 물었다. 장락궁주 섭일호였다. 엽무백에게 아들을 잃은 그의 분노는 이루 말할 수 없었다. 보고에 따르면 그의 아들 섭대강은 육반산에 도착하는 즉시 엽무백의 칼날에 죽었다고 한다.

"칠성군 섭대강을 죽인 십병귀를 말하는 것이라면 맞소. 내가 바로 십병귀요."

엽무백이 그게 뭐 어쨌다는 거냐는 투로 말했다.

섭일호의 눈동자에서 화염이 줄기줄기 뻗어 나왔다. 더불어 초마궁의 궁주 북일도, 대양궁주 허장옥, 적양궁의 궁주 조첨문 역시 찢어 죽일 듯한 눈으로 엽무백을 노려보았다.

그들은 모두 엽무백에게 아들을 잃었다.

아들을 죽인 흉수를 대하자 무신이라는 체면도 잊고 온몸의 피가 끓어오르는 것이다.

하지만 행동으로 옮기지는 못했다.

바로 앞에 이정갑이 버티고 섰기 때문이다.

이정갑이 사람들을 물리고 앞으로 나선 것은 이런 상황을 염두에 둔 것이리라. 그리고 그는 주조방의 장인으로 변장한 사내가 십병귀라는 것도 알고 있었으리라.

"대범하구나. 감히 여기까지 들어올 생각을 하다니."

"생각보다 어렵지 않았소. 결국 이렇게 되어버렸지만."

"그래서 원하는 건 취했느냐?"

"아직."

"아직이라……. 그 말은 아직 끝난 게 아니다?"

"아직 살아 있잖소."

"우리 중 하나라도 감당할 수 있을 성싶으냐?"

"기회를 주겠소?"

"노옴!"

천둥 같은 대갈일성과 함께 섭일호의 신형이 사라졌다. 순간 엽무백은 자신의 정수리 위로부터 우렛소리를 들었다. 엽무백은 유령비조공 중 탄자비의 수법을 펼쳐 광속으로 튕겨

나왔다. 하지만 무신의 일검은 그리 쉽게 피할 수 있는 것이 아니었다.

꾸앙!

굉음과 함께 미처 몸을 따르지 못한 머리카락이 눈앞에서 뭉텅 잘려 나갔다. 육 장에 달하는 거리를 단숨에 없앤 것도 모자라 일검으로 머리카락까지 잘라내는 섭일호의 수법에 엽무백은 속으로 크게 탄복했다.

그때쯤 엽무백은 안쪽에 서 있던 흑월무사 셋과 정통으로 부딪쳤다. 장검을 뽑아 들고 있었음에도 불구하고 흑월무사들은 그 어떤 초식도 쓸 수 없었다.

쾅!

둔중한 충격과 함께 흑월무사 셋이 두꺼운 판자로 만든 벽을 뚫고 나가 버렸다. 지금 이곳의 높이는 팔 층, 수십 장 아래의 지면으로 곤두박질치는 흑월무사들의 비명이 소름 끼치게 울렸다.

"으아악!"

그들은 엽무백이 가지고 들어왔던 항아리의 파편과 그 항아리를 옮길 때 쓴 장대를 치우려다 말고 대치한 터였다.

엽무백은 바로 그 흑월무사들을 어깨로 부딪쳐 날려 버리고 발아래 있던 장대를 집어 들었다. 섭일호의 장검이 두 번째로 허공을 가르는 찰나였다. 노리는 곳은 심장. 단 일격에 명줄을 끊기라도 하려는 듯 막강한 경파가 엽무백을 향해 벼락처럼 쇄도했다.

엽무백은 장대의 끄트머리를 잡고 힘차게 올려쳤다.

꾸앙!

엄청난 굉음과 함께 좌중의 공기가 요동쳤다.

대나무가 폭탄이라도 맞은 것처럼 터져 나가면서 장대 속에 숨겨져 있던 묵룡병이 모습을 드러냈다. 하지만 격병(擊兵)의 충격을 이기지 못한 엽무백은 무려 다섯 걸음이나 주르륵 밀려났다.

하필이면 앞서 흑월무사가 뚫고 나가면서 생긴 벽체의 구멍 쪽이었다. 엽무백이 그 구멍을 통해 탈출할 것을 우려한 이정풍이 황급히 신형을 날려 일장을 뻗었다. 화룡백연조(火龍百鍊爪)의 날카로운 송곳니가 엽무백의 등줄기를 찢었다.

그건 중심을 잃고 밀려나는 상황에서 부지불식간에 당한 기습이었다. 엽무백은 화끈한 불 맛을 느끼며 등을 활처럼 굽혔다.

그 순간 섭일호의 세 번째 공격이 가해졌다.

일체의 변화가 없는 정직한 직검. 하지만 무신의 손을 통해 펼쳐지는 순간 그건 더 이상 평범한 직검일 수가 없었다. 흡사 유성이 돌진해 오는 듯한 경파와 속도 앞에서 엽무백은 생애 처음으로 죽음의 공포를 느꼈다.

공포는 그의 내면에 잠자고 있던 본능을 깨웠다.

머리로 생각하기 이전에 그의 본능이 먼저 움직였다.

엽무백은 묵룡병을 허리에 붙이고 질풍처럼 꺾었다. 허리를 축 삼아 묵룡병에 실린 막강한 힘이 섭일호의 옆구리를 향해 쇄도했다.

동귀어진의 작전이다.

옆구리가 터지지 않으려면 섭일호는 검을 회수해야 한다. 반면 옆구리가 터지는 걸 감수하면 엽무백의 심장을 취할 수 있다. 요는 누가 더 배짱이 있느냐 하는 것인데, 이 경우엔 가진 게 많을수록, 더 높이 오른 사람일수록 목숨에 대한 집착이 강해지게 마련이다.

예상대로 섭일호가 황급히 검을 회수했다.

"이런 미친놈!"

어느새 삼 장 밖으로 물러난 섭일호가 눈알을 부라리며 서 있었다. 들고 나아감이 마치 바람과도 같다. 숨소리는 좀 전의 격전과 무관한 듯 고요하기 짝이 없고, 동작은 여전히 빈틈이 없었다. 눈동자에서는 여전히 화염이 쏟아지고 있지만 그의 몸은 머리와 달리 흥분하는 법이 없었다. 무신의 무학이란 이토록 대단했다.

반면 엽무백은 적잖은 낭패를 겪고 있었다.

좀 전에 겪은 격병의 충격으로 아직도 손목이 욱신거렸다. 단 한 번의 격돌로 무려 다섯 걸음이나 밀려난 것도 충격이었다.

무엇보다 동귀어진이 아니면 섭일호를 물러나게 할 수 없었다는 자괴감이 그를 당황하게 만들었다. 제칠궁 장락궁주의 무학이 이 정도일진대 이정갑은 얼마나 대단할 것인가.

충격을 받기는 장내에 모인 무신들 역시 마찬가지였다.

그들은 모두 십병귀에 대해 이야기로만 들었다.

강하다는 건 짐작했지만 이토록 강할 줄은 몰랐다.

처음 섭일호가 펼친 것은 구성의 공력이 담긴 장락궁 최강의 무학 묵성마검(墨星魔劍), 그중에서도 우레와 검의 만남이라 일컬어지는 뇌봉검별(雷逢劍別)의 일초였다.

뇌봉검별은 여태껏 목표물을 놓쳐 본 적이 없는 필살의 일초다. 섭일호는 이 한 수로 엽무백을 살려두지 않겠다는 뜻을 분명히 했다.

한데 엽무백은 적수공권인 상황에서 뇌봉검별의 일초를 피했다. 섭일호가 뇌봉검별을 펼친 이래 처음 있는 일이다. 섭일호의 뇌봉검별은 두 번째 공격에 이르러 가까스로 엽무백의 신형을 잡았다.

하지만 그의 두 번째 공격도 엽무백이 휘두른 병기에 가로막혀 튕겨 나갔다. 엽무백 역시 다섯 걸음을 물러났다고는 하나 그것만으로도 기절초풍할 일이다. 정상적이라면 병기와 함께 그의 신형이 두 동강 나야 옳았다.

그나마 엽무백이 부지불식간에 휘두른 병기는 장대에 갇혀 제 모습을 드러내지도 않은 상태가 아니었던가. 섭일호의 세 번째 공격이 가해졌을 때 엽무백은 오히려 반격을 통해 동귀어진의 상황까지 몰고 갔다.

엽무백의 마지막 반격은 흑월주 이정풍에게 불의의 기습을 당한 와중에 가한 것이었고, 그건 앞선 두 번의 기습보다 엽무백을 더욱 심각한 위기에 빠뜨린 상황에서 일어난 일이었다.

바꿔 말하면 섭일호는 엽무백이 곤란한 틈을 이용해 무려 세 번이나 공격을 가했다. 앞서의 두 번은 아들을 잃은 흉수에 대한 분노로 그랬다고 쳐도 마지막 한 수는 무신이라 불리는 사람이 할 짓이 아니었다.

결과와 상관없이 무신들은 섭일호의 패배로 보았다.

섭일호 역시 그 사실을 너무나 잘 알고 있었다.

"아무래도 내 손에 죽을 운명은 아닌가 보구나."

섭일호는 갑자기 흥미를 잃었는지 제자리로 돌아가 버렸다. 초장에 엽무백을 쓰러뜨리지 못하고 급기야 곤란한 틈을 이용해 공격까지 한 것에 대해 책임을 느끼고 다음 사람에게 기회를 주려는 것이다.

"양보를 해주셔서 고맙소."

한 사람이 앞으로 나섰다.

창날처럼 뾰족한 하관에 얼음을 박아놓은 것처럼 차가운 눈동자를 지닌 노인, 적양궁의 궁주이자 천하제일의 쾌검으로 불리는 조첨문이었다. 그가 보옥으로 요란하게 치장한 협봉검을 뽑아들려는 순간 이정갑이 나섰다.

"물러나라 했거늘……."

그 어떤 설명도 없는 나직한 한마디. 조첨문은 오싹한 한기를 느끼고 물러날 수밖에 없었다. 다른 궁주들도 감히 끼어들 생각을 못한 채 조용히 거리를 유지했다.

"기회를 준 것으로 아오만."

엽무백이 말했다.

"궁주들을 모두 상대하고 나면 너는 중상을 면치 못한다. 불리한 틈을 타 손을 쓰고 싶지 않았을 따름이다."

"훗."

엽무백은 실소를 흘릴 수밖에 없었다. 평생 생사고락을 함께한 초공산을 독살한 주동자가 바로 이정갑이다. 그런 자의 입에서 나올 말은 아니었다.

"왜 웃는 것이냐?"

"교주의 권좌가 무섭긴 무섭다고 생각했소. 각설하고, 이제 어떻게 할 것이오?"

엽무백은 창간을 아래로 늘어뜨리며 말했다.

동시에 기운을 운용해 등의 상처로부터 나는 출혈을 줄였다. 이정풍의 화룡백연조에 당한 다섯 줄기의 상처에서 적지 않은 피가 흘러나온 까닭이다. 그나마 다행인 것은 절체절명의 순간 허리를 꺾어 뼈만큼은 상하지 않았다는 정도.

"원하는 게 무엇이냐?"

"당신들 모두의 목숨."

"……!"

이정갑은 눈매를 좁히며 한동안 엽무백을 노려보았다. 엽무백은 뭐라 말할 수 없는 어떤 기운이 자신의 눈을 통해 들어와 온몸을 휘젓고 나가는 듯한 느낌을 충격을 받았다.

"나한테 숨기는 게 있군."

"멍청한 소리를 하는군. 내가 당신에겐 숨기지 않은 게 하나라도 있을 것 같소?"

"왜 소수옥을 빼돌리려 했지?"

"그 질문은 내가 아니라 당신의 아들에게 해야겠지. 이봐, 이정도. 왜 육성녀를 빼돌리려고 했지? 너와 결혼할 여자는 이성녀가 아닌가?"

이도정의 얼굴이 썩어문드러졌다.

분노로 일그러진 그가 장검을 뽑아 들고 나서려는 순간 신화옥의 입에서 폭탄 같은 한마디가 흘러나왔다.

"사매가 장벽산의 아이를 뱄기 때문이죠."

"……!"

"……!"

"……!"

"……!"

누가 먼저랄 것도 없었다.

내실 안에 있는 궁주들은 너나 할 것 없이 두 눈을 부릅떴다. 이화궁의 대제자인 소수옥이 장벽산의 아이를 가졌다니,

이 무슨 청천벽력과도 같은 소린가.

"사매, 대체 어디서 헛소리를 듣고 와서……!"

이도정이 진노한 음성으로 신화옥을 나무랐다.

"제 말이 억측인지 아닌지는 여섯째에게 물어보면 알지 않겠어요?"

"사매!"

이도정이 언성을 높였다.

신화옥은 더는 대답하지 않았다.

이 모든 의문에 대한 대답은 오직 소수옥의 몫이라는 듯 그녀만 뚫어지게 바라보았다. 사람들의 시선도 덩달아 소수옥을 향했다.

"화옥이의 말이 사실이냐?"

이정갑이 물었다.

"사실입니다."

좌중의 공기가 크게 술렁였다.

무신들은 충격에 빠졌다.

장벽산은 자신들이 힘을 합쳐 가장 먼저 제거한 정적이다. 이화궁의 대제자가 그 정적의 아이를 가졌다는 사실을 어떻게 받아들여야 한단 말인가. 소수옥은 적인가 아군인가.

이도정은 넋이라도 나간 사람처럼 얼굴이 하얗게 질려 버렸다. 이화궁주 염화령은 눈까풀을 가늘게 떨었다.

신화옥의 말이 이어졌다.

"사매의 이화십팔만결은 능히 일사형을 상대할 만큼 대단함을 다들 아실 거예요. 한데도 십병귀를 잡기 위해 육반산에 도착했을 당시 사매는 최선을 다하지 않았어요. 우두간, 섭대강, 조백선, 그리고 사매가 연수합격을 펼쳤음에도 불구하고 십병귀의 십 초식을 견디지 못하고 죽은 것도 그 때문이죠. 사매는 처음부터 정인의 벗이었던 십병귀를 죽일 생각이 없었던 거예요."

궁주들의 얼굴이 분노로 일그러졌다.

이 말이 사실이라면 소수옥은 십병귀와 한패나 다름없다는 뜻이 된다. 더불어 소수옥은 물론이거니와 이화궁주 염화령까지 성군들의 죽음에 대한 책임으로부터 자유로울 수 없다.

궁주들로부터 뻗어 나온 끈적끈적한 살기가 좌중의 공기를 무겁게 짓눌렀다. 주조방의 장인이 십병귀였다는 걸 알아차렸을 때와는 또 다른 살기였다.

이정갑은 차가운 두뇌의 소유자였다.

소수옥의 비밀에 모두가 흥분하는 와중에도 그는 지금의 상황에서 보다 중요하고 본질적인 문제를 생각하고 있었다. 그가 엽무백에게 물었다.

"수옥이가 장벽산의 아이를 가졌다고 치자. 하지만 화옥이가 이 일을 문제 삼을 거란 걸 너는 몰랐다. 그런데도 위험을 무릅쓰고서라도 수옥이를 빼돌리려고 했다. 왜지?"

사람들은 정신이 퍼뜩 들었다.

분명 엽무백은 소수옥을 빼돌리려고 했다. 그라면 갈아 마셔도 시원찮아할 무신들이 가득한 이곳으로 침투하는 위험까지 무릅쓰면서.

분명 뭔가가 있다.

엽무백은 무신들 하나하나를 눈동자에 쓸어 담으며 말했다.

"노인들이라 그런지 말귀가 어둡군."

"무슨 뜻이냐?"

"그 대답은 이미 했다는 뜻이오."

"……!"

사람들은 '당신들 모두의 목숨'이라고 했던 엽무백의 말을 떠올렸다. 하지만 제깟 놈이 홀로 무슨 수로 모두를 죽인단 말인가?

그때였다.

"서쪽이다!"

"놈이 창룡루를 올라간다!"

바깥에서부터 요란한 함성과 함께 화살이 비 오듯 솟구치는 소리가 들렸다. 마치 사냥을 나간 병사들이 풀숲에 숨어 있던 멧돼지를 발견하고 함성을 지르는 것과도 같았다.

잠시 후, 와장창 하는 소리와 함께 입구 쪽으로 난 창문 하나가 터지면서 시커먼 인영이 들이닥쳤다. 인영은 창문 앞을 지키고 있던 흑월무사 셋을 단숨에 베어 넘긴 후 바닥에 떨어졌다.

당엽이었다.

어디서 구했는지 굵은 밧줄을 어깨에 친친 감고 나타난 당엽은 엽무백을 보자마자 외쳤다.

"갑시다!"

"어딜!"

흑월주 이정풍이 당엽을 향해 득달같이 신형을 쏘았다. 엽무백은 묵룡병을 힘껏 밀어 넣었다. 찌이익 소리와 함께 반 장이나 뻗어 나온 강기가 이정갑의 중단을 파고들었다.

이정갑은 뒷짐을 진 상태에서 가볍게 상체를 비틀어 강기를 흘려보냈다. 동시에 좌장을 벼락처럼 뻗었다. 한줄기 웅혼한 경력이 몰려왔다. 지난날 초공산 전대 교주를 제외하면 그 누구에게서도 경험해 보지 못한 위력과 속도.

뻐엉!

거대한 망치로 두들겨 맞은 듯한 충격과 함께 엽무백은 무려 다섯 걸음이나 물러난 끝에 벽과 부딪쳤다. 한순간 내장이 진탕 당하고 정신까지 혼미했다.

그건 시작에 불과했다.

엽무백이 중심을 잃고 물러나는 사이 허공으로 솟구친 이정갑은 놀랍게도 한 손을 뻗어 엽무백의 정수리를 틀어쥐려 했다. 병기를 든 상대에게 달려들어 한 손으로 머리통을 잡으려 하는 건 매우 위험한 행동이다. 오직 압도적인 무위를 지닌 자만이 펼칠 수 있는 동작.

엽무백은 재빨리 벽을 타고 굴렀다.

쾅!

굉음과 함께 좀 전까지 엽무백이 기대고 있던 벽체가 통째로 날아가 버렸다. 뻥 뚫린 벽체 너머로 신궁의 밤하늘이 와락 들어왔다.

이정갑의 권장이 폭풍처럼 날아들었다.

그때마다 엽무백은 아슬아슬하게 피했다. 대신 벽이 날아가고 바닥이 뻥 뚫렸다. 순식간에 내실의 중간까지 물러난 엽무백은 커다란 탁자를 발칵 뒤집어엎어 버렸다. 때마침 폭사한 이정갑의 장력이 탁자를 강타했다.

쿠앙!

굉음과 함께 설강석으로 만든 보탁이 박살 났다. 돌덩이가 우수수 날리는 틈을 타 엽무백은 벼락처럼 꺾어 돌며 이정갑의 하복부를 향해 묵룡병을 깊숙이 찔렀다.

턱!

묵룡병은 이정갑의 하복부로부터 정확히 한 치 앞에서 멈춰 버렸다. 놀랍게도 이정갑이 묵룡병의 목을 맨손으로 덥석 잡아버린 것이다.

이건 말이 안 된다.

엽무백은 흔하디흔한 창수가 아니다.

심성의 공력이 담긴 창을 어떻게 맨손으로 잡아낼 수가 있단 말인가. 엽무백은 진기를 극도로 끌어올려 묵룡병을 힘차게 밀었다. 이정갑도 동시에 진기를 끌어올렸다.

그때부터는 내력과 내력의 대결이었다.

순간 어찌 된 일인지 여태 수세를 면치 못하던 엽무백이 압도적인 힘으로 이정갑을 주르륵 밀어붙였다.

쿵! 소리와 함께 무려 대여섯 장이나 맥없이 밀려 나가던 이정갑이 벽에 등을 부딪치며 멈춰 섰다. 이것이 혼원요상신공의 진정한 힘. 현란한 초식의 변화나 순간적인 발경의 운용에 관해서는 백전노장인 이정갑에게 밀릴지 모르나 내공에 있어서만큼은 그를 압도했던 것이다.

이정갑은 크게 당황했다.

묵룡병은 어느새 이정갑의 심장으로부터 한 치 앞까지 이르렀다. 상황이 이렇게 전개되리라고는 생각지도 못했던 이정갑은 새파랗게 질렸다. 그리고 살아남기 위해 생애 모든 진력을 쥐어짰다. 힘줄이 툭툭 불거지고 머리카락은 넘실댔으며 옷자락은 크게 부풀어 올랐다.

이정갑의 목숨은 바람 앞의 촛불과도 같아 보였다. 그럼에도 불구하고 누구도 도와줄 생각을 못했다. 두 사람 사이에서 뻗쳐 나온 기의 파장이 만들어내는 반탄력으로 말미암아 함부로 끼어들었다간 이정갑의 목숨마저 위태롭기 때문이다.

이정갑은 오롯이 홀로 저 난관을 헤쳐 나와야 했다. 공력의 폭주를 견디지 못한 그의 콧구멍에서는 피가 줄줄 흘러내렸다.

실로 위험천만한 순간이었다.

극한의 상황까지 나아가기는 엽무백 역시 마찬가지였다. 온몸의 털이 곤두섰으며 빠질 듯 튀어나온 동공에선 핏줄이 터져 대기 시작했다. 그 모습이 흡사 주화입마에 걸려 미쳐가는 사람처럼 흉측하기 짝이 없었다.

목숨을 건 두 사람의 내력 대결은 좀처럼 승부가 끝나지 않았다. 묵룡병의 날카로운 창날은 금방이라도 이정갑의 심장을 뚫어버릴 듯했지만 딱 거기까지였다.

'한 줌의 힘만 더 있었어도……'

한 줌의 힘만 더 있었어도 이정갑의 심장을 뚫을 수 있었으리라. 한 줌의 힘이 이토록 아쉬울 수가 없었다.

이정갑은 뭔가 이상한 생각이 들었다.

엽무백이 제 의지와는 상관없이 무언가에 막혀 진력을 더 끌어올리지 못하는 듯한 느낌? 그의 예상은 적중했다. 갑자기 엽무백의 입에서 검붉은 핏줄기가 쭉 뿜어져 나온 것이다. 동시에 태산처럼 밀어붙이던 진력도 산산이 흩어져 버리고 말았다. 이정갑은 이때를 놓치지 않고 엽무백의 가슴에 일장을 격중시켰다.

뻥!

둔탁한 격장음과 함께 엽무백은 대여섯 장을 날아가 떨어지고 말았다. 이어 또다시 검은 피를 왈칵 쏟아냈다.

"하하하! 초공산이 금제를 걸어놨군!"

이정갑이 돌연 앙천광소를 터뜨리며 말했다.

엽무백이 마지막 한 줌을 끌어내지 못했던 이유, 엽무백의 오성을 시기한 초공산이 자신도 모르는 사이에 혼원요상신공을 대성하는 일이 없도록 구성의 벽 앞에 금제를 가해놨기 때문이다.

엽무백의 한계를 확인한 이정갑은 크게 기뻐했다. 잠시 숨을 고른 그가 한 손을 쭉 뻗었다.

이미 진기가 흩어진 엽무백은 이정갑을 향해 돌진하듯 빨려들어 갈 수밖에 없었다. 이정갑은 또다시 엽무백의 정수리를 틀어쥐려 했다. 그대로 부숴 버리려는 생각일 것이다. 그때 엽무백은 상체를 벼락처럼 비틀며 이정갑의 겨드랑이를 향해 우장을 힘차게 내뻗었다.

"어딜!"

엽무백의 약점을 안 이정갑은 대수로울 것 없다는 듯 좌수의 방향을 꺾어 우장을 그대로 받아냈다.

퍼엉!

접장의 순간 엽무백은 손가락을 꺾어 이정갑의 좌장을 덥석 옭아매었다. 불길함을 느낀 이정갑이 황급히 손을 털어내려는 순간 엽무백의 손바닥으로부터 무언가가 튀어 나가 이정갑의 장심을 뚫고 팔뚝을 파고들었다.

대경실색한 이정갑이 엽무백의 왼쪽 가슴에 좌장을 격중시켰다. 엽무백은 이런 이정갑의 반응을 충분히 예상하고 있었다.

펑! 소리와 함께 엽무백은 이정갑이 폭사한 경력을 타고 또다시 대여섯 장 밖으로 날아간 다음 착지했다.

이정갑은 허리춤에서 장검을 뽑아들어 자신의 팔뚝을 거침없이 내리그었다. 활짝 열린 살가죽 사이로 먹빛 투명한 물체가 튀어나왔다.

"영검(靈劍)!"

이정갑이 신음을 흘렸다.

손바닥과 찢어진 팔뚝에서는 붉은 피가 철철 흘러내리고 있었다. 신도에서 적비의 도움을 받아 손바닥 속에 감춰두었던 아홉 번째 병기 영검이 모습을 드러낸 것이다.

당장 팔 하나를 못 쓰게 되었으니 이정갑은 더는 엽무백과 싸울 수 없다. 신풍길을 비롯한 무신들이 이때를 놓치지 않고 득달같이 달려들었다.

엽무백은 청룡루로 들어서는 순간 항아리에서 건져 내 품속에 감춰두었던 강철투골저 한 줌을 뽑아 뿌렸다.

본시 엽무백이 사용한 투골저는 대나무로 만든 것이었다. 가볍고 휴대가 용이한데다 언제든 대나무만 있으면 만들 수 있는. 그에 반해 강철투골저는 일부러 맞춰 제작해야 한다. 휴대성과 급조가 가능하다는 이점을 잃는 반면 그 위력은 몇 배로 배가된다.

파파파팍!

십수 개의 강철투골저가 대기를 찢었다.

제아무리 무신들이라고 해도 맨손으로 받을 수는 없었다.

따다다당!

강철투골저와 무신들의 병장기가 부딪치며 새파란 불똥이 튀었다. 그 찰나의 순간, 바닥을 짧게 박찬 엽무백은 소수옥의 허리를 낚아챘다. 이어 당엽이 뚫고 들어온 창문을 향해 몸을 던졌다.

이정풍과 건곤일척의 승부를 벌이던 당엽이 돌연 밧줄을 던져 엽무백의 허리를 감았다. 그의 신형이 엽무백의 도약력에 훅 당겨졌다.

굉음이 천지를 뒤흔든 것도 동시였다.

콰콰콰콰콰쾅!

폭발의 진원은 창룡루의 가장 아래층이었다.

가장 먼저 보인 것은 계단을 굴뚝 삼아 타고 솟구친 시뻘건 화염. 화염은 눈 깜짝할 사이에 팔 층 전체를 불구덩이로 만들었다. 한순간 모든 시야가 사라져 버렸다.

第五章 탈출

폭발과 동시에 창밖으로 몸을 날린 엽무백은 소수옥을 끌어안은 채 체공 상태에서 질풍처럼 돌아섰다. 폭발의 잔해가 이정풍에게 당한 등을 힘차게 두들겨 댔다. 엽무백은 등으로부터 전해지는 폭압을 타고 창공을 날았다.

정확하게는 튕겨져 나간 것이다.

순식간에 삼십여 장을 튕겨져 날아간 엽무백의 눈에 저만치 하늘을 향해 우뚝 솟은 전각의 지붕이 보였다. 창룡루와 함께 쌍벽을 이루는 신궁 최고의 건물 만장각이다.

하지만 애석하게도 그가 비행하는 궤적에는 만장각이 없었다. 아무것도 지지할 것이 없는 창공에서 날아가는 방향을 튼다는 건 불가능했다.

그렇다고 사십여 장 아래로 곤두박질칠 수는 없는 일. 엽무백은 재빨리 사방을 살폈다. 그때 자신의 허리에 밧줄을 감은 채 딸려오는 당엽이 보였다.

만약의 경우를 대비해 밧줄을 준비한 모양. 엽무백은 허리에 감긴 밧줄을 좌방의 아래로 힘껏 잡아당겼다. 밧줄의 끝을 잡고 있던 당엽이 그 힘을 이기지 못하고 공처럼 퉁겨져 왔다.

엽무백의 이 임기응변은 애초 만장각으로부터 대여섯 장 바깥을 향해 날아가던 당엽의 궤적을 바꾸어놓았다.

엽무백의 의중을 알아차린 당엽은 천근추의 수법을 펼쳐 궤적의 이동을 도왔다. 눈 깜짝할 사이에 만장각의 지붕에 안착한 그가 다시 밧줄을 힘껏 당겼다. 당엽과 소수옥이 뒤를 이어 만장각 지붕에 떨어질 수 있었다.

"괜찮아?"

엽무백이 소수옥을 내려다보며 물었다.

소수옥은 그때까지도 엽무백의 두 팔에 안겨 있었다. 뒤늦게 실태를 깨달은 엽무백이 그녀를 바닥에 내려주었다.

"당신 등……."

소수옥이 손바닥을 보여주었다.

손바닥이 붉은 피로 흥건했다.

엽무백에게 안기는 순간 그녀는 반사적으로 등을 움켜잡

을 수밖에 없었다. 그때 그녀는 엽무백의 등에 가해지는 막강한 폭압과 잔해의 타격을 조금이나마 느꼈다.

엽무백의 등은 지금 만신창이가 따로 없었다.

바로 자신을 보호하려다 그렇게 된 일이다.

엽무백은 소수옥의 질문에는 아랑곳하지 않고 천천히 돌아서서 불타는 창룡루로 시선을 던졌다.

십만 명에 달하는 인부가 장장 사 년에 걸쳐 역사(役事)한 혼세신교 최고의 건축물은 거대한 불기둥으로 변해 있었다.

층마다 달린 수십 개의 창문은 예외 없이 시뻘건 화염을 토해냈고, 그 화염을 뚫고 연회를 즐기던 고수들이 비명을 지르며 떨어져 내렸다.

그 모습이 흡사 쇳물이 떨어지는 것 같았다.

계단이 굴뚝 역할을 할 것이라는 엽무백의 예상은 적중했다. 창룡루 전체가 화염에 휩싸였지만 새까만 연기는 꼭대기 층의 창문에서 가장 심하게 뿜어져 나왔다.

마치 태고의 괴물이 성난 숨을 토해내는 것 같았다. 화염은 점점 자라나 마침내 창룡루의 외벽까지 집어삼켰다. 폭발이 시작된 일 층의 대전은 이미 창과 벽체를 구분할 수 없을 만큼 화염에 휩싸인 터였다.

엽무백과 당엽, 법공을 잡기 위해 몰려왔던 일만의 병력은 지금 불을 끄기 위해, 아직도 갇혀서 나오지 못하는 사람들을 하나라도 더 살려내기 위해 안간힘을 썼다.

하지만 그마저도 오래가지 못했다.

불타는 외벽의 일부가 떨어지기 시작한 탓이었다. 다른 사람의 목숨보다는 내 목숨이 소중한 것이 인지상정, 건물이 무너지려 한다는 것을 직감한 사람들이 너도나도 물러나면서 창룡루 주변은 아수라장이 되었다.

그러다 어느 순간 창룡루가 한쪽으로 기울여지기 시작했다. 이미 거대한 불기둥으로 변한 창룡루는 굉음과 함께 한참을 쓰러지더니 엄청난 불티를 날리고 장렬하게 사라졌다.

그건 차라리 폭발이었다.

그 폭발의 여파로 신궁이 한순간 대낮처럼 밝아졌다가 다시 어두워졌다.

소수옥은 누구보다 걱정스러운 얼굴로 그 모습을 지켜보았다. 바로 저 창룡루의 꼭대기 층에 그녀의 사부인 이화궁주 염화령이 있기 때문이다.

"무신들은 어떻게 되었을까요?"

소수옥이 물었다.

무신들의 반응은 기민했다.

그들은 아래로부터 폭음이 울리고 시뻘건 화염이 솟구치는 순간 반사적으로 호신강기를 끌어올렸다. 막강한 폭압이 그들을 덮친 것은 그다음의 일이었다.

엽무백이 본 것은 거기까지였다.

그러나 그들이 죽지 않았을 것임을 안다.

무신은 이미 인간의 범주를 넘어선 존재들, 화공 따위로 죽일 수 있는 자들이 아니었다.

"활로는?"

엽무백이 당엽을 돌아보며 물었다.

"연지 쪽은 길이 막혔소. 무슨 냄새를 맡았는지 연지로 가는 길목마다 적 병력이 잔뜩 매복하고 있소."

당엽이 말했다.

"암굴에 남아 있던 사람들은 별일 없겠지?"

"잡혔다는 소식을 듣지 못했으니 안전하게 몸을 뺐다고 봐도 무방할 것이오. 문제는 활로가 모두 막혔다는 것이오."

"법공은?"

"모르겠소. 창룡루를 폭파하고 난 다음에는 알아서 살아남으라고 했는데, 머리 돌아가는 걸 보면 오래 살지는 못할 거요."

"무슨 뜻이야?"

"골적의 몇 번째 구멍을 막아야 하는지를 까먹어 가지고 한참 애를 먹었소. 그 바람에 폭파도 늦은 거고. 잊어먹을 게 따로 있지. 살다 살다 그렇게 무식한 인간은 처음이오. 그래서 용감하긴 하지만."

"법공을 먼저 찾는다."

창룡루의 잔해가 불타는 와중에도 신궁 곳곳에선 효시가 솟구치고 섬광이 터져 댔다. 달아난 엽무백과 그 일행을 찾으려는 것이다. 때를 맞추어 횃불을 든 무인들이 새까맣게 돌아다니기 시작했다.

한데 그중 한 무리가 만장각 쪽으로 몰려오고 있는 것이 아닌가. 설마 위치를 들킨 것일까? 그럴 리가 없다. 폭발은 순간적으로 일어났고, 그 상황에서 하늘을 나는 세 개의 그림자를 발견한 사람이 있을 리 만무했다.

사람이란 폭발이 일어나면 순간적으로 두 손으로 머리를 가리며 엎드리게 마련이다. 설혹 동작이 굼뜬 누군가가 창공을 응시했다고 해도 잔해와 함께 퉁겨져 나오는 인간의 그림자를 알아볼 수는 없다.

그렇다면 저들은 왜 만장각으로 몰려오는 걸까?

"애써 찾을 필요 없겠군."

엽무백이 말했다.

적을 주렁주렁 매달고 달리는 한 사람을 발견한 것이다.

법공이었다.

법공은 적들에게 쫓겨 미친 듯이 내달리는 중이었다. 그는 만장각 꼭대기에 세 사람이 안착했다는 걸 까맣게 모른 채 그대로 지나쳤다. 대월도로 무장한 흑색도귀병 수백이 횃불을 든 채 뒤를 따랐다.

머지않아 잡히게 될 것이 뻔했다.

신궁의 지리를 모르는 법공은 무작정 어두운 쪽으로 달리는 반면, 흑색도귀병은 미로처럼 복잡한 길을 따라 여러 갈래로 나뉘어 달리며 포위 작전을 펼쳤기 때문이다.

엽무백이 바닥을 박찼다.

신궁의 지리를 잘 아는 엽무백은 지붕과 지붕 사이를 건너 뛰며 달렸다. 소수옥과 당엽이 뒤를 따랐다. 목표는 법공. 세 사람은 머지않아 적들에게 쫓기는 법공을 발아래 두게 되었 다.

그사이 적들은 부쩍 늘어나 수천을 헤아릴 정도였다. 수천 명이 골목과 골목을 휘돌며 추격전을 벌이기를 한참, 법공은 꼼짝없이 포위당해 버렸다.

"제기랄!"

법공은 그때까지 들고 있던 대나무 장대를 바닥에 후려쳤 다. 대나무가 무참하게 터져 나가며 두 자루 철곤이 나타났 다. 법공은 양손에 철곤을 나눠 쥐고는 사방을 쓸어보며 외쳤 다.

"덤벼라, 이 개자식들아!"

그 순간, 장창 한 자루가 그의 전면에 뚝 떨어져 박혔다. 장 창의 끄트머리에는 굵은 밧줄이 매달려 있었다. 무심결에 하 늘을 올려다본 법공의 두 눈이 휘둥그레졌다.

높다란 지붕에 웬 그림자 세 개가 서 있는 것이 아닌가. 그 들이 누구인지 애써 확인할 필요는 없었다. 자신의 앞에 박혀 있는 장창이 누구의 것인지 이미 알고 있으니까.

"살았네."

법공은 다시 적들을 꼬나보며 외쳤다.

"새끼들! 오늘 운 좋은 줄 알아!"

말과 함께 법공이 장창을 힘껏 뽑아 쥐었다. 그 순간 밧줄이 법공과 장창을 무 뽑듯 허공으로 쑥 뽑아 올렸다.

잠시 후, 법공을 마지막으로 네 사람 모두가 한 지붕에 서게 되었다. 때를 맞춰 법공을 추격해 왔던 흑색도귀병단 부단주 염호충이 품속에서 죽통을 꺼내 심지를 당겼다.

휘우우웅, 펑!

폭죽이 천중을 향해 수직으로 솟구치더니 굉음을 내며 터졌다. 천지가 한순간 대낮처럼 밝아졌다. 그 밝음이 사라지기 전에 또 다른 폭죽이 연달아 솟구치며 밤하늘을 밝혔다.

염무백의 위치를 알린 첫 번째 폭죽을 시작으로 그의 동선을 계속 추적하기 위해서다. 하지만 첫 번째 폭죽이 터지고 다시 두 번째 폭죽이 터지는 사이에 찾아온 잠깐의 어둠 속에서 엽무백과 그의 일행은 감쪽같이 사라지고 없었다.

"흩어져라!"

"일대를 샅샅이 뒤져라!"

"양섬을 아끼지 말고 쏘아 올려라!"

"사람들이 모르는 샛길이 있어요. 제가 안내할게요."

법공과 조우했을 때 소수옥이 한 말이다.

소수옥이 말한 샛길은 산악 지대를 연한 신궁의 남쪽 송림 지대였다. 진령의 지맥이 뻗어 나와 무수하게 부려놓은 소나무 숲 너머로 깎아지른 절벽이 보였다.

높이는 백여 장. 어지간한 벽호공의 고수라 할지라도 간담이 서늘해질 만큼 높은 천혜의 장벽이었다. 그래서 경계도 상대적으로 느슨했다.

하지만 경계병이 아주 없는 것은 아니었다.

소나무 숲 곳곳에서 횃불을 든 무사들이 돌아다녔다. 신궁의 하늘 곳곳에선 아직도 섬광이 터지며 사위를 대낮처럼 밝혔다.

도주한 엽무백 일행을 찾으려는 것이다.

소나무 숲을 정찰하고 다니는 자들도 한 손에 기이한 모양의 죽통을 들고 있었다. 엽무백 일행을 발견하는 순간 저들은 저 죽통을 쏘아 올릴 것이다.

"너무 높은데."

법공이 혼잣말처럼 중얼거렸다.

벽호공이라면 누구에게도 뒤지지 않는 그였지만 눈앞의 절벽은 높아도 너무 높았다.

굳이 오르자면 못 오를 것도 없다.

하지만 극심한 체력의 소모로 말미암아 속도는 점점 느려질 것이고, 그사이에 적들에게 들킬 공산이 크다는 게 문제였다. 너무 높다는 법공의 말에는 그 모든 것이 포함되어 있었다.

"삼사형과 밤마다 이곳에서 벽호공을 수련했죠. 같은 절벽인 것 같아도 자세히 보면 길이 있어요. 그 길을 찾으면 일각 안에 통과할 수 있어요."

소수옥이 말했다.

그녀가 말한 삼사형은 장벽산을 말하는 것이다.

"당엽, 법공, 좌방의 다섯. 나와 육성녀는 우방의 일곱. 시작한다!"

말이 떨어지기 무섭게 네 사람이 신형을 쏘았다.

질풍처럼 달려간 초절정고수 넷에게 궁의 외벽을 지키는 경계무사 따위는 애초에 상대가 되질 않았다.

중요한 것은 송림에서 돌아다니는 또 다른 자들의 시선을 끌지 않도록 최대한 은밀하게 해치워야 한다는 점이었다.

스캉!

사삭!

몇 번의 파공성이 짧게 울린 후 사위가 조용하게 식었다. 주변을 둘러본 엽무백의 눈에 들어온 것은 피를 흘리며 죽은 열두 구의 시체였다.

성공이었다.

"서둘러!"

말과 함께 엽무백이 신형을 뽑았다.

이제 적들이 시체를 발견하기 전에 송림을 관통해 절벽을 오르기만 하면 된다. 한데 그럴 수 없는 일이 발생했다. 송림을 벗어나기 직전 절벽을 코앞에 두고 한 사람이 앞을 막아섰다.

연꽃이 수 놓인 백의 궁장에 한 자루 가느다란 장검을 뽑아든 노파였다. 작고 가냘픈 체구에서 뿜어져 나오는 기도가 가히 산악과도 같았다.

"사부님!"

소수옥이 낮게 신음했다.

앞을 막아선 노파는 다름 아닌 이화궁주 염화령이었다. 염화령은 소수옥을 노려보며 말했다.

"이리 오너라!"

소수옥은 축 늘어진 어깨로 걸음을 옮겼다.

엽무백이 그녀의 손목을 사납게 틀어쥐었다.

소수옥은 그 자리에 우뚝 멈춰 서서 엽무백을 바라보았다.

엽무백은 염화령을 노려보며 말했다.

"육성녀는 나와 함께 갈 것이오."

"노부의 제자니라."

"내 벗의 아이를 가진 여자요."

"바로 그 실수 때문에 이 같은 고초를 겪고 있는 것이다. 지금 떠나면 바로 잡을 기회조차 없다."

"벽산이 교주가 되었어도 그리 말할 수 있소?"

"······!"

"귀하는 육성녀와 장산벽의 사이를 알고 있었소. 그럼에도 불구하고 장벽산의 세가 불리해지자 그를 제거하는 데 일조했다. 이화궁을 지키겠다는 명분 따위로. 세상에 그런 사부는 없소. 실수를 한 건 그녀가 아니라 당신이오."

염화령의 얼굴이 더할 수 없이 크게 일그러졌다.

전신에선 엄청난 살기가 뿜어져 나와 좌중의 공기를 무겁게 짓눌렀다.

엽무백은 침잠한 눈빛으로 염화령을 응시했다. 하지만 전신에선 금방이라도 장창을 내지를 것 같은 기도가 뿜어져 나왔다.

일촉즉발의 순간, 송림으로부터 폭죽 한 발이 솟구쳐 오르더니 오십여 장 높이의 창공에서 섬광을 번쩍이며 터졌다.

쓰러져 있던 자들 중 숨통이 끊어지지 않은 자가 있었나 보다. 뒤를 이어 신궁 곳곳에서 터져대던 폭죽이 일제히 엽무백 일행이 있는 위쪽 창공을 향했다. 수십 개의 폭죽이 연달아 터지자 일대가 대낮처럼 밝아졌다.

송림 너머로부터 지축을 울리는 소리가 들려왔다. 가까운 곳에서 수색하던 자들이 일제히 달려오고 있는 것이다.

그 순간, 염화령이 갑자기 검을 안쪽으로 반원을 그리며 휘둘렀다. 시뻘건 핏물이 터지면서 그녀의 왼팔이 뚝 떨어졌다.

"사부님!"

놀란 소수옥이 황급히 뛰어가려 했다.

"물러나라!"

염화령의 입에서 냉정한 음성이 흘러나왔다.

"사부님……!"

"너와의 인연은 이것으로 끝이다. 너는 이제 더 이상 이화 궁의 제자가 아니다. 떠나라."

소수옥은 망연자실한 얼굴이 되었다.

그녀는 알고 있었다..

사부가 자신을 지키기 위해 일부러 내치려 한다는 것을. 한 팔을 바친 것은 마지막까지 이화궁을 지키고자 하는 궁주로 서의 책임감 때문이다.

그 순간 엽무백의 귓전으로 염화령의 전음이 파고들었다.

[부탁하네.]

엽무백은 가볍게 고개를 끄덕인 후 소수옥을 강제로 잡아 끌고 절벽을 향해 달렸다. 당엽과 법공이 뒤를 따랐다.

* * *

이정갑은 침잠한 얼굴로 불타는 창룡루를 응시했다. 불과 일각 전까지만 해도 하늘을 향해 찌를 듯이 솟아 있던 창룡루 는 이제 한 줌의 재로 변해가는 중이었다. 불구덩이 곳곳에서 는 미처 화마를 피하지 못해 산 채로 화장을 당한 자들의 형체가 쉬지 않고 눈에 띄었다.

"사루(四樓), 오원(吾園), 육대(六隊), 칠당(七堂)의 수장들을 비롯하여 연회에 참석한 각주급 이상의 고수 대부분이 죽었습니다. 정확한 숫자를 파악하려면 한나절은 지나야 할 것 같습니다."

온몸을 시커멓게 그을린 신기자가 말했다.

폭발이 일어나는 순간 그는 이정갑 덕분에 겨우 탈출할 수 있었다. 한 팔을 바쳐 얻은 신뢰가 그의 목숨을 구한 것이다.

장내의 공기가 차갑게 식었다.

연회에서 죽은 삼백이십칠 명의 수뇌부는 사실상 신궁에서 가장 강한 고수들이었다. 그만한 숫자가 한꺼번에 몰살을 당했으니 이는 심각한 전력의 손실이었다.

한데 그것보다 더 심각한 문제가 있었다.

"일성군과 이성녀께서 중상을 입으셨습니다. 의원의 말이 목숨은 건졌으나……."

"그만하라."

이정갑이 신기자의 말을 잘랐다.

다섯 궁주와 창문가에서 당엽과 공방을 벌이느라 가까스로 탈출에 성공한 이정풍은 참담한 심정에 빠졌다.

그때, 십여 필의 말이 지축을 울리며 달려왔다.

십병귀를 추격하러 갔던 흑색도귀병단의 부단주 염호충이 휘하의 부장들을 이끌고 돌아온 것이다. 궁주들의 앞에 이르자 염호충은 말에서 훌쩍 뛰어내림과 동시에 무릎을 꿇었다.

"놓쳤습니다."

좌중의 공기가 크게 술렁였다.

이건 말이 안 된다.

제 발로 들어온 놈을 놓치다니.

무신들을 비롯해 모든 이의 시선이 이정갑을 향했다. 어떻게 할지를 묻는 것이다.

신기자는 생각에 잠겼다.

창룡루의 소실과 수백 수뇌부의 죽음은 실로 엄청난 손실이다. 하지만 그것보다 더 중요하고 본질적인 문제가 있었다. 그건 놈이 무신들의 연회 장소인 팔 층에 난입하여 육성녀를 빼돌렸다는 점이다. 이는 무신들의 권위, 특히 교주 이정갑의 권위에 대한 중차대한 도전이다.

이정갑은 교주가 되고 난 후 첫 번째 시험대에 올랐다. 위기를 어떻게 헤쳐나가느냐에 따라 그는 신이 될 수도 있고, 교주의 권좌를 탐한 한낱 인간으로 전락할 수도 있다.

과감한 결단이 필요한 시점이었다.

스칵!

번쩍이는 섬광과 함께 염호충의 목이 떨어졌다.

누군가 책임을 져야 한다면 염호충이 가장 먼저다. 창룡루의 출입구가 첫 번째로 뚫렸기 때문이다.

그로 말미암아 놈이 곳곳에 폭기를 설치했고, 수백 명이 죽지 않았나. 실수를 용납하지 않는 이정갑이었기에 염호충의 죽음은 이미 예정된 것이었다.

"속하에게 사흘의 말미를 주십시오. 반드시 놈을 찾아내겠나이다."

흑월주 이정풍이 한쪽 무릎을 꿇으며 청했다.

"그럴 필요 없다. 놈이 어디로 향할지는 이미 짐작하고 있는즉."

이정풍 역시 십병귀가 어디로 향할지를 몰라서 한 말이 아니다. 십병귀는 지금 중원 곳곳에서 돌풍을 일으키는 결사대와 합류할 것이다. 그의 행보를 뻔히 짐작함에도 사흘의 여유를 달라고 한 것은 십병귀가 설산검군과 조우하기 전에 찾아내 제거하겠다는 뜻이다.

물론 여기엔 한 가지 조건이 있었다.

무신들의 협조가 그것이다.

이정풍이 십병귀를 찾아내 인도하면 무신들이 그를 죽이는 것이다.

한데 이정갑은 그것을 거절했다.

그의 말 속에 담긴 뜻을 짐작한 이정풍은 등골이 서늘해졌다.

이정갑이 무신들을 돌아보며 말했다.

"궁주들께서 도와주셔야겠소이다."

"이를 말씀이오이까."

신풍길을 필두로 육 인의 궁주가 즉각 포권지례를 해 보였다.

이정갑은 다시 신기자를 돌아보며 말했다.

"외궁에서 새로운 인재들을 선발, 조직을 재편하라. 더불어 전 교도에게 징발령을 내린다. 기한은 이틀. 이틀 후 장산으로 향한다.

*　　　　*　　　　*

한 사람이 단애에 서서 불타는 창룡루를 굽어보고 있었다. 오 척 단구에 허름한 마의를 입고 명아주 지팡이를 짚은 그는 명왕이었다. 명왕 뒤에는 흉측한 용모를 지닌 십여 명의 괴인이 시립해 있었다.

그리고 또 한 사람, 명왕의 앞에 부복을 한 자가 있었다. 흑의 무복에 복면을 쓴 그는 신교에서 벌어지는 어떤 정치적인 일에도 관여하지 않은 채 오직 무신총만을 목숨으로 수호한다는 미지의 세력 천무단(天武団)의 단주 백좌염이었다.

"궁주들은 모두 무사합니다. 다만 이도정과 신화옥이 추락하는 과정에서 사지가 수십 조각으로 부러지고 얼굴은 화상을 입었습니다. 간신히 목숨을 건지긴 했으나 사람 구실 하기 어려울 거라고 하는군요."

백좌염이 말했다.

"그대로 돌려주었군."

명왕이 말했다.

"무슨……?"

"신풍길이 뇌옥을 폭파시켜 벽산을 따르던 무리를 통째로 화장시키지 않았느냐."

"아……."

"놈은?"

"이미 신궁을 빠져나갔습니다."

"그랬겠지."

"속하, 그처럼 과감한 자는 처음 봅니다. 무신들이 회동을 하는 창룡루를 통째로 날려 버릴 생각을 하다니."

"광인과 대종사가 될 재목의 공통점이 무엇인지 아느냐? 그건 사람들이 스스로 정해놓은 한계의 상식을 스스럼없이 뛰어넘어 버린다는 점이다. 후후, 본좌가 놈을 제대로 보았음 이야."

명왕이 고개를 꺾어 하늘을 올려다보았다.

땅 위에서 벌어지는 일들과는 상관없이 밤하늘은 여전히 평온했다.

"올해는 유난히 눈이 많겠군."

第六章 영웅의 귀환

十兵鬼
십병귀

아홉 개의 기마대가 대륙을 휩쓸고 있었다.

각 사백여 명으로 구성된 그들 기마대는 고원에서 일만 마병을 몰살한 정도무림의 결사대였다.

첫 번째 제물은 오랜 세월 비마궁에 전쟁 자금을 대온 구룡회였다. 불과 열흘이 지나지 않아 구룡회 모두가 멸문지화를 당했다.

살아남은 사람은 없었다.

두 번째 제물은 대륙 전역에 흩어져 있는 매혼문이었다. 결사대는 마교를 섬기는 문파와 마교 행사에 일조하는 자들을 찾아내 가차없이 파괴하고 베었다.

일부 매혼문들이 저항했지만 기동성과 전략으로 무장한 그들에겐 중과부적이었다. 마도천하가 된 이후 이토록 많은 병력이 백주에 대륙을 휘젓고 다니는 것은 처음 있는 일. 신분을 숨긴 채 살아가고 있던 정도무림의 적지 않은 고수들이 은거를 깨고 결사대에 합류했다.

결사대의 병력은 점점 불어났다.

결사대가 향하는 행로에 위치한 매혼문들은 신교에 끊임없이 지원을 요청했지만 번번이 묵살되었다. 그사이 결사대의 방문을 받았고, 어김없이 멸문지화를 당했다.

그 무렵 강호에 기이한 소문이 돌았다.

소문은 신도로부터 시작되었다.

여느 때와 다름없이 흥청거리던 그 밤, 신도의 사람들은 엄청난 폭음과 함께 신궁의 중심으로부터 솟구쳐 오르는 거대한 불길을 목격했다고 했다. 흡사 화룡이 솟구치는 듯한 그 불길은 불과 반각이 채 되질 않아 무너져 버렸지만, 남은 불과 시커먼 연기는 장장 사흘이 넘도록 사라지지 않았다고도 했다.

그리고 문제의 그 소문이 돌았다.

놀랍게도 십병귀가 단 두 명의 동료를 이끌고 신궁으로 침투, 절대 권력의 상징이랄 수 있는 창룡루를 통째로 날려 버렸다는 것이다. 그 결과 창룡루에서 연회를 즐기던 삼백의 고수가 산 채로 화장을 당했다고 한다. 머지않아 혼례를 치를 것이라던 일성군과 이성녀는 사지가 부러지고 흉측한 괴물로 변했다는 소문도 뒤를 이었다.

강호인들을 더욱 놀라게 한 것은 십병귀가 무신들이 연회를 즐기는 팔 층에 난입, 교주 이정갑과 여섯의 궁주가 보는 앞에서 육성녀 소수옥을 납치해 사라졌다는 사실이다.

소문은 대륙 전역을 향해 빠른 속도로 퍼졌다.

진노한 마교주가 대병력을 이끌고 정도무림의 잔당들과 전쟁을 벌일 거라는 소문도 함께 나돌았지만, 그건 십병귀가 행한 일만큼 사람들에게 충격을 주지 못했다.

마교가 정도무림의 잔당들을 소탕하겠다며 나선 게 어디 하루 이틀의 일인가. 또한 언젠가는 할 것이라 여겼던 일이 아닌가.

절대로 무너지지 않을 것 같은 절대 권력에 금이 갔다. 혼세신교에 줄을 대었던 수많은 매혼문이 동요하기 시작했다.

혼세신교가 여전히 압도적인 힘을 지녔다고는 하나 그들이 정도무림의 결사대를 소탕하는 건 나중의 일인 반면, 결사대의 방문은 눈앞에 닥친 현실이었다.

급기야 느닷없이 봉문을 선언하는 문파들이 생겨났다. 그들은 출타 중인 모든 제자에게 귀환령을 내렸고, 일체의 대외 활동을 중단했다.

봉문이 의미하는 바는 명확했다.

혼세신교가 그들 스스로 정도무림의 결사대를 소탕하기

전까지는 절대로 돕지 않겠다는 뜻. 바꾸어 말하면 혼세신교와 정도무림의 결사대가 전쟁을 끝낼 때까지 그 어느 쪽에도 힘을 실어주지 않겠다는 뜻이다.

봉문을 선언한 문파는 횡액을 피했다.

그 사실이 알려지면서 수많은 매혼문이 봉문에 동참했다. 그 와중에 도박을 하는 자들도 있었다. 본시 위험이 클수록 성공했을 경우 얻는 이득 또한 큰 법. 힘있는 매혼문들이 각종 이권을 장악하면서 상대적으로 피해를 본 일부 중소 문파들이 결사대에 동참하는 기이한 일까지 벌어졌다.

사천의 북동쪽 면양(綿陽) 땅에 양장곡(羊腸谷)이라는 골짜기가 있다. 양장곡에 한 무리의 기마대가 나타났다. 해가 떠오르기도 전, 기마대는 양의 창자라는 이름처럼 구불구불 이어진 골짜기의 널따란 암반 지대에서 불을 피우고 밥을 지었다.

그들은 설산검군이 이끄는 정도무림의 결사대였다.

결사대는 진령을 넘은 후 곧장 사천으로 진격, 사천성 북쪽에서 활동하는 일곱 곳의 대형 매혼문을 연달아 격파하며 남하하던 중 비선을 통해 갑작스러운 엽무백의 전령을 받았다.

모든 전투를 멈추고 대기하라는 영이었다.

그래서 멈춘 곳이 바로 이곳 양장곡이다.

작은 모닥불을 가운데 두고 설산검군, 모용천, 당소정이 한 자리에 모였다. 털이 수북하게 난 가죽 옷을 입은 여자아이가 뜨거운 찻물을 가져와 세 사람에게 나눠주었다.

"고마워요."

당소정이 찻잔을 받아 들며 말했다.

"말씀 낮추셔요."

털모자를 뒤로 젖힌 소녀가 예쁜 볼우물을 만들며 말했다.

"그럼 그럴까? 여러 날을 함께 보냈는데 아직 인사도 못 나눴네. 모용설이라고 그랬지?"

"언니는 당소정 맞죠?"

"반가워. 친하게 지내."

"네."

모용설이 말갛게 미소를 지어 보였다.

그녀의 편안한 미소를 보니 당소정도 덩달아 기분이 좋아졌다. 모용설은 설산검군과 모용천에게도 뜨거운 찻물을 나눠주었다.

"갑자기 무슨 일일까요?"

당소정이 물었다.

"무언가 변화가 생긴 거겠지."

설산검군이 말했다.

"그가 신궁에서 저지른 일과 관련이 있을까요?"

"엽 소형제가 벌인 일이 생각보다 컸네. 더불어 그 여파 또

한 예상했던 수준을 벗어났어. 내부로부터 생겨난 혼란과 대륙 곳곳에서 봉문을 선언하고 있는 매혼문들의 불만을 종식하기 위해서라도 이정갑은 서둘러 결단을 내릴 수밖에 없는 상황이지."

"그 말씀은……?"

"마교도에게 동원령이 내려졌다고 하네. 머지않아 대병력이 남하를 시작할 것이네."

고원에서 헤어질 당시 엽무백은 결사대를 아홉 개로 나누어 보름 동안 대륙을 휩쓴 후 장산에 집결, 신궁을 향해 진격하라고 했다.

그로부터 겨우 칠 주야가 지났을 뿐이다.

예정대로라면 팔 일, 장산까지 이동하는 시간을 감안하더라도 닷새를 더 싸운 후에 이동해야 한다. 한데 신궁에서 먼저 대병력이 일어나 남하를 한다면 문제가 복잡해진다.

"가주의 생각은 어떻소이까?"

설산검군이 모용천을 돌아보며 물었다.

"계획의 전면적인 수정이 불가피하겠지요. 엽 소형제가 대기하라는 전령을 보내온 것도 그 때문인 듯합니다."

"이곳에서 대기하라 함은……?"

"그가 가까이 있는 탓이겠지요. 제 짐작이 틀리지 않는다면 동이 터오기 전에 그를 볼 수 있을 듯합니다."

설산검군과 모용천은 동시에 고개를 끄덕였다.

엽무백이 합류한다는 말에 당소정은 놀란 눈을 치켜떴다. 찻물을 나눠준 후에도 자리를 뜨지 않고 모닥불을 뒤적거리던 모용설이 사라진 것도 동시였다.

조원원은 커다란 가마솥에서 밥을 퍼 일렬로 늘어선 사람들에게 나눠주고 있었다. 사람들이 워낙 많다 보니 이것도 중노동이었다.

자신과 같은 절정의 무사가 밥이나 푸고 있다는 게 마뜩잖았지만 어쩔 수 없었다. 결사대의 수장이자 무림의 까마득한 선배인 설산검군이 시키니 꼼짝없이 할 수밖에.

결사대의 사기 진작을 위해서라나 뭐라나.

혼자 죽을 수 있나.

조원원은 진자강을 데려다 가마솥을 휘젓게 했다.

하얀 김이 피어오르는 밥을 진자강이 이리저리 휘저어 고슬고슬하게 만들어놓으면 조원원이 기다란 주걱으로 퍼서 사람들이 내민 나뭇잎에 한 덩이씩 얹어주는 식이었다.

밥을 퍼줄 땐 꼭 한마디를 덧붙였다.

"많이 드세요."

"많지가 않은데 어떻게 많이 먹습니까?"

사내 하나가 씬득씬득 웃으며 장난을 걸어왔다.

"그럼 맛있게 드세요."

"맨밥에 소금 반찬이 맛있으면 얼마나 맛있으려고요."

"주걱으로 한 대 맞고 나면 맛있는데, 어떻게, 한입 드려요?"

조원원의 거침없는 언사에 좌중에서 왁자지껄 웃음보가 터졌다. 함께하는 시간이 늘어날수록 결사대의 사람들은 조원원과 어울리기를 좋아했다.

강호 제일의 신비 문파 해월루의 후예답지 않은 소박함이 좋았고, 암울한 순간에도 웃음을 잃지 않는 씩씩함이 좋았다. 무엇보다 신분의 고하를 막론하고 누구와도 스스럼없이 어울리는 그녀의 사람됨이 좋았다.

식사를 앞두고 예쁜 조원원과 한두 마디 섞어보는 즐거움은 피가 낭자한 전투를 쉬지 않고 치르는 결사대에게 많지 않은 위안거리 중 하나였다.

물론 조원원은 전혀 의도한 것이 아니었다.

사람들과 농담을 주고받으며 한참 밥을 푸던 조원원 앞에 여자아이 하나가 나타났다. 모용설이었다. 그녀가 진자강을 바라보며 말했다.

"그가 온대요. 십병귀 말이에요."

"……?"

"정말이에요. 방금 저희 아버님께서 검군 할아버지와 나누는 얘기를 들었어요. 오늘 동이 터오기 전에 그가 찾아올 거라고 했어요."

조원원은 밥을 푸다 말고 모용설을 멀거니 쳐다보았다.

이 무슨 개 풀 뜯어 먹는 소린가.

"뭔 소리야?"

"새벽에 향구가 한 마리 날아왔어요. 향구엔 그가 보낸 전령이 매달려 있었어요. 내용은 모든 전투를 멈춘 채 그 자리에서 대기하라는 거였고요. 아버님 말씀은 우리와 가까이 있는 그가 합류를 하기 위해서라는 거고요."

"그게 정말이야?"

"언니는 제가 거짓말이나 할 사람으로 보여요?"

잠시 침묵이 이어지나 싶더니 밥을 받기 위해 기다리고 있던 사람들이 일제히 환호성을 내질렀다.

"와아아아!"

지금 이곳 양장곡에 있는 사람 중 상당수는 새로 합류한 자들이다. 소문으로만 들은 십병귀를 직접 볼 수 있다는 생각에 사람들은 달뜬 표정을 감추지 못했다.

조원원은 제 귀로 직접 확인을 하기 전에는 못 믿을 것 같았다. 그녀는 밥주걱을 가마솥에 휙 집어던지고는 당소정을 만나러 달려갔다.

"밥 푸다 말고 가버리면 어떡합니까?"

진자강이 목을 쭉 빼고 소리쳤지만 조원원은 귓등으로도 듣지 않았다. 밥을 받기 위해 대기하던 사람들이 여기저기서 볼멘소리를 쏟아내기 시작했다.

"제가 할게요."

느닷없이 뛰어든 사람은 모용설이었다.

모용설은 소매를 팔꿈치까지 걷어 올리더니 주걱을 잡고 열심히 밥을 푸기 시작했다. 사람들의 볼멘소리도 사라졌다. 모용세가의 영애가 퍼주는 밥을 언제 또 먹어볼 것인가. 진자강은 황당한 얼굴이 되어 모용설을 바라보았다.

모용천의 예상은 적중했다.

엽무백은 식사가 끝날 무렵 떠오르는 해를 등지고 나타났다. 오늘의 결사대를 만든 장본인이자 단 두 명을 이끌고 신궁으로 쳐들어가 창룡루를 불태우고 수백 고수를 몰살한 영웅의 귀환이었다. 사람들은 벅차오르는 감동으로 엽무백과 일행을 맞았다.

"고생 많았네."

설산검군이 말했다.

곁에서는 모용천, 당소정, 조원원, 진자강이 환한 미소로서 있었다. 그러다 시선이 육성녀인 소수옥에게 이르러 모두의 표정이 흠칫 굳었다.

"저 여자 또 잡아왔네."

조원원이 물색없이 말했다.

소수옥이 엽무백에게 포로로 잡혀왔다고 생각한 것이다.

당엽과 법공은 난감했다. 엽무백과 소수옥, 그리고 죽은 장벽산에 얽힌 사연을 모두 듣고 보아서 알고 있는 두 사람은 어찌할 바를 몰랐다.

사람들은 뭔가 이상하다는 생각이 들었다.

소수옥은 자타가 인정하는 절정고수다.

그런 그녀를 포로로 잡았다면 튼튼한 쇠사슬로 온몸을 포박해도 모자란다. 한데 소수옥은 포박은커녕 자유로운 몸으로 말까지 타고 있었다. 포로로 잡혀온 게 아니라는 얘기다.

"어떻게 된 일인가?"

설산검군이 물었다.

"그녀는 포로가 아닙니다."

"하면?"

"제 손님입니다."

손님과 포로의 차이는 하늘과 땅만큼 크다.

포로라면 함부로 대할 수 있어도 엽무백의 손님이 되는 순간엔 누구도 그녀를 해할 수 없다. 그녀를 해하는 순간 엽무백의 적이 될 것이기에. 엽무백은 간단한 한마디로 소수옥의 안전을 확보해 버렸다.

설산검군은 무언가 사연이 있음을 직감하고 더는 묻지 않았다. 엽무백이 당소정을 돌아보며 말했다.

"당분간 그녀를 돌봐줄 수 있겠소?"

사람들은 의아했다.

소수옥의 몸 어디에도 부상을 당한 흔적이라곤 보이지 않는다. 부상을 당했다면 신궁에서 여기까지 이 먼 길을 말을 타고 오지도 못했을 것이다. 그런데 뭘 돌봐주라는 말인가.

그것도 당소정보다 강하면 강했지 약하지 않은 절정고수를.

하지만 육반산에서부터 소수옥을 치료한 당소정은 그녀의 뱃속에 아기가 자라고 있음을 진작부터 알았다. 그땐 지극히 개인적인 일인데다 성군들 사이의 일이겠거니 생각해서 일체 모른 척했다.

뿔 난 망아지 같던 신화옥과 달리 차분한 성정의 소수옥에게 호감을 느꼈던 탓인지도 모르겠다. 이제 그녀가 엽무백을 따라 이곳까지 온 것을 보고 당소정은 소수옥의 뱃속에 든 아이가 성군들 사이에 벌어진 일의 결과가 아니라는 것을 알아차렸다.

엽무백과 관계된 일이다.

당소정은 저도 모르게 가슴이 무너지는 것 같았다.

당소정은 애써 미소를 지으며 소수옥에게 다가갔다.

"다시 보네요."

"호의는 고맙지만 난 괜찮아요."

소수옥이 겸양을 했다.

"사흘 동안 쉬지 않고 말을 탔어. 그녀를 따라가."

엽무백이 소수옥을 향해 말했다.

숫제 명령이다.

당소정에게 말을 할 때와는 달리 무뚝뚝하기 짝이 없는 엽무백의 어조에 사람들은 어리둥절했다.

그래서 당소정은 더 아팠다.

남녀 사이의 대화란 감정과는 반대로 나오는 경우가 허다하기 때문이다.

소수옥은 더는 사양하지 않고 당소정을 따라나섰다.

두 사람이 사라지자 엽무백이 모용천과 설산검군을 돌아보며 말했다.

"두 분은 저 좀 보시죠."

모닥불을 가운데 두고 세 사람이 둘러앉았다.

엽무백이 신궁에서 행한 일은 이미 비선을 통해 충분히 이야기를 들었다. 엽무백 역시 결사대와 합류하기 위해 달려오는 와중에 비선과 접촉, 중원 곳곳에서 결사대가 행한 일들을 소상히 알고 있었다. 따라서 그에 따른 얘기들은 중언부언할 필요가 없었다.

잠시 침묵이 이어지는 사이 털모자를 벗어 넘긴 여자아이가 주담자를 들고 다가왔다. 열대여섯 살이나 되었을까? 진자강과 비슷한 또래로 보였는데 발갛게 홍조가 오른 볼이 귀여웠다.

"추우실까 봐 따뜻한 차를 가져왔습니다."

여자아이가 말했다.

목소리에 긴장한 기색이 역력했다.

"내 여식일세."

모용천이 말했다.

"모용설입니다."

모용설이 공손하게 인사를 했다.

"엽무백이다."

모용설은 다소곳하게 허리를 숙이더니 대나무를 잘라 만든 찻잔을 꺼내 찻물을 부었다. 이어 뜨거운 김이 모락모락 피어오르는 차를 엽무백에게 내밀었다. 엽무백이 찻잔을 받아 음미를 하는 사이 설산검군의 말이 이어졌다.

"예상대로 매혼문이 곳곳에서 봉문을 선언했네. 진령 이북과 결사대의 말발굽이 찍히지 않은 강남을 제외하면 중원은 이제 마교의 땅이라고 할 수도 없게 되었네."

엽무백은 가볍게 고개를 끄덕였다.

"이제 어떻게 할 셈인가?"

"대륙 곳곳에 흩어져 있는 결사대에 전서를 보내십시오. 내용은 모든 전투를 중단한 채 장산으로 집결할 것. 기한은 동지(冬至) 전까지입니다."

"동지면 닷새도 남지 않았네. 갑자기 기한을 앞당기는 이유가 뭔가?"

"생각보다 일이 커졌습니다. 이정갑은 내부의 혼란을 바깥으로 돌리기 위해서라도 거병을 할 수밖에 없습니다."

설산검군과 모용천은 생각에 잠겼다.

마교 놈들이 거병을 하지 않은 것은 정도무림의 결사대가 아홉 개의 대로 흩어진데다 기동성을 살려 대륙을 떠돌았기 때문이다. 놈들은 전쟁의 양상이 쫓고 쫓기는 추격전이 되어 장기전으로 돌입하는 걸 원치 않았다.

이제 와서 거병을 하겠다는 건 그런 불리함을 기꺼이 무릅쓰겠다는 뜻이다. 왜일까? 엽무백이 신궁에 침투해 저지른 결과가 너무나 엄청나기 때문이다. 이정갑으로 하여금 거병을 하지 않으면 안 되게 할 만큼.

"놈들이 거병을 했다는 건 우리도 알고 있네. 그렇다고 해도 이해가 되지 않는군. 우리가 한곳으로 집결하는 건 지금 상황에서 놈들이 가장 바라는 바일세. 그럴 필요가 있겠나? 더구나 애초의 작전은 신궁으로 진격하는 거였지 않나."

"그래야 놈들을 바깥으로 끌어낼 수 있기 때문입니다."

설산검군와 모용천의 눈매가 가늘어졌다.

엽무백의 말에서 행간에 숨은 의미를 알아차렸기 때문이다.

장산에서 집결해 신궁으로 진격하면 신궁에 있는 적 병력 모두를 상대해야 한다. 비선이 추산한 적 병력은 십만. 철옹성 같은 신궁의 담장을 넘어 십만의 마병과 싸우는 것에 대해 설산검군과 모용천은 아직도 확신이 없었다.

공성전에서 가장 많은 사상자를 내는 것이 초전(初戰)에 성벽을 넘을 때다. 상대적으로 인원이 적은 정도무림의 결사대에게는 가장 꺼려야 할 전술이다.

반면 적들을 바깥으로 끌어내면 얘기가 달라진다.

일단 삼 장 높이에 달하는 성벽을 넘을 필요가 없다. 더불어 적들은 신궁의 수호를 위한 전력을 남겨둔 상태에서 거병을 할 것이기에 상대해야 할 적 병력의 수가 현저하게 줄어든다.

강호인들은 신궁을 무국(武國)이라 부른다.

그만한 영역을 지키기 위해 얼마나 많은 병력을 남겨두어야 할까?

최소 일만은 필요할 것이다.

마교엔 신궁만 있는 게 아니다.

그들은 외궁이라 부르고 강호인들은 팔마궁이라 부르는 여덟 개의 궁이 있다. 신궁에 비해 상대적으로 그 규모가 작다고는 하나 강호의 여타 문파와 견주면 잉어와 고래만큼이나 차이가 컸다.

그들 팔마궁도 병력을 남겨두어야 한다.

각 궁마다 최소 일천은 있어야 할 테니 모두 합하면 일만에 육박한다.

여기서 한 가지를 더 계산에 넣어야 한다.

그건 교주로 등극한 이후 이정갑이 겪고 있고, 또 겪어야 할 정치적 상황이다. 팔마궁을 전적으로 믿지 못하는 이정갑은 신궁의 수호뿐만이 아니라 혹여 있을지 모르는 반역으로부터 권좌를 지키기 위해서라도 필요 이상의 병력을 남겨둘 수밖에 없다. 그 병력은 반드시 팔마궁이 힘을 합친 것보다 압도적이어야 한다.

모용천은 그 숫자를 이만으로 보았다.

팔마궁 수호를 위한 병력 일만에 신궁 수호를 위한 병력 이만이 더해지면 도합 삼만이 된다. 다시 말해 이정갑은 최소 삼만의 병력을 자신의 전력에서 논외로 쳐야 한다. 반면 정도무림의 입장에서는 적들을 바깥으로 끌어내는 것 하나만으로 상대해야 할 병력이 삼만이나 줄었다.

여기까지 생각이 미쳤을 때 모용천은 머릿속에서 번쩍 떠오르는 것이 있었다.

"이런, 자넨 처음부터 신궁으로 진격할 생각이 없었군!"

"신궁으로 들어가면 필패입니다."

"한데 왜……?"

"적들을 속이기 위해서죠."

"자네라는 사람… 정말 못 당하겠군."

모용천은 진심으로 감탄했다.

전술과 전략이라면 누구에게도 앞자리를 양보하지 않는 그였지만 엽무백만큼은 인정할 수밖에 없었다. 세상에 이런 괴물은 다시 나오지 않으리라. 모용천은 초공산이 엽무백을 시기해 죽이려고까지 했다는 소문을 이제야 이해할 수 있었다.

"하지만 우리에겐 여전히 병력이 부족하네."

설산검군이 말했다.

현실을 직시한 말이었다.

"흑도들이 꿈쩍을 하지 않고 있네."

모용천이 말했다.

전날 고원에서 결사대와 헤어지기 전 엽무백은 마교와의 전쟁을 승리로 이끌기 위해서는 반드시 흑도를 끌어들여야 한다고 했다.

마도천하가 된 이후에도 여전히 천하 무림의 절반을 차지하며 끈질기게 살아남은 독종들. 그들을 끌어들이기 위해서라도 힘을 보여주어야 한다고 했다.

하지만 엽무백이 신궁의 심장부를 불사르고 결사대가 대륙을 질타하는 와중에도 흑도는 꿈쩍하지 않았다. 마치 세상이 어찌 돌아가든 자신들과는 관계가 없다는 듯.

사실 지극히 당연한 일이다.

"벌을 유인하려면 먼저 벌집을 건드려야죠."

엽무백이 말했다.

"벌집을 건드린다……. 내 짐작이 틀리지 않다면 우리가 여기서 만난 것과 관련이 있을 것 같네만."

설산검군이 말했다.

"바로 보셨습니다."

모용천과 설산검군은 묵묵히 고개를 끄덕였다.

엽무백이 이곳에서 대기하라고 했을 때 두 사람은 한 가지 생각을 떠올렸다. 이곳 양장곡에서 불과 반나절의 거리에 흑도무림의 절반을 대표하는 거대 세력의 본산이 있었다. 그리고 다시 하루를 더 가면 나머지 절반의 주인이 있었다.

바로 대파산에 있는 녹림맹 총타와 삼협에 있는 장강수로맹 총타가 그것이다.

"우리도 그 생각을 안 해본 건 아닐세. 하지만 녹림맹과 수로맹의 맹주들은 이미 흑도를 양분하고 있는 거물들일세. 지금의 삶으로도 더 이상 바랄 게 없지. 이겨도 본전이고 지면 지금껏 이룩한 모든 것을 잃게 되는 이 싸움에 그들이 끼어들 이유가 전혀 없단 말이네."

다시 설산검군이 말했다.

"진정 그리 생각하십니까?"

"무슨 뜻인가?"

"본시 혼란이 클수록 먹을 것도 많은 법입니다. 녹림맹과 수로맹은 기본적으로 약탈해서 먹고사는 인생들이지요. 남의 불행과는 상관없이 먹을 것이 있다면 언제든 칼을 뽑는. 게다가 그들은 오랜 기간 경쟁 관계에 있습니다. 어느 한쪽이 강해지면 다른 한쪽의 존립이 자동으로 위태로워지는."

설산검군과 모용천은 엽무백이 무슨 말을 하는 건지 몰라 처음엔 난감한 표정을 지었다. 그러나 엽무백의 말을 속으로 몇 번이고 곱씹던 어느 순간 머릿속으로 번쩍 떠오르는 것이 있었다.

"이런······!"

설산검군이 먼저 감탄성을 터뜨렸다.

모용천도 믿을 수 없다는 표정을 지었다.

이건 자신들이 전혀 생각해 보지 않은 작전이다. 더불어 엽무백이 왜 속 시원하게 얘기해 주지 않고 선문답을 주고받듯 넌지시 일깨워 주었는지도 깨달았다.

이건 바깥으로 새어 나가선 절대로 안 되는 얘기였다.

여기 있는 세 사람과 흑도를 양분하고 있는 두 명의 거물만 알아야 하는 극비 중의 극비였다. 적어도 장산에서 각자의 명운을 건 전투가 벌어지기 직전까지는 말이다.

설산검군과 모용천은 진심으로 탄복했다.

엽무백은 자신들이 생각한 것보다 훨씬 큰 판을 그리고 있었다.

"저는 수로맹으로 가겠습니다. 검군과 가주께서는 녹림맹으로 가주십시오. 그리고 장산에서 뵙지요."

"그리함세."

설산검군이 단호한 음성으로 말했다.

대화를 모두 끝낸 세 사람이 자리에서 일어났다.

모닥불 앞에 서서 찻물이 떨어질 때마다 찻잔을 채워주던 모용설이 후다닥 사라진 것도 동시였다. 엽무백이 고개를 돌려보니 그녀는 저만치에서 수련 중인 진자강을 붙잡고 자신이 들은 얘기들을 종알종알 옮기는 중이었다.

　　　　*　　　　*　　　　*

　삼협(三峽)은 사천의 백제성(白帝城)에서 호광의 남진관(南津關)에 이르는 물길 사이에 펼쳐진 세 개의 대협곡을 일컫는 말이다.

　그중 가장 상류에 위치한 곳이자 삼협 중 으뜸이라 불리는 구당협(瞿塘峽)에 엽무백이 일행과 함께 나타난 것은 이른 새벽이었다.

　일행 중에는 뜻하지 않은 혹도 주렁주렁 달려 있었다. 당소정, 소수옥, 조원원, 진자강, 모용설이 그들이다.

　애초 엽무백은 당엽과 법공만 대동하려고 했다.

　하지만 소수옥이 함께 가겠다고 고집을 부렸다. 마교의 육성녀인 그녀가 설산검군이 이끄는 결사대와 행동을 함께하기란 쉽지 않았을 것이다.

　어쩔 수 없이 승낙해야 했다.

　엽무백은 소수옥의 임신을 많은 사람이 알지 않기를 바랐다. 그건 소수옥을 위해서도, 그녀의 뱃속에 든 아이를 위해서도 좋지 않았다. 해서 소수옥에게 변고가 생길 경우를 대비해 가장 가까이에서 살필 수 있는 당소정을 일행에 포함시켰다. 의술이야 당엽도 당소정 못지않았지만 아무래도 여자의 섬세한 손길이 필요하지 않겠는가.

　조원원은 구당협의 어느 산기슭에 오래전에 돌아가신 사

부를 모셨노라고, 언제 죽을지 모르는 판인데 마지막 하직 인사라도 올려야 하지 않겠느냐며 사기를 쳤다.

진자강은 구당협으로 가는 가장 빠른 길을 안다고 했고, 확인 결과 그의 말은 사실이었다. 엽무백이 의아해한 것은 모용설이다. 모용설은 그의 아버지 모용천이 직접 엽무백을 찾아와 부탁했다.

"녀석이 다섯 살 때 마도천하가 되었지. 이후 나와 함께 전장을 떠돌다가 막강한 실력을 지닌 또래의 후기지수들을 보자 무척 고무된 모양이야. 짐이 될 줄은 아네만 부탁하네."

'또래라고?'

엽무백은 쓴웃음이 나왔다.

자신의 나이 머지않아 서른을 바라본다.

확인해 보지는 않았지만 법공은 아마 자신보다 두세 살 많을 것이다. 남은 사람은 당소정, 조원원, 당엽 정도인데 그들도 모용설에 비하면 열 살 이상씩은 많다.

또래라는 말이 어울리지 않는 사람들이다.

유일하게 한 사람, 진자강이 있지만 설마 진자강 하나를 보고 또래들이라고 하지는 않았을 것이다. 정도무림의 후기지수들이 씨가 마르다 보니 열 살쯤은 동년배로 취급할 지경이 된 모양이다.

"저기 남쪽에 하얀 절벽이 백염산(白塩山)이고요, 북쪽에 붉은 절벽이 적갑산(赤甲山)이에요. 붉은색 절벽과 흰색 절벽이 서로 마주 보고 있는 모습이 마치 문과 같다고 하여 기문(夔門)이라 부르기도 해요."

배를 타고 기문을 지나는 와중에 진자강이 아는 체를 했다. 녀석의 곁에는 모용설이 본래부터 한 짝인 것처럼 달라붙어 연신 귀를 쫑긋거렸다. 덕분에 진자강의 설명은 마치 모용설을 위한 것처럼 보였다.

"정말 소금을 뿌려놓은 것 같고 붉은 갑옷을 입은 것 같아요."

모용설이 두 눈을 반짝이며 말했다.

"소저는 삼협이 처음인가 봅니다."

"진령 이남으로 내려온 게 처음이에요."

"하면 장강도 처음 봤겠네요?"

"네, 정말 크네요."

"크다뇨. 이건 강도 아니에요. 호광으로 접어들어 동정호 무렵에 이르면 이쪽과 저쪽의 거리가 이십 리나 돼요. 안개가 조금이라도 낀 날엔 강 양안을 볼 수가 없을 정도니까요. 그런 장강도 동정호의 넓기에 비하면 조족지혈이죠."

"진 공자는 동정호에도 가보셨어요?"

"물론이죠."

"혹자는 파양호를 일컬어 중원제일호라고 하지만 천만의

말씀, 동정호야말로 중원제일호지요. 동정호는 바다예요. 오죽하면 동정호의 물이 만수가 되면 머지않아 장강이 범람한다는 말이 돌겠어요?"

"와아!"

"잘들 논다. 누가 보면 산천 구경이라도 온 줄 알겠네."

맑고 청량한 음성이 오가는 가운데 갑자기 툭 끼어든 걸쭉한 음성은 법공의 것이었다. 뒤늦게 실태를 깨달은 진자강과 모용설은 얼굴이 발갛게 상기되었다. 풍광에 도취한 나머지 주위의 시선도 잊은 채 대화에 열중한 것이다.

그게 어디 풍광에 도취한 때문뿐일까.

조원원은 네 녀석이 근자에 부쩍 나를 피한 이유를 이제야 알겠다는 표정으로 진자강을 노려보았다. 조원원의 뜨거운 시선을 느낀 진자강은 식은땀까지 흘리며 딴청을 피웠다.

그 모습을 지켜보던 사람들은 얼굴 가득 미소를 머금었다. 그 옛날 마도가 무림을 일통하기 전 정파의 후기지수들은 지금의 진자강과 모용설처럼 담소를 나누며 강호를 주유했다.

사람들은 두 사람의 대화에서 그 시절을 추억했다.

다시 그 시절로 돌아갈 수 있을까?

"엽 대협께서는 동정호에 가보신 적 있으세요?"

모용설이 뜬금없이 물었다.

사람들이 모두 황당하다는 표정을 지었다.

지금껏 엽무백과 동행하면서 사람들은 그가 천하 지리에

얼마나 박식한지를 눈으로 직접 보았다. 그런 그가 중원제일 호인 동정호를 못 가봤을 리 없지 않은가. 한데 엽무백의 입에선 뜻밖의 말이 흘러나왔다.

"아니."

"말도 안 돼."

"진짜예요?"

"쯧쯧쯧, 인생 헛살았구먼."

진자강, 조원원, 법공이 차례로 말했다.

"언니는요?"

모용설이 이번엔 당소정에게 물었다.

"나도 아직."

"말도 안 돼."

"진짜예요?"

"인생 헛산 사람 또 있네."

진자강, 조원원, 법공이 차례로 말했다.

엽무백과 당소정은 별 잘못한 것도 없이 사람들의 따가운 눈총을 받아야 했다. 그러자 모용설이 뜻밖의 제안을 했다.

"그럼 우리 내년에 다 같이 동정호에서 만나는 거 어때요? 진 공자, 동정호는 언제 가장 풍광이 좋지요?"

말미에 모용설이 진자강을 돌아보았다.

"동정호야 언제나 좋지만 경칩(驚蟄)을 전후해 악양루(岳陽樓)에서 바라보는 풍경이 가장 으뜸이지요. 하지만……."

"좋아요. 그럼 돌아오는 경칩에 다들 악양루에서 만나요? 어때요?"

마교와의 전쟁을 앞두고 한 치 앞을 알 수가 없는 상황이다. 죽을지 살지도 모르는데 경칩에 다시 만나자고? 물색없는 건지 천진난만한 건지 모르겠다. 하지만 모용설의 그 말간 눈동자를 보고 차마 현실을 얘기할 수는 없었다.

"난 좋아. 그쪽은요?"

조원원이 당엽을 보며 물었다.

갑작스럽게 질문을 받은 당엽은 어찌할 바를 몰라 했다.

"싫어요?"

조원원이 따지듯 물었다.

"그런 게 아니라……."

"당 공자는 간대요. 대사님은요?"

조원원이 이번엔 법공을 돌아보며 물었다.

"못 갈 건 또 뭐냐. 가자."

법공의 시원한 대답에 모용설이 활짝 웃었다.

"저도 가겠습니다."

진자강이 두 주먹을 불끈 쥐고 말했다.

모용설은 아이가 아니다. 동정호에서 다시 만나자는 건 꼭 살아서 다시 만나자는 의미다. 이제 남은 사람은 당소정과 엽무백이었다. 모두의 시선이 향하자 당소정도 웃으면서 고개를 끄덕였다. 그리고 천천히 엽무백을 돌아보았다.

"나만 빠질 수야 없지."

모두의 얼굴에 소리없는 웃음꽃이 피었다.

소수옥은 그 모습이 보기 좋았다. 그러면서도 마음 한구석이 쓸쓸했다. 이들은 짧게는 보름에서 길게는 두 달여를 함께한 사이이다. 그런데도 한 사부 아래에서 십 년 이상을 수련한 신교의 성군들보다 서로를 더 아꼈다. 그게 너무나 부러웠다.

"언니도 오실 거죠?"

모용설이 소수옥을 돌아보며 물었다.

'언니'라는 말에 모두가 당황한 표정을 지었다.

소수옥은 자신들이 싸워야 할 마교의 육성녀. 엽무백의 손님이라기에 받아는 들였지만 누구도 같은 편이라고 여기지 않았다. 한데 모용설은 마치 아무것도 모르는 사람처럼 태연하게 언니라고 불렀다.

당황한 소수옥은 엽무백을 바라보았다.

어찌 대답해야 할지를 묻는 것이다.

하지만 엽무백은 마치 자신이 알 바 아니라는 듯 무심한 얼굴을 했다.

"저도… 가도 돼요?"

"당연하죠. 언니도 지금 이 배에 타고 있잖아요."

"하지만 난……."

"언닌 우리가 싫어요? 마교도가 아니라서?"

"아니, 그런 게 아니라…….."

당소정이 소수옥의 손을 꼭 잡았다. 그리고 천천히 고개를 끄덕였다. 당소정을 물끄러미 바라보던 소수옥은 가볍게 미소를 짓고는 모용설을 향해 고개를 끄덕여 주었다.

모두가 다시 한 번 환하게 웃었다.

단 한 사람 조원원만 빼고.

그때였다.

댓잎처럼 가늘고 긴 엽선 한 척이 십여 장의 거리를 두고 빠르게 지나갔다. 엽선에 탄 사람의 숫자는 모두 다섯. 하나같이 검게 그은 얼굴에 비정상적으로 굵은 팔뚝을 지녔는데 노를 저을 때마다 배가 쑥쑥 미끄러져 갔다.

그중 하나의 시선이 엽무백 일행이 탄 배를, 정확히 말하면 여자들을 훑고 지나가는 걸 사람들은 놓치지 않았다.

하지만 별다른 일은 일어나지 않았다.

그들은 조용히 지나갔고, 엽무백 일행이 탄 배도 천천히 동진했다.

"수로맹주를 만나본 적 있으세요?"

소수옥이 물었다.

"아니."

엽무백이 대답했다.

소수옥이 수로맹주를 언급하자 그렇잖아도 조용하던 배 안이 더욱 조용해졌다. 자신들이 지금 어디를 향해 가고 있는

지를 차갑게 인식한 것이다.

"그러는 당신은 수로맹주를 만나본 적 있나요?"

조원원이 소수옥에게 물었다.

"아뇨."

"그럼 피차일반이네요."

단지 아느냐고 물었을 뿐인데 반응이 다소 까칠했다.

하지만 소수옥을 두둔하고 나서는 사람은 없었다. 자신들과 어울리면서 무언가를 겪어야 한다면 이는 오롯이 그녀의 몫임을 아는 까닭이다.

"보지는 못했지만 어떤 사람인지는 조금 알지요."

"소문 따위를 말하고 싶은 거라면 하지 마세요. 우리 중 수로맹주에 대한 소문 하나 들어보지 못한 사람은 없을 테니까."

"곁에서 직접 보고 관찰한 사람의 보고라면요?"

"무슨 뜻이죠?"

"수로맹과 녹림맹을 포함한 천하무림의 모든 흑도가 입교와 동시에 충성을 맹세한 사실은 다들 아실 거예요."

"입교가 아니라 입교하는 시늉을 한 거겠죠. 단지 교적에 이름을 올리는 것만으로 마교도가 되는 건 아니니까. 더불어 충성을 맹세한 것이 아니라 힘에 굴복한 나머지 어쩔 수 없이 복종을 약속한 것이고요."

"그렇게 볼 수도 있겠군요."

"그렇게 볼 수도 있는 게 아니라 그래요."

"흑도를 두둔하는 건가요?"

"흑도를 두둔하는 게 아니라 마교를 싫어하는 겁니다. 흑
도가 마교에 입교하고 충성을 맹세한 것이 무슨 대단한 자랑
거리라도 되는 양 말을 하는 당신과 동행을 하고 있는 내가
한심한 거고요."

"난 단지 도움을 주고 싶었을 뿐이에요."

"참 말귀 못 알아들으시네. 도움을 주려면 도움만 주세요.
마교에 형제자매를 잃은 사람들 앞에서 그들을 두둔하지 마
시고요."

"원원!"

당소정이 정색을 하며 조원원을 나무랐다.

당소정은 이어 소수옥에게도 양해를 구했다.

"이해하세요. 나쁜 뜻으로 한 말은 아니에요."

소수옥은 가볍게 고개를 끄덕이며 한발 물러섰다.

분위기가 싸늘해지면서 앞서 소수옥이 하려던 말은 온데
간데없이 끊어져 버렸다. 정작 중요한 것은 수로맹주에 대해
그녀가 알고 있는 정보였다.

한데 뜻밖에도 모용설이 이 점을 지적했다.

"언니, 좀 전에 하려던 얘기 더 들을 수 있을까요?"

소수옥은 슬그머니 당소정의 눈치를 보았다.

여자들의 알력다툼에 끼어들지 않으려는 남자들을 제외하

면 그녀가 맏언니 역할을 하는 듯했기 때문이다. 당소정이 가볍게 고개를 끄덕였다.

"신교에서는 대륙의 여러 흑도 방파에 호교사자를 보내 율법과 교리를 가르치게 했죠. 녹림맹과 수로맹 역시 마찬가지고요. 그 호교사자들을 통해 각종의 정보가 올라와요. 그때 수장에 대한 보고도 함께 볼 수 있죠."

조원원은 율법과 교리를 가르치는 게 아니라 신궁으로 올려 보낼 재물을 모으고 수장의 동태를 감시하기 위해서라는 말이 목구멍까지 올라오는 걸 꿀떡 삼켰다.

마교에 오래 몸담으면 세상을 보는 인식이 저렇게까지 바뀌는 모양이다. 당엽은 소수옥이 이제 더는 마교의 육성녀가 아니라고 귀띔했지만 조원원이 보기에는 전혀 아니올시다였다.

"그래서요?"

모용설이 물었다.

"수로맹주 칠성노군(七星老君) 구양빈은 세상에 알려진 것보다 훨씬 고수예요. 아마 무림에서 적수를 찾아보기 어려울 거예요."

"적수를 찾아보기 어렵다고요? 마교주 이정갑과 싸워도 그럴까요?"

조원원이 물었다.

무림에서는 적수를 찾아보기 어렵다는 말은 곧 천하제일

을 다툰다는 말인데, 그건 곧 명왕과 함께 쌍벽을 이루는 이정갑도 칠성노군에게는 밀린다는 뜻이다. 마교의 제자인 소수옥이 할 말은 아닌 것이다. 조원원은 바로 그 점을 조롱하듯 꼬집었다. 한데 소수옥의 입에서 나온 말은 모두를 놀라게 했다.

"그래서 제가 적수가 없다가 아니라 찾기 어렵다고 하지 않았나요? 명왕, 혼세신교주 이정갑, 설산검군, 그리고… 여기 있는 엽 대협을 제외하면 칠성노군과 겨루어 오십초 안에 그를 꺾을 사람이 없다고 확신해요."

사람들은 일순 당황했다.

그 옛날 강호인들은 수로맹의 칠성노군과 녹림맹의 서천노조(西天老祖)를 일컬어 흑도의 밤하늘에 떠 있는 두 개의 달이라고 했다. 그들의 무공이 우열을 가릴 수 없을 만큼 용호상박이었기 때문이다.

천하무림의 절반, 그 절반을 통틀어 가장 강한 두 사람이니 나머지 절반의 하늘을 포함하더라도 그 위상은 크게 달라지지 않는다. 오 할의 최고가 십 할에서는 두 번째가 되라는 보장은 없지 않은가.

다시 말해 칠성노군과 서천노조는 언제라도 천하제일인의 반열에 오를 수 있는 열 명의 거물, 즉 강호십대고수 중 한 자리를 당당히 차지했다.

그러나 마도가 천하를 일통하면서 얘기가 달라졌다. 그 옛날 칠성노군, 서천노조와 명성을 겨루던 정도무림의 초절정 고수들이 무신이라 불리는 팔마궁의 궁주들에게 죽어 나가 버렸기 때문이다.

강호인들은 칠성노군과 서천노조를 자연스럽게 팔마궁의 궁주 아래에 두게 되었다. 언제든 천하제일인의 반열에 들 수 있는 십대고수에서 오십대고수로 전락해 버린 것이다.

한데 소수옥은 그게 아니라고 말한다.

"잘못된 정보가 아닌가요? 칠성노군이 그렇게 강할 리가 없는데."

조원원이 물었다.

툭툭 내뱉으며 딴죽을 걸던 조금 전과 달리 한층 진지해진 음성이었다.

"이렇게 된 데는 이유가 있어요. 삼 년 전 칠성노군은 뼈를 깎는 수련 끝에 평생의 숙원이었던 파산십이검(破山十二劍)의 십성 벽을 뚫었어요."

파산십이검라는 말에 사람들은 오래전 들었던 얘기를 떠올렸다.

오십여 년 전 장강 하류에 자리한 작은 수채에서 수적 하나가 자신의 여자를 채주에게 빼앗긴 것에 격분하여 홀로 반역을 일으킨 사건이 있었다.

살아남은 사람은 없었다.

이후 수적은 물길을 거슬러 오르면서 장강 전역에 흩어져 있던 수백의 채주와 겨루었고, 그때마다 초전박살로 승부를 냈다.

저런 강자가 어디서 갑자기 튀어나왔는지, 왜 여태 그 솜씨를 숨기고 살았는지 아무도 이해를 못 했다.

그리고 삼 년 후 그는 전 맹주 사후 군웅할거 하던 장강의 수채들을 하나로 통합, 수로맹을 재결성했다.

그때 그의 나이 불과 쉰, 파산십이검은 팔성의 초입이었다. 그는 칠성노군이라는 별호를 얻었고, 이후 반백 년이 넘도록 장강을 지배해 왔다.

그때부터 파산십이검은 무당의 태극검, 화산의 매화이십사검, 청성의 사일검과 함께 강호의 삼대검공으로 불렸다.

혹자는 겨우 팔성의 초입에 이르러 장강의 강자들을 모두 쓰러뜨린 것으로 미루어 삼검(三劍) 중 제일은 파산십이검이라고도 했다.

그 파산십이검의 십성 벽을 뚫었다고 한다.

사람들은 갑자기 가슴 한쪽이 서늘해졌다.

"하지만 칠성노군이 진짜 무서운 이유는 따로 있죠. 그는 열다섯 살에 수채에 투신, 평생을 흑도의 야수 같은 인간들과 싸워 지금의 자리에 오르고 또 지켜온 입지적인 인물이에요. 그 경험은 결코 무시할 수 있는 게 아니죠."

소수옥의 말은 끝났다.

하지만 그 여운은 오랫동안 사람들의 가슴에 남았다. 듣기로 칠성노군의 나이 백 세를 바라본다고 한다. 거칠고 악랄한 흑도인들과 온몸으로 부대끼며 살아온 구십여 년의 세월은 소수옥의 말처럼 작은 경험이 아니었다.

그가 얼마나 상대하기 까다로울지 능히 짐작하고도 남았다. 더불어 엽무백이 수로맹으로부터 원하는 걸 얻을 수 있을지 걱정되었다.

하지만 엽무백은 시종일관 뱃머리에서 서서 장강을 굽어볼 뿐이었다. 상류로부터 불어온 바람만이 그의 머리카락과 옷자락을 쉴 새 없이 흔들어댔다.

그때 그들이 나타났다.

第七章

칠성노군(七星老君)

누선(樓船)을 개조해 만든 세 척의 배는 폭이 좁고 돛이 컸
으며 옆구리에는 지네발처럼 노 이십여 자루가 빠져나와 있
었다.

좁은 폭과 큰 돛만으로도 충분히 빠른 속도를 낼 수 있을
것이다. 그럼에도 불구하고 노까지 뽑아낸 것은 단지 빠른 것
그 이상의 속도가 필요하기 때문이다. 예를 들면 도주하는 배
를 잡으려 한다거나.

"왔군."

엽무백이 기다렸다는 듯이 말했다.

잠시 후 세 척의 배는 엽무백 일행이 탄 작은 거룻배를 순

식간에 에워쌌다. 앞서 엽선에 타고 있던 사내들도 보였다.

그중 한 배에 백의 장삼에 서생처럼 맑은 신색을 가진 사내가 있었다. 허리에는 보옥으로 요란하게 치장한 장검을 매달았는데, 잘생긴 얼굴도 그렇고 화려한 복장도 그렇고 수적과는 거리가 멀어 보였다.

그가 말했다.

"이런, 절색이 타고 있다는 말이 사실이잖아. 그것도 네 명씩이나."

저자의 왈패들도 처음 만났을 때는 어깨부터 견주는 법이다. 하물며 수적이니 오죽할까. 저런 수작도 어쩔 수 없이 치러야 하는 절차라는 걸 사람들은 모르지 않았다. 다만 절차랍시고 내뱉는 말이 가소롭다는 것이 안타까울 뿐.

"수로맹에서 온 자들인가?"

엽무백이 물었다.

"노일환이라고 하네."

"칠성노군의 칠제자인 것 같아요. 한 자루 장검을 귀신같이 휘두르는데, 성정이 괴팍하고 손속이 악랄하여 수적들도 치를 떤다고 들었어요. 참고로 장검보다는 혀를, 혀보다는 아랫도리를 더 잘 쓴다는 소문이 있고요."

소수옥이 엽무백에게 말했다.

굳이 전음으로 전할 것까지 없다는 생각에 조용히 속삭였지만 배 안에 탄 모두가 들었다. 다소 낯 뜨거운 말이 섞여 있었음에도 여자들은 얼굴색 하나 변하지 않았다. 오히려 한심하다는 듯한 표정으로 노일환을 노려보았다. 그녀들도 노일환에 대한 소문을 익히 들었기 때문이다.

"칠성노군의 칠제자라는 말이 사실인가?"

"천하에 소요검(笑妖劍) 노일환이 둘이 아니라면."

스스로 확인해 주었으니 더 볼 것도 없다.

여자들의 눈동자는 더욱 살벌해졌다.

여자들의 시선이 집중되자 자신을 알아보았다고 생각한 노일환은 더욱 의기양양한 표정을 지었다.

"장강엔 이런 말이 있지. 한 명의 절색을 얻으니 한 배의 재물을 얻은 것보다 낫구나. 이보시게, 친구. 우리 아이들이 지금부터 자네 곁에 있는 그 아름다운 미녀들을 내 배로 옮겨 실을까 하는데, 협조해 주겠나? 미리 말해두는 데, 쉽게 가자고."

"우리도 함께 타면 안 될까?"

예상을 벗어난 엽무백의 대답에 노일환은 당황한 기색이 역력했다. 잠시 엽무백을 노려보던 그가 말했다.

"미인들을 대동하고 병장기까지 소지했다기에 평범한 자들은 아닐 거라 생각했지. 하지만 좋은 생각이 아니야. 나, 소요검 노일환이라고."

"난 엽무백이라고 한다."

"……!"

일순 노일환의 얼굴에서 핏기가 사라져 버렸다.

좌중의 공기가 요동치는 가운데 한동안 굳게 다물어졌던 그의 입이 천천히 열렸다.

"당신이 시, 십병귀… 라고?"

"천하에 십병귀 엽무백이 둘이 아니라면."

"다, 당신이 여길 왜?"

"맹주를 만나고 싶다. 안내해 다오."

노일환은 똥 마려운 강아지처럼 어찌할 줄을 몰라 했다. 정도무림의 결사대를 이끌고 혼세신교와 싸운다는, 믿지 못할 소문의 주인공 십병귀가 눈앞에 나타났다.

그를 수로맹의 총타로 데려간다는 건 말이 안 된다. 그렇다고 거절하면 목숨을 보전할 수 있을까? 저 무시무시한 괴물은 당장에 목을 뽑으려 들 것이다.

그전에 일단 확인부터 해야 한다.

노일환은 마음을 다잡고 물었다.

"당신이 십병귀라는 걸 어떻게 증명하지?"

"소요검 노일환이 제법 머리를 굴린다고 들었는데 이제 보니 헛소문이로군. 천하의 십병귀가 아니면 이 살벌한 때에 누가 감히 수로맹주를 만나겠다고 오겠어요? 그것도 당신 말대로 이런 절색들을 데리고."

조원원이 참지 못하고 불쑥 나섰다.

노일환은 시선을 돌려 엽무백의 곁에 있는 사람들을 살폈다. 좀 전에는 보지 못한 그들의 면면이 뒤늦게 들어왔다.

자그마한 체구에 날렵한 인상을 지닌 자는 백귀총의 살수라는 당엽이고, 우귀사신을 연상케 하는 인상에 살벌한 덩치를 지닌 놈은 곤왕 법공일 것이다. 장검을 찬 열대여섯 살가량의 사내아이는 패도의 아들 진자강, 금방이라도 욕을 퍼부을 것 같은 저 여자는 해월루의 후예 조원원, 시종일관 차분한 신색으로 상황을 지켜보는 미녀는 사천당문의 영애 당소정, 그리고 둘은 모르겠다.

'제기랄!'

노일환은 혀로 입술을 핥았다.

빼도 박도 못하게 생겼지 않는가.

그사이 엽무백은 눈 깜짝할 사이에 서너 장을 날아 노일환의 배로 옮겨 타버렸다. 뒤를 이어 당엽, 법공, 조원원, 소수옥, 당소정, 진자강, 모용설이 차례로 옮겨 탔다.

당황한 노일환이 장검을 뽑아들며 후다닥 물러났다. 그의 수하들도 덩달아 병장기를 뽑아 들고 뒷걸음질을 쳤다. 칼을 뽑은 것은 무인의 본능이요, 뒷걸음질을 친 것은 인간의 본능이었다.

졸지에 그 무섭다는 십병귀를 태우게 된 노일환은 이러지도 저러지도 못하고 식은땀만 뻘뻘 흘렸다.

노일환이 쉽게 결정을 내릴 수 있도록 엽무백이 가볍게 한마디를 했다.

"미리 말해두는데, 쉽게 가자."

백염산을 지나 한 식경쯤 물살을 거슬러 오르자 좌방을 향해 거대한 뱀처럼 뻗은 협곡이 보였다. 강호인들이 교사곡(咬蛇谷)이라 부르는 곳이다.

협곡의 입구에는 놀랍게도 화포를 장착한 전선 십여 척이 도열해 있었다. 인질이나 다름없는 노일환은 목숨을 보전하기 위해서라도 봉쇄를 열라 명령할 수밖에 없었다.

협곡으로 진입하자 이번엔 좌우의 깎아지른 절벽을 따라 사천의 촉도를 방불케 하는 암도(巖道)가 이어졌다.

알려지기로 수로맹의 총타로 들어가는 길은 이곳 교사곡밖에 없다고 한다. 다시 말해 어떤 세력이 있어 수로맹의 총타를 치려면 교사곡을 반드시 지나야 한다.

암도는 그처럼 만약의 경우를 대비해 수로맹이 판 길이다. 수천의 수적이 암도에서 대기하고 있다가 일제히 불화살을 쏘아대면 천하의 그 어떤 무력도 당할 수가 없다.

한데 혼세신교는 어떻게 수로맹을 굴복시킨 것일까? 그건 교사곡을 총타로 두었을 뿐 수로맹의 활동 영역은 어디까지나 장강이기 때문이다. 다시 말해 장강을 포기하지 않는 한 수로맹은 천하의 주인 혼세신교의 눈치를 볼 수밖에 없었다.

교사곡을 따라 십여 리 정도 나아가자 높다란 산으로 둘러싸인 호수가 나타났다. 백여 척의 크고 작은 각종 배가 정박해 있는 호숫가에 일개 마을을 방불케 하는 목채의 군집이 모습을 드러냈다.

장강수로맹의 총타다.

호숫가에는 물경 일천을 헤아리는 수적들이 각양각색의 병장기를 꼬나 쥔 채 기다리고 있었다. 앞서 교사곡의 입구를 통과할 때 누군가 안에다 기별을 넣은 모양. 그들은 노일환이 인질로 잡힌 상황을 직접 확인하고는 분노를 금치 못했다.

금방이라도 전투가 벌어질 것 같은 일촉즉발의 상황에서 배가 호반에 닿았다. 엽무백은 노일환 따위는 신경도 쓰지 않고 뭍으로 훌쩍 뛰어내렸다. 당엽과 법공 등 함께 온 일행까지 모두 호반으로 뛰어내리자 노일환과 그의 수하들은 배에 덩그러니 남겨지게 되었다.

적진에 들어와서 인질을 버리는 자도 있나?

아니, 그것보다 저놈들이 대체 누구이건대 수로맹의 총타 한복판에서 저토록 대범한 행동을 보인단 말인가.

그때 어디선가 쩌렁한 음성이 들렸다.

"물러나라!"

누군가의 한마디에 엽무백 일행을 살벌하게 에워싸던 수적들이 썰물처럼 물러나기 시작했다. 그렇게 생겨난 길을 따라 여섯 명의 무인이 중무장을 한 백여 명의 호위를 대동하고 등장했다.

여섯은 하나같이 화려한 복장과 준수한 용모를 지닌 중장

년의 남녀들이었는데 예사롭지 않은 기도가 전신에서 뿜어져 나왔다. 그중 압도적인 위엄을 뿌리는 자가 있었다.

마흔 살이나 되었을까?

산악처럼 벌어진 어깨에 기둥뿌리 같은 두 다리를 가진 그는 엄청난 거인이었다. 거기에 육 척은 족히 될 것 같은 거대한 장검을 허리에 비스듬히 맸는데, 그러고도 끝이 바닥에 닿질 않았다.

하늘에서 내려온 신장이 있다면 바로 저런 모습을 하고 있지 않을까? 덩치와 인상이라면 어디 가도 뒤지지 않는 법공조차 저 사내에 비하면 귀엽게 느껴질 정도였다. 법공, 소수옥, 당소정, 조원원, 모용설, 진자강은 장년인의 어마어마한 덩치에 압도당해 버렸다.

"일환, 총타에 머무르지 않고 어딜 그렇게 쏘다니는 것이냐?"

거인이 우렁우렁한 음성으로 말했다.

노일환은 저승사자라도 만난 듯 황급히 머리를 조아렸다.

"아, 대사형께서도 계셨군요. 소제 대사형께서 귀환하신 줄도 몰랐습니다."

"칠성노군의 일제자 철탑신패(鐵塔神覇) 가득공이에요. 공식적인 서열은 두 번째, 하지만 실상을 알고 나면 조금은 달라요."

소수옥이 속삭였다.

엽무백을 향한 말이었지만 곁에 있는 다른 일행에게도 똑똑히 들렸다. 눈에 띄는 자들의 내력을 알려줌으로써 미리 주의를 하도록 하려는 것이다. 사람들은 처음으로 소수옥을 데려오길 잘했다는 생각이 들었다.

"어떻게 된 일이냐?"

철탑신패가 엽무백 일행을 한차례 쓸어보고는 노일환을 향해 물었다.

"사부님을 뵙고 싶다기에 데려왔습니다."

"멍청한 놈! 사부님이 뵙자고 청하면 누구나 만날 수 있는 분이시란 말이냐!"

목청이 어찌나 우렁우렁한지 딱히 화를 내는 것 같지 않은데도 귀청이 윙윙거렸다.

"그게 아니옵고……."

안 되겠다고 생각했는지 노일환은 말을 하다 말고 뭍으로 훌쩍 뛰어내렸다. 이어 철탑신패를 필두로 그의 사형들이 모여 있는 곳으로 쪼르르 달려가 속삭였다.

"그게 정말이냐?"

철탑신패가 눈을 번쩍 떴다.

"간이 배 밖으로 나오지 않은 다음에야 천하에 뉘 있어 감히 그자 행세를 하며 수로맹 총타로 와 사부님을 보자고 하겠습니까?"

철탑신패를 필두로 육 인의 눈동자에서 쌍심지가 켜졌다.

그들을 더할 수 없이 놀랍다는 표정으로 엽무백을 응시했다.
한참을 생각하던 철탑신패가 고개를 꺾어 후방의 수하들에게
말했다.

"접객당으로 안내하라. 나는 사부님을 뵙겠다."

그는 호피가 깔린 태사의에 방만한 자세로 앉아 있었다. 오
척 단구를 겨우 면한 키에 피둥피둥한 몸집, 비정상적으로 기
다란 팔이 그의 첫인상이었다.

우스꽝스럽기 짝이 없는 외모.

하지만 흑도의 하늘 아래 사는 사람이라면 저 괴이하고 볼
품없는 노인을 두고 우습다 놀리지 못할 것이다.

원숭이의 사지에 돼지의 몸집을 가진 그가 바로 흑도의 하
늘을 양분하고 있는 한 명의 주인 칠성노군 구양빈이었다.

구양빈의 좌방에는 앞서 호반에서 본 철탑신패와 노일환
을 비롯해 칠성노군의 일곱 제자가 자리하고 있었다.

일곱 제자 맞은편에는 장대한 체구에 가슴까지 내려오는
흑발의 수염을 기른 오십 줄의 초로인이 자리했다. 관운장을
연상케 하는 용모도 용모려니와 전신에서 뿜어져 나오는 기
도가 예사롭지 않았다.

엽무백과 일행은 구양빈과 저 초로인이 자리를 바꿔 앉으
면 딱 어울리겠다는 생각을 했다. 하지만 그건 어불성설이었
다. 내실로 들어서는 순간 엽무백은 소수옥이 보내온 전음을

통해 저 초로인의 정체를 간파했다.

[미염공(美髥公) 설인보, 신교에서 수로맹에 파견한 호교사자로 오래전부터 이정갑의 사람이에요.]

혼세신교의 인물이라면 누구보다 잘 아는 엽무백이었지만 미염공 설인보라는 인물은 금시초문이다. 전신에서 뿜어져 나오는 기도 또한 예사롭지 않은데 어찌하여 여태 저런 자가 있다는 걸 몰랐을까.

구양빈의 곁에는 다시 세 명의 노인이 차례로 자리했는데, 그들이 바로 삼원로였다. 어느 문파나 원로는 문주 다음이다. 그럼에도 불구하고 설인보 곁에 앉은 것은 호교사자의 지위가 저들 삼원로보다 높다는 것을 의미했다.

게다가 구양빈을 중심으로 오른쪽이다.

일반적으로 왼쪽보다 오른쪽을 높이 여긴다는 것을 고려할 때 설인보의 지위는 삼원로보다도 높고 일곱 제자보다도 높은 셈이다.

"그대가 십병귀라고?"

설인보가 물었다.

"그렇소."

"예를 갖춰라. 감히 어느 안전이라고."

삼원로 중 하관이 뾰족한 자가 말했다.

광도옹(狂刀翁) 소정산이라고 하던가?

엽무백은 맹주가 아닌 호교사자에게 평대를 했다. 그럼에도 수로맹의 원로가 발끈하고 나서는 것이 이상하지 않은가?

엽무백은 설인보가 삼원로를 사실상 자신의 편으로 끌어들였음을 직감할 수 있었다.

보통 저 지경이 되면 맹주가 나서서 원로를 처단하는 게 옳다. 직접적인 방식이 아니어도 맹주의 권위라면 얼마든지 가능하다. 한데 그렇게 하지 못한다. 설인보가 그들 삼원로의 바람막이가 되어주는 것이다.

엽무백은 혼세신교의 힘이 수로맹에 생각보다 깊이 뿌리내렸음을 알아차렸다. 그 바람에 일이 예상했던 것보다 어려워질지도 모르겠다. 아니면 그 반대일 수도 있고.

"나는 지금 무림의 후배가 아닌 천하를 놓고 다투는 패웅으로서 흑도의 왕 중 하나를 만나러 온 것이오."

소정산이 두 눈을 치켜떴다.

살벌한 안광이 엽무백을 향해 폭사되었다.

그가 무슨 말을 더 하려는 순간 설인보가 불쑥 나섰다.

"천하라……. 정녕 그게 그대의 복심인가?"

"다투는 것과 취하는 것은 다르지."

"해괴한 논리로군."

"귀하가 지금 이 자리에 있는 것도 그렇지. 혼세신교의 호교사자를 욕보였을 뿐인데 엉뚱하게 수로맹의 삼원로가 발끈하고 나서는 것도 그렇고."

삼원로를 필두로 칠제자의 얼굴이 썩어 문드러졌다. 표정이 일그러진 것은 매한가지만 그 속에 담긴 의미는 각자가 달랐다. 삼원로는 엽무백의 불경한 태도가 거슬렸을 것이고, 칠제자는 정곡을 찔린 것에 대해 말할 수 없는 치욕을 느꼈을 것이다.

일단 저들의 밑바닥부터 건드려야 한다.

"맹주를 뵙자고 한 용건은?"

설인보가 다시 물었다.

"호교사자의 권력이 실로 막강하군. 언제부터 호교사자가 수로맹을 대변했지?"

엽무백의 이 말은 설인보나 칠성노군 모두에게 매우 도발적인 언사였다. 설인보에게는 네놈이 무엇이관데 감히 맹주 노릇을 하려 드느냐고 묻는 것이고, 칠성노군에게는 어찌하여 저런 자가 설치는데도 아무 말 못 하고 있느냐고 묻는 것이었다.

예상대로 반응은 폭발적이었다.

설인보은 설인보대로 진노했고, 삼원로와 칠제자는 또 그들대로 엄청난 살기를 폭사했다. 가만히 앉아서 죽을 생각이 없었던 당엽, 법공, 소수옥, 조원원, 모용설, 진자강이 일제히 각자의 병장기로 손을 가져갔다.

금방이라도 폭발할 것 같은 일촉즉발의 순간, 나직한 음성 하나가 좌중의 공기를 억눌렀다.

"나를 보자고 한 용건은?"

구양빈이었다.

추레한 몰골과는 다르게 목구멍에서 흘러나오는 음성은 서릿발처럼 차가우면서도 감히 항거하기 어려운 위엄이 실려 있었다.

"닷새 후 정도무림의 결사대와 혼세신교는 무림의 명운을 건 일전을 치르게 될 것입니다. 그에 관해 수로맹의 입장을 듣고 싶습니다."

순간, 설인보의 눈빛이 차갑게 번뜩였다.

혼세신교의 사자로 파견되어 있는 그가 보는 앞에서 혼세신교를 상대로 일전을 치르겠다고 선언했으니 이미 각오를 했었더라도 당황할 수밖에 없었다.

"재밌는 친구로군."

"무엇이 그렇습니까?"

"그대가 적지 않은 이적을 일으켰다는 건 인정하지. 듣자 하니 설산검군을 비롯한 전대고수들도 여럿 가세했다지? 하지만 그뿐일세. 전쟁이란 몇몇 고수들에 의해 좌우되는 게 아니라네. 전쟁이란 놈은 힘의 역동성이 너무나 크고 복잡한 변수가 많지."

"수로맹이 가세한다면 얘기가 달라지지 않겠습니까?"

"내가 왜 가세할 거라 생각하는가?"

"사람들을 물려주십시오."

설인보의 눈매가 가늘게 좁혀졌다.

사람들을 물려 달라는 건 자신을 두고 하는 말이다. 구양빈과의 대화가 자신을 통해 신교로 흘러들어 가는 걸 원치 않는 것이다. 설인보는 설마하는 표정으로 구양빈을 돌아보았다.

"그건 불가하네."

구양빈이 말했다.

설인보는 그것 보라는 듯 가볍게 미소를 지었다.

"맹주와 호교사자 모두를 위해서입니다."

엽무백이 다시 한 번 권유했다.

그의 이 말에는 지금까지와는 다른 어떤 힘이 실려 있었다. 좌중의 공기가 차갑게 식은 가운데 설인보가 냉랭한 음성으로 말했다.

"신교와 수로맹은 피로써 맺어진 사이다. 어설픈 농간으로 깨어질 혈맹이 아니다."

어색한 침묵이 흘렀다.

신교와 수로맹이 과연 혈맹의 관계일까?

천만의 말씀. 설인보는 단지 구양빈의 면을 생각해 에둘러 말한 것일 뿐이다. 그의 말 속에는 엽무백이 아닌 구양빈을 향한 경고가 담겨 있었다. 이 자리에서 자신을 내치면 수로맹이 지금껏 누려왔던 모든 것을 내려놓아야 할 것이라는 경고.

"다시 말하지만 그건 불가하네."

구양빈이 말했다.

"어쩔 수 없군요. 단도직입적으로 묻겠습니다. 수로맹이 가진 금력이 얼마나 됩니까?"

이 무슨 뜬금없는 말일까?

무력을 빌려주지 않으려면 전쟁 자금이라도 빌려달라는 말일까? 엽무백의 말 속에 숨은 뜻을 알지 못한 구양빈과 설인보, 삼원로, 그리고 칠제자들은 어리둥절한 얼굴이 되었다.

당황하기는 당엽과 법공 등도 마찬가지였다.

밑도 끝도 없이 수로맹의 살림은 왜 묻는 건가.

엽무백의 말이 다시 이어졌다.

"듣기로 장강 전역에 흩어진 백팔수로채에서 연간 벌어들이는 수입이 천만 냥에 달한다고 하더군요. 맞습니까?"

"그래서?"

"보름 안에 그 백 배를 손에 넣게 해 드리죠."

좌중의 공기가 크게 요동쳤다.

천만 냥의 백 배라면 일개 단일 세력이 가져보지 못할 천문학적인 액수다. 단순 계산으로도 장강의 모든 수채가 무려 백 년 동안 열심히 수적질을 해야 벌어들일 수 있는 돈.

터무니없는 엽무백의 말에 적아를 구분할 것 없이 다들 어안이 벙벙해졌다. 설인보는 황당하다는 듯 코웃음까지 쳤다.

"정도무림의 결사대를 도와 신교를 무너뜨리면 그 대가로 신교의 재물을 나눠주겠다는 뜻인가 보네만, 그건 어디까지나 승리를 했을 경우에 해당되는 말이지."

다시 구양빈이 말했다.

"제 말을 잘못 이해하셨군요."

"······?"

"말씀드렸다시피 며칠이 지나면 장산에서 혼세신교와 정도무림의 결사대가 생사대전을 치르게 됩니다. 장산에 집결하려면 이정갑은 적어도 사흘 전에 출병을 해야 하지요. 그때 신궁이 사실상 비게 됩니다."

"······!"

"······!"

"······!"

구양빈을 비롯해 설인보, 삼원로, 칠제자의 얼굴이 딱딱하게 굳었다. 법공과 당엽 등도 예상 못 한 엽무백의 제안이 연거푸 마른침을 삼켰다.

엽무백의 말이 계속해서 이어졌다.

"수로맹의 휘하에 있는 수채가 백팔 개, 병력은 만 오천에 달한다고 들었습니다. 교룡방, 강하방, 해사방까지. 수로맹이 동원할 수 있는 제하 세력을 모두 합하면 물경 이만에 달하죠. 그들을 이끌고 신궁을 약탈하십시오. 만장각에 가득 쌓여 있는 수십만 권의 괴공절학은 덤입니다."

만장각이면 초공산이 구주팔황과 오호사해를 정복하면서 획득한 천하의 모든 무공 비급이 쌓여 있다는 곳이다.

칠성노군은 뼛속까지 무인이다.

그에게는 만장각의 무공 비급이 결코 덤일 수가 없었다. 엽무백은 덤이라는 말로 깎아내렸지만 사실 만장각의 무공 비급을 대가로 제시한 것이다.

"지, 지금 무슨 말을······!"

새파랗게 질린 설인보는 말까지 더듬었다.

엽무백이 그의 말을 가로챘다.

"정도무림의 결사대가 전쟁에서 패하더라도 이정갑은 적지 않은 병력의 손실을 입은 채 귀환할 수밖에 없습니다. 거기에 수로맹의 기습 작전이 성공한다면 신궁에 남아 있는 전력 또한 큰 손실을 보겠지요. 단언컨대 이정갑은 전란의 혼란을 수습하는 데 적지 않은 시간이 필요할 것입니다. 맹주께서 신궁을 초전박살 내면 낼수록 더. 그사이 맹주께서는 맹도들을 이끌고 이곳 교사곡에 칩거, 신궁에서 약탈한 재물로 전력을 키우고 무공 비급으로 고수들을 육성하십시오."

마치 정도무림의 결사대와 혼세신교가 다투는 틈을 타 천하를 훔치기라도 하라는 투다.

광오한 말이다.

천지를 뒤흔들 말이다.

사람들은 너나 할 것 없이 새파랗게 질려 버렸다. 십만 마병을 거느린 혼세신교를 무너뜨리다니. 이 얼마나 무시무시한 계획인가.

쾅!

더는 참지 못한 설인보가 탁자를 내려치며 일어섰다.

"맹주, 더 들을 필요 없소이다! 당장 저놈을 잡아 물고를 내시오!"

설인보의 도발에도 불구하고, 사람들의 일렁이는 눈빛에도 불구하고 구양빈은 차분했다. 그는 한층 가라앉은 음성으로 물었다.

"그 제안을 내게만 하는 것은 아닐 테지?"

"지금쯤이면 설산검군과 모용 가주께서 녹림맹을 다녀가셨을 겁니다."

사람들은 또 한 번 놀라지 않을 수 없었다.

"수로맹이 취하지 않으면 녹림맹에게 빼앗길 수도 있다?"

"맹주!"

설인보가 버럭 소리를 질렀다.

이성을 잃고 흥분하는 설인보와 달리 염무백과 구양빈은 계속해서 차분하게 대화를 이어갔다.

"녹림맹이 놓치고 수로맹이 취할 수도 있지요. 녹림맹과 수로맹 모두 놓칠 수도 있고 또 함께 취할 수도 있습니다. 오로지 두 분의 하기에 달렸지요."

"그래서 자네가 얻는 건?"

"혼세신교의 궤멸입니다."

"흑도천하가 된다고 해도?"

"그땐 또 누군가가 흑도를 상대로 싸우지 않겠습니까?"

"그게 자네가 될 수도 있겠지?"

"물론입니다."

그 말을 끝으로 엽무백은 일어섰다.

이어 일 맹의 맹주를 대하는 예로써 정중하게 포권지례를 한 후 돌아섰다. 당엽과 법공을 비롯해 여자들이 우르르 일어나 엽무백의 뒤를 따랐다.

설인보가 철탑신패를 비롯한 칠제자를 향해 발작적으로 외쳤다.

"뭣들 하느냐! 당장 저놈을 죽여 신교에 대한 충성심을 증명하라!"

엽무백과 일행은 고래고래 지르는 설인보의 고함을 들으며 내실을 나섰다. 바깥으로 나와 회랑을 걷는 동안 사람들은 아무 말이 없었다. 칠성노군 앞에서 엽무백이 쏟아낸 말이 너무나 엄청났기 때문이다.

"칠성노군이 어떤 결정을 내릴지 궁금하군요."

소수옥이 말했다.

"그대로 되기만 하면 마교를 뿌리째 뽑아버릴 절호의 기회인데."

조원원이 말했다.

다분히 소수옥을 의식한 발언이었다.

"칠성노군은 빨리 결정을 내려야 할 거예요. 어쩌면 우리가 이곳 수로맹 총타를 떠나기 전에 말이죠."

모용설이 말했다.

그녀의 나이 이제 열다섯이다.

아직 세상을 읽고 판단하기에는 이른 나이. 한데 도대체 뭘 안다고 저런 말을 하는 걸까?

"뭐라는 거야?"

법공이 대뜸 물었다.

"앞서 엽 대협께서 맹주와 호교사자 모두를 위해서라고 하셨잖아요. 곰곰이 생각해 보면 그 말 속에 답이 있어요."

곰곰이 생각해 봤지만 아무도 답을 알지 못했다.

심지어 엽무백의 의중을 가장 잘 파악한다는 당소정도, 신교라는 거대한 세력 속에서 숱한 귀계와 암투를 몸소 체험한 소수옥조차도 영문을 모르겠다는 표정이다.

참다못해 진자강이 물었다.

"소저, 무슨 말씀을 하시는 겁니까?"

"삼원로가 호교사자를 편드는 것 보셨죠? 수로맹에 뿌리를 내린 신교의 영향력이 생각보다 커요. 다시 말해 곳곳에 호교사자의 사람이 심어져 있다는 얘기죠."

"호교사자의 끄나풀이 전서구를 띄우기 전에 칠성노군이 결정을 내려야 한다는 말이로군요."

소수옥이 말했다.

"보다 정확하게 말하면 호교사자가 내실을 나가기 전이죠."

모용설이 말했다.

그때였다.

"으악!"

"커헉!"

"아악!"

세 차례의 비명이 찢어지게 울렸다.

동시에 사람들이 좀 전에 나온 내실의 문이 누군가의 발길에 차여 벌컥 열렸다. 놀랍게도 호교사자 설인보가 하얗게 질린 얼굴로 튀어나오고 있었다. 뒤를 이어 장대한 그림자가 노도처럼 덮치는가 싶더니 장검 하나가 설인보의 앞가슴을 불쑥 뚫고 나왔다.

"커헉!"

설인보의 상체가 활처럼 휘어졌다.

그는 자신의 가슴을 뚫고 나온 장검을 일별하고는 천천히 고개를 들었다. 그 순간 그와 엽무백의 시선이 허공에서 충돌했다.

그게 설인보가 살아서 마지막으로 본 세상이었다. 장검이 쑥 빠져나가고 설인보의 신형이 털썩 고꾸라졌다. 설인보가 사라진 자리에 철탑신패가 시뻘겋게 물든 장검을 들고 서 있었다.

그가 노일환을 돌아보며 말했다.

"손님들을 배웅하거라."

노일환이 꾸뻑 인사를 하고는 엽무백 일행을 향해 달려왔

다. 철탑신패는 장검을 바깥으로 휘둘러 피를 털어냄과 동시
에 검파를 거꾸로 쥐고 엽무백을 향해 포권지례를 올려 보였
다.

　무운을 빈다는 무언의 인사였다.

　엽무백은 가볍게 고개를 끄덕여 주었다.

　동시에 조그맣게 읊조렸다.

　"모용설의 안목이 대단하군."

　엽무백의 칭찬에 모용설은 발갛게 상기되었다.

　당엽, 법공, 조원원, 당소정, 소수옥은 당황스럽기 짝이 없
었다. 그들이 아무리 당황스럽다 한들 진자강만 할까.

　진자강은 두 눈이 커지다 못해 툭 튀어나와 버렸다. 아버지
모용 가주를 따라 어린 시절부터 전장을 떠돌았다더니 그녀
에게 이런 혜안이 있을 줄이야.

　"그 아비에 그 딸이로군. 진자강 너, 생각 잘해야겠다."

　법공이 한마디를 툭 던졌다.

　그 말 속에 담긴 의미를 모를 리 없는 모용설의 얼굴이 더
욱더 발개졌다. 진자강은 마른침을 꿀꺽 삼켰다. 법공의 말처
럼 모용설이 두려워서가 아니었다. 발개진 얼굴로 쑥스러워
하는 그녀의 모습이 너무나 어여뻐서였다.

第八章 폭풍전야

대파산맥(大巴山脈)은 섬서성과 사천성의 경계를 따라 동남쪽으로 뻗은 거대한 지맥의 이름이다. 그 지맥이 호광으로 들어가 장강을 앞둔 곳에 기운이 뭉친 듯 자리한 절산이 있었다.

장산(章山)이다.

사철 안개에 휩싸여 좀처럼 진면목을 드러내지 않는 장산에 천하인의 이목이 집중되기 시작한 것은 불과 사나흘 전부터였다.

이곳에서 당금 무림을 경동시키고 있는 정도무림의 결사대와 혼세신교가 각자의 명운을 건 백척간두의 전투를 벌일 거라는 소문 때문이었다.

실제로 대륙 곳곳에서 매혼문을 박살 내고 다니던 정도무림의 결사대들이 사흘 전부터 모든 전투를 중단한 채 장산으로 집결하기 시작했다.

그즈음 섬서성에 위치한 신궁에서도 혼세신교의 구대교주 이정갑이 마궁의 궁주들을 포함, 마병 칠만을 이끌고 신궁을 떠났다는 소식이 들렸다.

강호인들은 승부를 궁금해하지 않았다.

십병귀가 제아무리 무적의 고수라고 한들, 오래전에 죽은 줄 알았던 설산검군과 팔 인의 노장로가 살아 있다고 한들 이정갑과 육 인의 무신을 이길 수 없기 때문이다. 한 줌도 안 되는 병력으로 칠만의 대병력을 막아낼 수 없기 때문이다.

강호인들이 궁금한 것은 혼세신교가 어떻게 정도무림의 결사대를 쓸어버릴 것인가, 혹은 정도무림의 고수들이 얼마나 많은 혼세신교의 고수들을 쓰러뜨리고 죽을까 하는 것이었다.

시원한 개활지가 있었다.

돌과 자갈로 가득한 십만여 평의 개활지는 곧장 시커먼 곡구(谷口)로 이어진다. 대낮에도 볕이 들지 않을 정도로 울창한 골짜기를 따라 한참을 오르면 산허리에 아슬아슬하게 걸쳐진 고대 산성의 흔적이 나타난다.

언제 누구로부터 무슨 목적으로 만들어졌는지 모를 이 산성이 처음 사람들의 입에 오르내리기 시작한 것은 십여 년 전 큰 전투가 있고 나서부터였다.

그날 산성에 집결한 병력은 겨우 삼백, 반면 산성에 집결한 역도를 소탕하기 위해 개활지에 집결한 병력은 일만을 헤아렸다.

삼백 대 일만.

승부는 삼척동자라도 예측할 만한 것이었고 결과도 그렇게 나왔다. 삼백의 역도는 단 한 명도 살아남지 못했다.

그날 이후 바람이 부는 날이면 골짜기에서 원혼들이 흐느끼는 소리가 들린다는 소문이 나돌았다. 해서 사람들은 그 골짜기를 암혼곡(暗魂谷), 산성을 죽은 자들의 성이라는 뜻에서 사자성(死者城)이라 불렀다.

설산검군과 모용천은 산성에 도착하자마자 앞서 도착한 결사대와 함께 부서진 산성을 수리했다. 전투가 코앞에 닥쳤는데 산성을 제대로 수리할 수가 있나. 사람들이 하는 일이라곤 그저 여기저기 뒹구는 성의 잔해를 가져다 성벽을 보강하거나 적이 침투할 걸로 예상되는 길목에 참호를 파는 정도였다.

엽무백이 골짜기에 도착한 것은 이정갑이 이끄는 칠만 마병이 무당산을 지나 장산으로 진격 중이라는 소식을 접한 날 저녁이었다.

암혼곡에 도착하자마자 설산검군과 모용천이 일행을 맞았다. 엽무백은 인사를 나눌 사이도 없이 상황을 점검하기 위해 골짜기를 걸어 올랐다.

골짜기를 오르는 동안 모용설은 주변의 지세를 살피며 연신 고개를 갸웃거렸다. 그녀는 뭔가 잔뜩 궁금한 표정이었지만 어른들의 분위기가 워낙 진지해 함부로 묻지를 못했다.

대신 진자강의 소맷자락을 잡아당기면서 연신 무언가를 속삭였다. 그때마다 진자강은 고개를 갸웃거리기도 하고 눈을 동그랗게 뜨기도 하며 모용설을 바라보았다.

"자네 예상이 맞았네. 결사대가 대륙을 질타하는 동안 적지 않은 정파의 무인들이 은거를 깨고 합류했네. 진령을 넘을 때만 해도 삼천을 겨우 넘겼던 병력이 지금은 일만에 육박한다네."

모용천이 간략하게 상황을 보고했다.

"무장 수준은 어떻습니까?"

"전마 일만 필을 확보해 산성 뒤쪽에 매어두었네. 삶은 콩을 충분히 먹이고 있으니 전투가 시작되면 적지 않은 소용이 있을 것이네. 그 외에 강궁 오천 자루와 화살 십만 발, 돌격창 삼천 자루, 선발대를 위한 마갑 일천 구도 추가로 확보했네."

칠만을 상대로 하기에는 턱없이 부족하지만 일만을 무장시키기에는 충분했다. 결국 전투는 일만 대 칠만의 싸움으로 갈 수밖에 없는 상황이었다.

"한 가지 아쉬운 것이 있다면 물과 식량일세. 식량은 기동성을 최우선 과제로 하다 보니 사흘치밖에 확보하지 못했고 물은 성안에 샘이 없어서 곡구까지 내려가 길어 와야 하네. 문제는 전투가 벌어지면 놈들이 곡구를 점령할 거라는 것이지. 해서 일단은 항아리를 총동원해 성안으로 물을 길어 나르는 중일세. 지금은 하루치 정도 확보를 했고, 오늘 밤쯤이면 사흘치는 될 것 같네."

"그걸로 충분합니다. 물을 길어 나르는 인원을 모두 성벽을 보수하는 쪽으로 투입하십시오. 성벽을 할 수 있는 한 최대한 높게 쌓아야 합니다."

당엽, 법공, 당소정, 소수옥, 조원원 등의 표정이 얼음장처럼 굳어졌다. 모용천은 분명 하루치 식수만 확보되었다고 했다. 엽무백은 그걸로 충분하다고 했다. 그 말은 곧 전투가 하루면 끝이 날 거라는 말이 아닌가. 사람들에겐 이 말이 마치 하루도 버티지 못할 거라는 뜻으로 들렸다.

아니나 다를까, 모용천이 그 점을 물었다.

"장기전을 염두에 두지 않는다는 뜻인가?"

"전투는 하루를 넘기지 않을 겁니다."

"어째서?"

"아시다시피 이 전투는 신교의 의도대로 흘러갈 수밖에 없습니다. 이정갑은 속전속결을 위해 초전에 모든 전력을 쏟아부을 겁니다. 반면 아무리 지형의 이점을 이용한다고 해도 우리에겐 반나절 이상을 버틸 여력이 없습니다. 승부는 반나절 안에 납니다."

전력 차이가 워낙 많이 나니 전투의 흐름이 이정갑의 의중에 의해 좌지우지될 거라는 건 알겠다. 한데 그가 초전에 모든 전력을 쏟아부을 거라는 건 이해하기 어렵다. 그에게 그래야 할 특별한 사정이 있기라도 하다는 뜻일까? 반나절 안에 승부를 내야 할 만큼?

한데 설산검군과 모용천은 짐작하는 바가 있다는 듯 고개를 끄덕였다. 법공, 조원원, 진자강은 영문을 몰라 어리둥절한 표정을 지었다. 당엽, 당소정, 소수옥, 모용설은 달랐다. 네 사람은 비로소 상황을 인식하고 조용히 고개만 끄덕였다.

모용설이 진자강의 소맷자락을 잡아당기며 속삭였다.

"우리가 수로맹에 다녀온 이유를 짐작해 보시면 답이 있을 거예요."

그래도 역시 모르겠다는 듯 진자강은 뒤통수만 벅벅 긁었다. 답답해진 모용설이 조금 목소리를 높였다.

"신궁이 비어 있잖아요. 우리 의도대로 녹림맹과 수로맹이 신궁으로 진격한다면 이정갑은 장산으로 오는 중간에서 그 소식을 듣게 될 거예요. 그는 회궁을 할지 계속 장산으로 진격할지를 결정해야겠죠. 엽 대협께서는 이정갑이 장산으로 진격해 속전속결로 우리를 몰살시킨 후 서둘러 회궁하는 쪽을 선택할 거라고 생각하시는 거예요."

"아아······!"

진자강의 입에서 나직한 탄성이 흘러나왔다.

더불어 그 모든 것을 간파한 모용설이 놀랍기 짝이 없다는 표정을 지었다. 모용설의 볼이 또다시 발갛게 상기되었다. 그 모습을 보고 설산검군과 모용천이 가볍게 웃었다.

"녹림맹으로 간 일은 어떻게 되었습니까?"

말이 나온 김에 엽무백이 물었다.

"처음엔 콧방귀도 뀌지 않더군. 지금도 충분히 등 따시고 배부른데 무슨 영화를 더 누리겠다고 목숨을 걸겠느냐고. 한데 자네가 수로맹주를 만나러 갔다고 했더니 안색이 싹 달라지더군."

모용천이 말했다.

"성공하셨군요."

"맹주께서 애를 쓰셨다네."

엽무백은 함께 걷고 있던 설산검군에게 향해 가볍게 고개를 끄덕였다. 고생했다는 뜻이다. 자신의 공적 치장하는 걸 좋아하지 않는 설산검군을 배려해 모용 가주가 별일 아닌 것처럼 말했지만 이는 사실과 달랐다.

엽무백이 비선을 통해 받은 보고에 의하면 설산검군과 모용 가주는 일천에 달하는 녹림도에게 둘러싸여 검을 뽑아 드는 살벌한 상황까지 갔다.

강호인들은 설산검군의 나이를 백이십 세 정도로 추산한

다. 제아무리 고절한 무인이라 하더라도 인간인 이상 백 세를 넘기면 기력이 쇠하게 마련이다.

바로 그 점 때문에 서천노조가 이름을 한번 얻어볼 욕심에 도발을 한 것인데, 우습게도 서천노조는 오십여 초 만에 설산검군에게 패했다.

그나마 설산검군이 서천노조의 면을 생각해 사정을 봐주지 않았다면 목숨을 거두었을 것이다. 한데 바로 그 점이 서천노조를 움직였다. 설산검군에게 진심으로 탄복한 그는 흔쾌히 신궁을 치겠다고 했다. 물론 장강수로맹에 대한 질투가 한몫을 했지만.

"자네는 어떻게 되었나?"

설산검군이 물었다.

"제가 보는 앞에서 호교사자의 목을 베더군요."

"역시 성공할 줄 알았네."

"칠성노군은 서천노조와는 오랜 숙적. 녹림맹에게 선수를 빼앗기고 싶지 않았을 테지."

모용천이 말했다.

"칠성노군과 서천노조 모두 정말로 눈독을 들이는 것은 만장각에 있는 마공 기서들입니다. 그것만 취하면 자신들도 한 번쯤 천하를 도모해 볼 수 있다고 생각하기 때문이죠. 지금쯤 신궁을 눈앞에 두고 있을 겁니다."

엽무백이 말했다.

"그렇겠지. 욕심은 나이를 따지지 않는 법이니까."

설산검군이 말했다.

"한데, 만장각의 마공 기서들이 정말로 흑도의 손에 들어가도 괜찮을까요? 이는 뒷돌을 빼서 앞돌을 괴는 격인지라 전투의 승패와 상관없이 숱한 마공서의 유출로 말미암아 장차무림이 겪게 될 혼란이 우려됩니다."

모용천이 말했다.

명문 정파의 수장답게 그는 마공서의 폐해를 걱정하고 있었다. 사이한 수련법과 악랄한 수법으로 말미암아 정파인의손에 들어가도 문제가 되는 게 마공서다. 하물며 그런 마공서가 대량으로 흑도인들의 손에 들어가게 되면 무림은 장차 큰혼란을 겪게 되지 않겠는가.

"그럴 일은 없을 겁니다."

엽무백이 말했다.

설산검군과 모용천이 동시에 엽무백을 바라보았다.

"첫째, 신궁은 철옹성입니다. 녹림맹과 수로맹이 자신들의영향력 아래 있는 숱한 흑도 방파들을 몰고 가서 협공을 한다해도 닷새는 너끈히 버틸 것입니다. 둘째, 신궁이 함락을 당한다 해도 수로맹과 녹림맹은 만장각의 마공 비급을 나눠 가지려 하지 않을 겁니다. 격돌이 있을 것이고, 숱한 사람이 죽게 되겠죠. 칠성노군과 서천노조는 바보가 아니니 결국 협상을 하게 될 것입니다. 그 과정에서 무엇을 주고 무엇을 취할 것이냐를 두고 또 갑론을박이 오가겠지요. 아직까지 그들은 만장각에 어떤 마공 기서들이 있는지 모르고 있습니다. 하지만 막상 그 목록들을 알면 눈이 뒤집힐 수밖에 없습니다. 더불어 취할 것과 양보할 것을 선택하는 일이 생각했던 것보다 훨씬 난제라는 걸 깨닫게 될 겁니다. 누군가는 일단 신궁 밖으로 빼낸 다음에 충분한 시간을 두고 논의를 하자고도 하겠지요. 하지만 서로를 믿지 못하니 그마저도 쉽지 않을 겁니다."

"결국 살벌한 대치만 이어진 채 누구도 갖지 못할 것이다?"

모용천이 말했다.

"거기에 녹림맹과 수로맹을 도와 전투에 참가한 숱한 흑도 방파가 있습니다. 그들도 각자 자기 몫의 지분을 요구하게 될 겁니다."

"안 봐도 뻔하네. 아수라장이 되겠지."

설산검군이 말했다.

"그전에 신교와 결사대의 전투는 끝이 납니다. 신교가 이기게 되면 당연히 흑도를 처단하겠지요. 그 과정에서 이미 흘러갔던 일부 마공 기서는 모두 회수될 것입니다. 우리가 이기면 또 우리대로 그렇게 할 것이고요. 우리가 이기게 되면 봉문을 했던 적잖은 문파들이 앞다투어 손을 내밀어 올 것이니 흑도를 치는 것 또한 문제없습니다."

"우리가 이긴다?"

설산검군이 혼잣말처럼 읊조렸다.

그는 생각만 해도 가슴이 복받쳐 오르는 듯 미소를 지었다. 하지만 실현 불가능한 일이라는 걸 모르지 않기에 입꼬리에는 씁쓸함이 고였다.

대화를 나누는 사이 세 사람은 어느새 산성의 가장 높은 곳에까지 이르렀다. 산성이라고 해봐야 산허리를 따라 오르다 경사가 가장 가파른 곳에 바위 몇 개를 뿌려놓은 게 고작이었다. 그래도 널브러진 돌을 주워다 높게 벽을 쌓으니 제법 든든한 방어선이 구축되는 중이었다.

그때 무장을 갖춘 한 무리의 노강호들이 바람처럼 나타났다. 엽무백이 왔다는 소식에 앞서 고원에서 헤어진 팔 인의 노장로가 앞다투어 달려온 것이다.

"얘기 들었네. 신궁에 침투해 창룡루를 날려 버리고 이정갑과 궁주 놈들을 혼비백산하게 만들었다지?"

개방의 왕 장로가 달뜬 음성으로 물었다.

재밌는 것은 사람들의 반응이었다. 엽무백이 암혼곡에 나타났을 때부터 삼삼오오 짝을 지어 속닥거리던 사람들 모두가 일제히 하던 일을 멈추고 엽무백과 왕 장로를 응시했다.

엽무백으로부터 신궁에서 있었던 일을 직접 듣고 싶은 것이다. 한순간 암혼곡 일대가 쥐 죽은 듯 고요해졌다.

"소문이 쓸데없이 과장됐군요."

"겸양을 하기엔 이미 늦었네. 창룡루가 불타고 마교 놈들이 혼비백산에서 날뛰는 걸 본 사람들이 너무 많네. 오죽하면 이정갑 그 인간이 꼭지가 돌아 당장에 출병을 명했을까. 으하하! 십 년 전에 얹힌 만두가 다 내려가는 것 같군."

왕 장로의 호탕한 웃음에 화답하기라도 하듯 산자락 전체에서 엄청난 함성이 솟구쳤다.

"와아아아!"

함성은 한참이 지나도록 끊어질 기미를 보이지 않았다. 바로 그 현장에서 함께 싸웠던 법공과 당엽은 저도 모르게 어깨가 으쓱해졌다.

당소정은 한 걸음 떨어진 곳에서 가만히 엽무백을 응시했다. 어느 순간부터 느낀 건데, 그녀에게 엽무백은 이제 너무나 높고 먼 곳에 가 있는 사람 같았다. 마치 아무리 까치발을 하고 손을 뻗어도 닿지 않을 것처럼.

그때였다.

땡땡땡땡!

경종이 요란하게 울어댔다.

사람들의 시선이 일제히 골짜기 바깥 개활지로 향했다. 누군가 노란색 깃발을 펄럭이며 말을 달려오는 중이었다.

깃발로 미루어 바깥의 정세를 파악하기 위해 내보낸 결사대의 척후병이 틀림없었다. 비선의 향구를 통하지 않고 척후병이 직접 달려올 때는 한 가지 경우밖에 없다.

잠시 후, 개활지를 가로지른 기마인은 곡구에 이르자마자 말에서 훌쩍 뛰어내리더니 그대로 산성까지 한달음에 달려왔다. 그가 가쁜 숨을 몰아쉬며 말했다.

"적 대열의 선두가 반 시진 전에 풍곡(風谷)을 지났습니다."

풍곡이면 백 리 밖에 있는 도시다.

뭔가 이상하다.

놈들이 무당산을 지났다는 소식을 들은 지가 오늘 아침이다. 중무장한 무인을 태운 말이 하루에 달릴 수 있는 거리는 삼백 리. 따라서 내일 정오나 되어야 적들과 조우할 수 있을 거라 생각했다.

한데 풍곡이면 얘기가 다르다.

빠르면 오늘 자정, 늦어도 사경(四更) 무렵이면 적들이 개활지에 들어서게 된다. 전투를 위한 대열을 갖추고 잠깐의 휴식을 갖는다고 해도 동이 틀 무렵이면 전투를 시작할 수 있다.

예전보다 꼬박 한나절이 앞당겨졌다.

"어떻게 된 거지?"

엽무백이 물었다.

"무당산을 지나면서 하루 분량의 건량만 남겨둔 채 식량을 모두 버렸다고 합니다. 말에게 씌웠던 개갑도 버리고 병장기도 꼭 필요한 것 한 가지만 취하게 해 무장을 대폭 경량화한

다음 대파산을 넘었다고 합니다."

장산 하고도 이곳 암혼곡으로 들어오려면 호광의 동쪽으로 깊숙이 들어갔다가 대파산을 우회해 다시 서진해야 한다. 한데 놈들은 거리를 절반으로 줄이기 위해 식량과 무장을 버리고 대파산을 넘었다.

의중은 명약관화하다.

엽무백의 예상대로 초전에 모든 걸 결정짓겠다는 것.

그만큼 자신이 있다는 뜻이리라.

더불어 이정갑의 이런 의중은 또 다른 한 가지 정보를 전해 주었다.

"수로맹과 녹림맹이 신궁을 향해 진격 중이라는 소식을 들었군."

설산검군이 말했다.

수로맹과 녹림맹이 신궁을 향해 진격 중이라는 말에 사람들은 크게 격양되었다. 그러나 한편으로는 전투가 예상보다 빨리 전개될 것이라는 생각에 가슴을 졸였다. 성벽을 보수하려면 시간이 너무나 촉박했다.

"마지막 점검을 부탁합니다."

엽무백이 설산검군을 향해 말했다.

축객령이다.

작게는 각자의 목숨이, 크게는 중원무림의 운명이 달린 전투를 앞두고 있다. 엽무백 역시 내일 있을 결전을 치르기 위해 차분히 운기공을 할 시간이 필요하지 않겠는가.

"편히 쉬게."

엽무백의 의중을 알아차린 설산검군이 자리를 떴다. 뒤를 이어 모용천과 팔 인의 노강호, 그리고 함께 수로맹에 다녀왔던 사람들이 각자의 마지막 운공을 위해 어디론가 사라졌다. 골짜기 곳곳에서 엽무백을 바라보며 함성을 지르던 사람들도 다시 성벽을 보수하기 시작했다.

암혼곡의 산허리 사자성 꼭대기에는 이제 엽무백과 당엽만 남았다.

엽무백은 사자성 아래의 골짜기를 굽어보았다.

골짜기는 을씨년스럽기 짝이 없었다.

잎이 무성해야 할 숲은 앙상한 가지만 남아 암혼곡이라는 이름을 무색하게 했다. 곡구와 곧장 연결되는 개활지는 황량해 보이기까지 했다. 내일 아침이면 저 개활지가 피로 물들 것이다.

"한 가지 물어봐도 되오?"

당엽이 입을 열었다.

"난 전쟁은 잘 모르오. 하지만 이곳이 수성을 하기에 그리 좋은 곳이 아니라는 것은 아오. 내가 짐작하는 걸 모용 가주나 당신이 모르지는 않을 텐데 왜 하필 이곳을 최후의 결전지로 선택한 거요?"

암혼곡을 오르는 동안 모용설이 진자강의 소맷자락을 잡

아당기며 속삭인 것도 그런 내용이었다. 내색은 하지 않았지만 엽무백은 지형을 읽을 줄 아는 모용설의 안목에 내심 탄복했다. 그리고 지금 당엽이 그것을 묻고 있었다.

"어떤 점이 그렇지?"

"개활지는 적이 들어서기에 충분하도록 넓고, 산성까지 오르는 골짜기는 좁지만 짧소. 산성은 금방이라도 허물어질 것처럼 낡았고. 없는 것보다는 낫겠지만 크게 유리하지는 않을 곳이오."

"그런데 왜 이런 곳에 산성이 들어섰을까?"

"……?"

당엽의 눈동자가 조금 커졌다.

과연 그렇지 않은가?

수성을 하기에 그리 썩 좋은 조건이 아님에도 불구하고 고대의 누군가는 왜 이런 곳에 산성을 쌓은 것일까? 보잘것없다고는 하나 아무것도 없는 땅에 저만한 규모의 축성을 하려면 적잖은 인력과 시간이 필요했을 텐데도 말이다.

"모든 게 불리함에도 불구하고 한 가지 취할 수 있는 이점이 있지. 그건 곡구에 펼쳐진 개활지로 적을 모을 수 있다는 거야."

개활지의 양쪽은 가파른 산비탈이다.

산비탈은 곡구를 만나면서 거의 절벽이나 다름없는 형태로 바뀐다. 다시 말해, 외부의 병력이 공성전을 벌이려면 일차적으로 개활지에 집결할 수밖에 없다는 뜻이다.

한데 적 병력을 한곳으로 집중시키는 게 왜 중요할까?

적이 한곳으로 모였을 때 이점으로 작용하는 경우는 한 가지밖에 없다. 수성을 위주로 한 장기전이 아닌 초전박살의 의지로 밀어붙일 때.

엽무백은 지금 수성을 할 생각이 없었다.

이게 말이 되나.

당엽은 적잖게 충격을 받았다.

"십여 년 전 한 사람도 그런 생각을 했지. 그리고 이곳에서 삼백의 결사대를 이끌고 장렬하게 싸우다가 전사했어. 그게 정도무림과 혼세신교 사이에 벌어진 마지막 전투였다."

"패도……!"

십여 년 전 이곳에서 혼세신교의 일만 마병을 상대로 싸우다 전사한 삼백의 결사대는 바로 광동진가의 가주 패도 진세기가 이끌던 결사대다.

그날 이후 정도무림과 혼세신교 간의 전투는 종적을 감췄다. 그리고 십 년이 흐른 지금 엽무백은 삼백 결사의 원혼이 서린 이곳에서 패도의 아들 진자강과 함께 다시 한 번 혼세신교를 상대로 전쟁을 벌이려 하고 있다.

그 옛날 패도가 시도했던 작전 그대로.

결과는 그때와 마찬가지로 십 중 구 결사대의 몰살일 것이다. 하지만 아직 일 할의 가능성이 있었다. 운이 조금만 따라

준다면 그 일 할은 천번지복의 결과를 낳을 수도 있다.

엽무백은 다시 개활지로 시선을 돌렸다.

골짜기를 따라 불어오는 바람이 옷자락을 쉴 새 없이 흔들어댔다. 언제부턴가 심장이 뛰기 시작했다.

십여 년 전 패도도 그랬을까?

"그만 가봐."

"모용 가주가 전투가 시작되기 전까지 무슨 일이 있어도 당신 곁에서 떨어지지 말라고 하더이다."

당엽에게 엽무백의 호위를 맡겼다는 뜻이다.

"암혼인(暗魂引)은 남은 생을 담보로 오늘을 사는 사술이라고 들었는데, 사실인가?"

암혼인은 전날 금사도에서 중상을 입었을 당시 당엽이 시전했던 내공 심법이다. 본신의 영(靈)에 깃든 죽음의 기운을 끌어당겨 죽어가는 육신에 새로운 생명력을 심는 모순적이고도 사이한 공부. 한번 펼치면 되돌릴 수 없는 금단의 마공이다. 때문에 당엽은 지금 점점 죽어가고 있었다.

"그걸 어떻게……?"

당엽은 진심으로 놀랐다.

자신이 사술을 펼쳐 목숨을 이어가고 있다는 걸 엽무백이 눈치챘을 거라고는 생각했다. 하지만 그 사술의 이름이 암혼인이며 남은 생을 담보로 오늘을 산다는 것까지 알 줄은 몰랐다.

"만장각에서 암혼인을 익힌 사람에 대한 기록을 읽은 적이 있다. 어쩌면 암혼인의 한계를 극복할 수 있을지도 몰라. 그때까지 살아 있으려면 운공을 게을리하지 말아야지."

"⋯⋯!"

만장각은 세상의 모든 마공 기서를 모아놨다는 신궁의 서고다. 엽무백은 허튼 말을 하는 사람이 아니다. 그는 만장각에서 무엇을 보았기에 저런 말을 하는 걸까? 그보다 살아서 만장각을 보는 날이 올까?

어쨌거나 엽무백은 혼자 있기를 원했다.

당엽은 조용히 자리를 떴다.

*　　　*　　　*

시간은 삼경을 넘어 사경으로 접어들고 있었다.

암혼곡의 곡구가 바라다보이는 개활지에는 수천 개의 모닥불이 빈 곳을 찾아볼 수 없을 정도로 피워졌다. 장산의 추위는 무섭다. 신궁에서 출발한 칠만의 병력은 모닥불 가에 모여 언 몸을 녹이고 건량으로 허기를 달래는 한편 무장을 점검했다.

곡구 너머로 보이는 암혼곡은 정적에 휩싸여 있었다.

혹여 있을지 모르는 적의 침투를 대비해 곳곳에 횃불을 대낮같이 밝혀놓았지만 사람의 움직임은 없었다. 모두 성벽 뒤에 도열한 채 골짜기 아래를 지켜보고 있을 것이다.

개활지에 집결한 신교의 무인들은 압도적인 숫자에도 불구하고 누구 하나 방만한 사람이 없었다. 지금은 언제 공격 명령이 떨어져도 이상할 것이 없었다. 시간이 지체되는 것은 개전을 앞두고 수뇌부들의 마지막 회의가 진행 중이기 때문이다.

두꺼운 마포를 엮어 만든 커다란 천막 안에 교주 이정갑을 위시한 혼세신교의 수뇌부가 모두 모였다. 다만 반드시 참석해야 할 두 사람이 빠졌는데, 고원에서 엽무백에게 패해 유명을 달리한 유마궁주 우청백과 신궁에서 엽무백에게 한 팔을 잃은 이화궁주 염화령이 그들이다.

이정갑은 염화령이 한 팔을 잃게 된 경위가 개운하지 않았지만 일단은 덮어두었다. 궁을 물려주려 했던 일제자가 십병귀와 함께 도주를 했으니 전투에 참가하기가 껄끄럽지 않겠나. 대신 이정갑은 염화령과 이화궁에게 신궁의 수호를 맡겼다.

해서 지금 이 자리에 참석한 사람들은 교주 이정갑과 군사 신기자, 벽력궁주 신풍길, 초마궁주 북일도, 대양궁주 허장옥, 적양궁주 조첨문, 장락궁주 섭일호, 흑월주 이정풍이 전부였다.

회의는 신기자가 작전을 설명하면 궁주들이 궁금한 것을

묻고 답하는 식으로 진행되었다.

딱히 새로운 이야기는 나오지 않았다.

작전은 처음부터 정해진 것이었고, 개전과 동시에 노도와 같은 기세로 몰려가 산성을 쓸어버리면 된다. 일만 대 칠만이 라는 병력은 그 어떤 작전도 무력화시킬 만큼 압도적이었으 니까.

"정리를 하자면 이렇습니다. 전투가 시작되면 벽력궁의 화 인들이 막강한 화력으로 암혼곡을 불태우고 성벽을 무너뜨릴 것입니다. 뒤를 이어 흑색도귀병단이 선봉을 맡아 골짜기를 거슬러 오르며 저항하는 적들을 도륙합니다. 마지막으로 흑 색도귀병단이 열어주는 길을 따라 본대가 진입하면 사실상의 작전은 모두 끝이 나게 됩니다. 그때부턴 적아가 혼재된 상태 일 것이니 보다 강한 자만이 살아남는 백병전이 펼쳐지겠지 요."

신기자가 말했다.

"간단하면서 효율적이군."

벽력궁주 신풍길이 말했다.

"당장에라도 공격을 시작하는 게 어떻겠소?"

대양궁의 궁주 허장옥이 물었다.

"개전은 동이 터오는 것과 동시에 시작될 것입니다."

신기자가 말했다.

"어찌하여 그렇소?"

"우리가 압도적인 병력을 가졌다고는 하나 모두가 잊지 마셔야 할 것이 하나 있습니다. 바로 저 산성에 십병귀가 있다는 것이지요. 더불어 머릿속에 천 가지 계략이 들었다는 모용가주도 있습니다. 앞을 볼 수 없는 밤은 수성을 하는 쪽보다는 공성을 하는 쪽에게 실이 많습니다."

"밤이 이롭지 않을 줄 우리가 왜 모르겠소. 칠성노군과 서천노조가 간이 배 밖으로 나왔는지 허튼수작을 부리고 있다기에 하는 말이외다."

적양궁의 궁주 조첨문이 말했다.

"그 역시 걱정하실 일이 아닙니다. 매양 날짜가 늦춰진다면 복잡해지겠지만 지금으로서는 하등 문제될 것이 없습니다. 녹림맹과 수로맹이 동원한 병력은 모두 삼만, 신궁에 그와 비슷한 수준의 병력이 남아 있음을 다들 아시지 않습니까. 다만 한 가지, 고수의 숫자가 상대적으로 열세이기는 하나 그역시 신궁이 철옹성임을 고려하면 그리 쉽게 무너지지는 않을 겁니다. 설혹 신궁이 흑도에게 점령당한다손 치더라도 이곳에서의 전투를 승리로 이끈 후 백배 천배로 갚아주면 됩니다."

"소신은 어쩐지 한 가지가 걸립니다만……."

갑자기 끼어든 목소리의 주인공은 초마궁주 북일도였다.

그는 사람들의 시선을 받으며 말을 이어갔다.

"명왕과 명계의 마두들 말입니다. 아시다시피 명계는 신궁에서 불과 이백 리의 거리에 있습니다. 만에 하나 그들이 딴 마음을 품는다면……."

"그 점은 염려하지 않으셔도 됩니다. 첫째, 소극적인 저항 이라면 모를까, 모든 걸 걸고 도발을 하기에는 명계와 우리의 무력 차가 지나치게 큽니다. 둘째, 신궁을 떠나기 전 명계의 마두들에게 영단이 제공되었습니다. 그 영단의 절반은 흑령 단속고(斷束黑靈膏)입니다."

흑령단속고는 열 가지 영초(靈草) 추출한 영약으로 만든 독약이다. 영초에서 추출했는데 어찌 독이 나왔는지 모를 일이지만 그 효과는 실로 영험하다. 세상의 그 어떤 내가고수도, 독에 관한 한 타의 추종을 불허한다는 독인도 흑령단속고만은 알아내지 못한다. 무색, 무미, 무취인데다 몸 안에 들어가도 전혀 발작을 하지 않기 때문이다.

다만 내공을 십성 이상으로 끌어올릴 경우 단전이 터지면서 즉사한다. 십성의 내공은 그야말로 혼백이 어지러울 정도로 전력을 다해야만 하는 경지, 생사대전이 아니라면 수련 중에 그만한 공력을 끌어올릴 일은 없다.

더불어 흑령단속고는 그것을 복용한 사람도 모르는 사이에 서서히 내공을 흩어지게 만든다. 한 달이면 내공의 일 할을 잃고 반년이면 절반을 잃는다. 무언가 이상을 느꼈을 때는 이미 늦다. 해독제도 없다. 흑령단속고를 복용하는 순간 살아가는 데는 지장이 없지만 무인으로서의 생명은 끝난다. 예외는 없다.

그제야 궁주들은 전날 창룡루에서 이정갑이 암시한 복안이 무엇이었는지를 깨달았다. 신궁을 쳐들어가면 생사대결을 펼쳐야 할 테니 십성의 공력을 끌어올릴 수밖에 없다. 그 순간 명계의 마두들은 죽는다. 명왕이라고 해도 흑령단속고를 복용한 이상 예외일 수 없다.

신궁으로 쳐들어가지 않아도 좋다.

그들은 점점 약해질 것이고, 결국엔 신교의 하수인으로 전락하게 되리라. 필시 신기자의 머릿속에서 나온 것일 터. 사람들은 신기자의 지략에 크게 놀랐다. 이거야말로 일거양득이 아닌가. 더불어 위험하다고 판단되면 가차없이 제거해 버리는 이정갑의 잔혹함에 한편으로는 간담이 서늘했다.

"올해는 유난히 추울 것 같군."

이정갑이 뜨거운 마유주 잔을 집어 들며 조용히 읊조렸다.

第九章 폭풍전야 二

　우주에는 일정한 박자가 흐른다.

　크게는 사계절의 변화부터 작게는 조석 간만의 차이까지.
기(氣)는 인간의 육체가 우주적인 질서를 만드는 힘, 그 힘과
공명하며 일으키는 파동이다.

　쏴아아!

　파도가 친다.

　배꼽 아래 두 치, 흔히 하단전이라 불리는 기해혈(氣海穴)
은 말 그대로 기의 바다다. 바다에서 시작된 파도는 기경팔맥
을 타고 전신으로 퍼져 나갔다.

　세상이 온통 고요하다.

시간도 잊고 공간도 잊었다.

지금 이 순간 존재하는 것은 저 먼 우주로부터 흘러오는 일정한 박자, 그 박자와 공명하는 기의 파동만이 있을 뿐이다.

혼원요상신공은 우주만물의 기운과 합일하여 마침내 궁극의 존재인 창조자의 힘을 훔치는 공부다. 고금을 통틀어 가장 멀리까지 나아간 무학, 그래서 마공이다. 감히 인간이 취해선 안 될 힘을 탐하므로.

전신을 휘돌던 파동은 이제 척추의 명문혈(命門穴)에 모였다. 명문혈은 말 그대로 생명의 시작점, 원기의 근원이자 부모로부터 물려받는 선천지기가 처음으로 들어오는 곳이다.

명문혈에서 시작해 상단전으로 곧장 이어지는 척추에는 삼 푼의 힘으로도 숨통을 끊어 놓을 수 있는 다섯 개 사혈(死穴)이 있다. 영대(靈坮), 신주(身柱), 대추(大椎), 천주(天柱), 아문(瘂門)이다. 이 사혈을 무사히 뚫어야 비로소 인체의 가장 높은 곳, 정수리의 백회혈(百會穴)에 이른다. 명문혈이 부모로부터 선천지기를 물려받는 곳이라면 백회혈은 저 먼 우주로부터 날아오는 미지의 기운을 받는 곳이다.

백회혈이 열리는 순간 혼원요상신공의 마지막 관문인 구성 벽을 뚫게 된다. 그때부턴 인간 한계를 넘어선 궁극의 존재가 되리라.

명문혈에 모인 기운이 백회혈을 향해 무서운 속도로 폭주하기 시작했다. 영대, 신주, 대추, 천주, 아문을 차례로 관통하면서 거대해진, 흡사 구름을 향해 돌진하는 용처럼 백회혈을 향해 돌진했다.

꽝!

굉음과 함께 머릿속에서 벼락이 쳤다.

엄청난 기세로 돌진하던 기운은 제방을 만난 물줄기처럼 삼백예순다섯 개의 혈도를 타고 전신으로 흩어져 버렸다.

한차례의 폭풍우가 지나고 엽무백은 비로소 평화를 찾았다. 벌써 수백 번째다. 결과는 언제나 실패. 혼원요상신공은 구성의 벽에 부딪쳐 도무지 나아길 기미를 보이지 않는다.

초공산이 가해놓았다는 금제는 그처럼 막강했다.

엽무백은 자리에서 일어나 골짜기 아래로 시선을 던졌다. 적들이 가득 포진한 곡구 앞 개활지에는 수천 개의 모닥불이 피어오르는 중이었다.

대병력을 굽어보는 암혼곡 일대는 깊은 침묵에 빠졌다. 모용천은 병력을 아홉 개의 대로 나누어 암혼곡 전체에 거대한 진을 펼쳐 놓았다. 아홉 개의 대로 나눈 것은 십여 년 동안 각각의 기마단으로 나뉘어 활동하면서 만들어진 단단한 결속력과 빠른 명령 체계를 최대한으로 활용할 수 있기 때문이다.

엽무백은 다시 고개를 꺾어 하늘을 올려다보았다. 어쩌면 이게 살아서 마지막으로 보는 밤하늘일지도 모른다. 그때 거친 목소리가 귓가로 흘러들었다.

"사경이 깊었다."

대여섯 장 밖 돌을 쌓아 만든 담장 위에 한 사람이 걸터앉아 호리병을 꺾고 있었다. 오 척 단구에 거친 갈의를 걸쳤는데, 손목은 나무뿌리처럼 앙상했고 얼굴의 주름은 흘러내리다 못해 눈까지 덮을 지경의 괴노인이었다.

주변에 술 냄새가 가득한 것으로 보아 저러고 있은 지 한참이 지난 모양. 운공을 모두 지켜보았을 것임에도 불구하고 엽무백은 놀라거나 당황하지 않았다.

"내가 올 줄 알고 있었군."

"내가 암혼곡에 나타났을 때부터 따라다녔잖소."

처음 암혼곡에 나타났을 때 엽무백은 정체 모를 노인 하나가 사람들 틈에 섞여 자신을 응시하고 있다는 걸 알아차렸다. 모두가 자신을 신기한 듯 바라보았기에 노인의 시선이라고 해서 특별할 건 없었다. 다만 한 가지 다른 점이 있었다면 그건 눈동자에 담긴 기이한 열망이었다.

해서 사람들을 모두 물리고 그를 기다렸다.

과연 그는 운공 중에 모습을 드러냈다.

그럼에도 불구하고 운공을 중단하지 않은 것은 그가 기척을 숨기지 않고 담벼락에 자리를 트는 것으로 보아 기습을 할 의도가 없음을 알아차렸기 때문이다.

"클클클. 너는 노부가 누구인지 아느냐?"

"명왕……. 맞소?"

"……!"

노인 명왕은 호리병을 꺾다 말고 매우 뜻밖이라는 표정으로 엽무백을 바라보았다. 그러다 이내 표정을 거두고는 갑자기 호리병을 툭 던졌다.

엽무백은 허공에서 호리병을 낚아채 한 모금을 삼켰다. 불같이 뜨거운 기운이 목구멍을 지지며 넘어갔다. 화(火)의 기운이 극에 이르면 독(毒)이 된다. 명왕이 건네준 술은 어지간한 내가고수의 창자를 녹여 버릴 정도로 지독한 화주였다.

"하면 노부가 왜 왔는지도 알겠느냐?"

"나는 신이 아니오. 하지만 언젠가 한 번은 나를 찾아올지도 모른다는 생각을 했지."

말과 함께 엽무백이 호리병을 툭 던졌다.

명왕이 공중에서 호리병을 낚아채고는 의아한 표정을 지었다.

"내가 올 줄을 알았다?"

"가능성은 반반. 온다면 내가 이정갑과 생사결을 펼치기 전일 거라고 생각했소. 바로 오늘 밤이지."

"내가 오지 않았다면?"

"당신과 이정갑의 관계가 내가 짐작한 것처럼 그리 나쁘지 않았다는 뜻이 되겠지. 아니면 이정갑이 명계에 내려진 금제를 풀어줄 생각이 없다는 걸 당신이 눈치채지 못했거나."

"재밌는 놈이로고."

"더 들어보겠소?"

"원하는 게 무엇이냐?"

"단도직입적으로 말하리다. 초공산이 내게 가한 금제를 풀어주시오. 하면 나 또한 그가 당신에게 가한 금제를 풀어주겠소."

오래전부터 엽무백은 혼원요상신공의 금제를 풀기 위해서는 오 갑자 이상의 내공을 지닌 고인의 공력이 필요하다는 사실을 깨달았다. 강호에 오 갑자의 내공을 지닌 사람은 죽은 초공산 외에 명왕이 유일하다. 초공산조차 맞서기를 꺼려 했다는 설산검군도 오 갑자에는 이르지 않는다.

하지만 명왕이 쉽게 도움을 줄 리가 없다.

단순한 추궁과혈이 아닌, 전이대법을 통해 공력을 모두 넘겨주어야 하는데 미치지 않고서야 명왕이 그렇게 해줄 리가 없지 않은가.

한데 이정갑의 술수로 말미암아 어쩌면 명왕과 거래를 할 수 있을지도 모른다. 그가 직접 찾아와 주기까지 했으니 생각보다 희망적이었다.

"네놈이 금마령(禁魔靈) 파훼법을 알고 있단 말이냐?"

금마령은 초공산이 명왕과 명계의 마두들에게 가한 금제의 이름이다.

"초공산의 제물로 살면서 적지 않은 것들을 보았소. 어차피 소용이 다하면 죽일 것이기에 그는 다른 사람들에게는 함부로 전수해 줄 수 없는 온갖 무공과 술법들을 나를 상대로 실험했지. 금마령도 그중 하나외다."

명왕의 동공이 급격하게 오그라들었다.

그는 믿을 수 없다는 듯 한동안 엽무백을 응시했다. 그러나 엽무백의 표정에서 한 치의 거짓도 없음을 알아차리고는 갑자기 실소를 흘렸다.

"후후, 파훼법을 훔쳐보았구나."

"그게 내가 그를 상대로 싸울 수 있는 유일한 방법이었소."

"초공산에게 감정이 많군."

"당신이라면 어떻겠소?"

"그가 전수해 준 무학으로 말미암아 여태 목숨을 부지했다는 생각은 하지 않았느냐?"

"그가 내 인생에 끼어들지 않았다면 애초 이런 일도 없었겠지."

"범부의 삶을 살고 싶었던 것이더냐?"

"당신은 지나온 삶이 행복했소?"

"행복과 불행은 허상에 불과하다. 중요한 건 욕망이지. 인간은 누구나 욕망을 채우기 위해 움직이는 법이다. 거기에는 선악(善惡)도 옳고 그름도 존재하지 않는다."

명왕은 호리병을 꺾어 술을 한 모금 마시고는 다시 말을 이었다.

"훌륭한 계획이었다만 애석하게도 너의 제안은 내게 쓸모가 없느니라. 첫 번째, 노부는 금마령의 금제를 당한 적이 없느니라. 두 번째, 노부는 혼세신교의 몰락을 원치 않느니라."

"……!"

엽무백은 크게 당황했다.

명왕은 초공산 외에는 누구도 적수로 인정하지 않았던 무적의 고수. 세속의 권력에 관심이 있든 없든 그는 존재하는 것만으로도 이정갑에게 충분히 위협적인 인물이다.

불안정한 상황을 용납하지 못하는 이정갑이 명왕과 명계의 마두들에게 금제를 풀어주지 않을 것임은 자명했다. 명왕역시 그 점을 간파할 것이고, 그 해법을 찾기 위해 자신을 찾을지 모른다고 생각했다. 엽무백이 이정갑을 쓰러뜨리고 신교를 장악해야만 안정적으로 금마령단을 제공해 줄 수 있을테니까.

그게 아니라면 명왕은 왜 자신을 찾아온 것일까?

명왕이 물었다.

"너의 목숨을 내놓는 대가로 결사대 일만을 구할 수 있다면 그리하겠느냐?"

"……!"

"후후, 역시 어렵겠지? 인간은 결단의 순간에 이르러서야 비로소 본성을 드러내는 법, 너 역시 결국엔 목숨에 집착하는 인간일 수밖에 없던 게야. 이제야 너의 욕망이 똑바로 보이느냐?"

도대체 무슨 말을 하는 건지 알 수가 없다.

그보다 엽무백은 무언가 이상한 느낌이 들었다. 명왕의 숨소리, 말버릇, 그리고 아까부터 숨이 턱턱 막힐 정도로 전신을 옥죄어오는 듯한 위압감이 어쩐지 익숙하게 느껴졌다.

사람에게 고유의 지문이 있는 것처럼 무인에게도 그만이 가지는 독특한 기도라는 것이 있다. 어떤 이는 차갑고, 어떤 이는 불같이 뜨겁고, 어떤 이는 몸서리치도록 오싹하다.

명왕에게서 느껴지는 더 숨 막히는 위압감도 그런 기도의 일종이다. 한데 이상하지 않은가. 한 번도 만나지 보지 못한 명왕의 기도가 익숙할 리 없지 않은가.

"당신은… 누구요?"

"명심하거라. 그럴 리야 없겠지만 전쟁에서 승리하더라도 너는 내 손에 죽을 것이다. 노부가 이렇게 찾아온 것은 네가 걸어온 길을 안타깝게 여겨 한 번의 기회를 주려 했던 것일 뿐. 부디 보중하거라."

말과 함께 명왕이 천천히 몸을 일으켰다.

그러곤 허공을 향해 두어 발자국을 옮기는가 싶더니 허깨비처럼 중발해 버렸다. 홀로 남은 엽무백은 한동안 충격에서 헤어나질 못했다.

*　　*　　*

동쪽 하늘에 뜬 계명성(啓明星)이 유난히 밝다.

지상의 모닥불은 모두 꺼졌다.

전투를 앞두고 장작을 던져 넣을 필요가 없자 저절로 꺼진 탓이다. 동트기 직전, 하루 중 가장 어두운 시각, 적들은 칠흑 같은 어둠 속에서 조용히 대열을 갖추고 있었다.

암혼곡은 깊은 침묵에 잠겼다.

엽무백은 산성의 초입, 목까지 올라오는 석벽 앞에 서서 적진을 굽어보았다. 곁에는 지금껏 생사고락을 함께했던 사람들이 초조한 표정으로 서 있었다.

가장 먼저 황벽도에서 만난 진자강은 제 키에 육박하는 칼을 뽑아 들고 적진을 노려보는 중이었다. 곁에는 녀석과 부쩍 친해진 모용설이 있었다. 털모자에 담긴 얼굴엔 걱정과 초조함과 기대가 하나로 뒤엉켜 묘한 표정이 그려졌다.

다시 그녀의 건너편엔 파양호를 앞두고 만난 법공이 두 자루 철곤을 옆구리에 쑤셔 놓은 채 연거푸 술을 마시고 있었다.

당엽이 그런 법공을 나무랐다.

"작작 좀 하지."

"하지? 그거 반말 아니냐?"

"대접을 받으려면 행동을 그렇게 하던가."

"내가 대접 못 받을 것처럼 행동한 건 또 뭐냐?"

"대적을 눈앞에 두고 있소. 술이 넘어가오?"

"그래서 마시는 거다. 죽기 전에 실컷 마시려고."

"핑계 없는 무덤 없지."

"이번엔 예감이 좋지 않아."

"......!"

법공의 이 말에 주변에 있던 모든 사람이 살짝 당황했다. 여태 그 어떤 적을 눈앞에 두고도 약한 소리 한 번 한 적 없는 그다.

세상 무서울 것이 없는 법공이 떨고 있다.

법공이 떠는데 다른 사람이 괜찮을 리 있나. 말은 않지만 다들 두려움을 느끼고 있었다.

간밤에 개활지를 가득 메운 칠만의 병력을 마주하는 순간 사람들은 비로소 전쟁의 실체를 실감했다. 그건 그 어떤 고수라도 줄 수 없는 막강한 위압이었다.

"이곳이 제 죽을 자리인 줄은 아나 보군."

당엽이 한마디를 툭 내뱉었다.

"당엽."

"왜 부르시오?"

"내 세상에 많고 많은 인간을 만나봤지만 맹세코 너만큼 싸가지없고 밥맛인 놈은 처음이다. 하지만 알게 돼서 반가웠다."

"피차일반이오."

"뭐가? 내가 싸가지가 없는 게, 아니면 반가운 게?"

"몰라서 묻소?"

"새끼, 끝까지 싸가지없이 구네."

"당신에게 들을 말은 아닌 줄 아오."

"아, 내가 죽기 전에 저 주둥아리는 반드시 꿰매고 죽으려고 했는데."

밑도 끝도 없이 샛길을 타는 두 사람의 대화에 여기저기서 피식피식 웃음보가 터져 나왔다. 더불어 근육을 경직시키던 긴장감도 조금씩 풀렸다. 법공과 당엽은 아마도 사람들의 긴장을 풀기 위해 일부러 농담을 주고받았을 것이다.

설산검군과 모용천, 그리고 왕 장로가 결사대를 이끄는 칠인의 명숙들과 함께 엽무백을 향해 걸어왔다.

"이제 곧 동이 터 오를 것이네."

설산검군이 말했다.

설산검군을 포함해 모두가 말없이 엽무백을 응시했다. 전투가 시작되기 전 마지막 명령을 들으려는 것이다.

"짐작하시겠지만 우리가 이 전쟁을 승리로 이끄는 길은 한가지 방법밖에 없습니다. 대마를 잡는 것이지요. 전투가 시작되면 나는 수단과 방법을 가리지 않고 적진에 침투, 이정갑과 궁주들을 죽일 겁니다. 나와 함께 갈 사람들은 검군, 곤륜의신 장로, 공동의 양 장로, 종남의 도 장로, 황보가의 황보 장로, 은염객, 표풍신마, 냉면혈담, 법공, 당소정, 조원원, 그리고 당엽입니다. 모용 가주와 개방의 왕 장로께서는 후미에 남아 본대를 이끌어주십시오."

전투를 앞둔 시점에서 갑자기 이런 명령을 내리는 것은 비밀을 엄수하기 위해서였다. 하지만 백전을 치른 강호의 명숙들은 어느 정도 짐작하고 있었다는 듯 다들 고개를 끄덕였다.

"보중하시게."

설산검군을 필두로 모두 각자의 위치로 돌아가자 엽무백은 다시 생사고락을 함께한 후기지수들과 남게 되었다.

"저는 왜 빼는 거죠?"

진자강이 발끈하고 나섰다.

그의 곁에는 모용설이 똑같은 표정으로 엽무백을 노려보고 있었다.

"너희는 전투에 참가하지 않는다."

"그게 무슨 말이에요?"

진자강과 모용설이 동시에 쌍심지를 켰다.

"전세가 불리할 경우 너흰 육성녀를 데리고 암혼곡을 빠져나간다. 그다음엔 진자강의 판단에 맡기겠다."

말과 함께 엽무백은 소수옥에게 꾸깃꾸깃한 양피지 한 장을 내밀었다. 양피지를 받아서 읽어 내려가던 소수옥의 눈동자가 갑자기 커졌다.

양피지에 적힌 내용은 이러했다.

이로써 마지막 승부는 나의 완승인가?

그럴 리도 없겠지만 행여나 복수를 하겠답시고 인생을 허비하지 말게. 처음 그분의 제자가 될 때부터 각오한 일이고, 한평생 원없이 야망을 불태우다 가네. 뒷면에 새겨진 그림은 대륙 곳곳에 숨겨둔 보물 지도라네. 그동안 자네 밑구녕에 들어간 돈을 생각하면 한 냥도 아깝지만, 그간의 정리를 생각해서 한밑천 챙겨주는 것이니 강호나 주유하며 탱자탱자 살게나.

벽산으로부터.

양피지는 장벽산이 팔마궁과의 마지막 전쟁을 앞둔 날 엽무백에게 준 편지였다. 죽은 정인의 흔적을 마주한 소수옥의 눈동자에서는 어느새 눈물이 그렁그렁 맺히고 있었다. 손가락으로 눈물을 밀어낸 소수옥이 물었다.

"이걸 왜 제게……?"

"뒷면에 지도가 있어. 도피 생활을 하다 보면 재물이 필요할 때가 많을 거야."

소수옥은 양피지를 곱게 접어 품속에 갈무리하면서 말했다.

"내가 보관하고 있을게요. 나중에 함께 가봐요."

"저도 가겠습니다."

진자강이 목청을 높였다.

"육성녀는 모용 소저께 맡기고 저는 아저씨와 함께 갈 수 있게 해주세요. 처음 황벽도에서 엽 아저씨를 만난 이후 저 역시 지금까지 수많은 전투를 치렀어요. 아시잖아요."

진자강의 이 말에 모용설이 이번엔 고개를 꺾어 진자강을 노려보았다. 어떻게 자신을 떼어놓고 혼자만 갈 생각을 할 수 있느냐는 듯.

"강해져야 한다. 누구도 너를 무시하지 못할 만큼. 하지만 그때까지는 내 명령에 복종해. 지금 네게 주어진 임무는 육성녀를 지키는 일이다. 그만 가봐."

엽무백은 눈길 한번 주지 않은 채 단호한 음성으로 말했다. 진자강은 금방이라도 울음보를 터뜨릴 것 같은 표정이 되었다.

지켜보던 사람들은 숙연해졌다.

지금의 이 대화가 진자강과는 이승에서의 마지막 작별 인사라는 걸 알기 때문이다. 조원원이 품속에서 십리경을 꺼내 진자강에게 건네주며 말했다.

"이게 필요할 거야."

"누나……."

"꼭 살아남아 가문을 일으켜야 한다, 배신자."

"……?"

진자강의 얼굴이 붉어졌다.

영문을 모르는 사람들은 어리둥절한 표정을 지었지만 당소정만큼은 웃지 않을 수 없었다. 조원원은 지금 자기를 좋다며 따라다니던 진자강이 모용설에게 홀딱 빠져 있음을 놀리는 중이었다. 조원원은 진자강을 향해 가볍게 웃어주고는 모용설을 돌아보며 말했다.

"모용 소저, 진 공자를 잘 부탁해."

모용설은 절도있게 포권지례를 해 보였다. 그 모습이 마치 '염려하지 마세요' 라고 말하는 듯했다. 진자강은 법공, 당엽, 당소정에게도 차례로 인사를 한 후 조용히 자리를 떴다. 모용설이 자석처럼 졸졸 따라갔다.

"부디 보중하길 바라요."

육성녀는 엽무백의 뒤통수에 대고 가볍게 포권지례를 한 다음 자리를 떠났다. 당엽도 갑자기 걸음을 옮겼다. 진자강과 육성녀가 사라진 후방이 아닌 적들이 포진한 골짜기의 아래쪽이었다.

"어딜 가는 거죠?"

조원원이 목을 쭉 빼고 물었다.

"개전 초기엔 상황이 많이 혼란스러울 거요. 조금이라도 빨리 적진으로 침투하려면 후미보다는 선두가 좋겠지."

"저도 함께 가요."

말과 함께 조원원이 조르르 달려갔다.

"흥, 저것들이 나를 따돌리고 먼저 이정갑의 멱을 따시겠다? 어림도 없지."

법공이 호리병을 꺾어 남은 술을 몽땅 비우더니 곧장 달려 나갔다. 주변엔 이제 엽무백과 당소정만 남았다.

저 멀리 동쪽 하늘로부터 희끄무레한 기운이 조금씩 번지고 있었다. 동이 터오고 있는 것이다. 해는 진작부터 모습을 드러냈다. 다만 산릉에 걸쳐진 검은 구름이 그 빛을 잠시 가리고 있을 뿐.

"육성녀도, 뱃속의 아이도 모두 건강해요."

당소정이 말했다.

이 말을 전해주기 위해 여태 기다린 모양이다.

"왜 아무것도 묻지 않는 거요?"

"무얼 말인가요?"

"뱃속의 아기."

"제가 알아야 할 이유가 없으니까요."

"천제악과 팔마궁을 상대로 마지막 전투를 앞둔 날 밤 장벽산이 나를 찾아왔소. 자신의 아이를 가진 여자가 있는데 내가 지켜줬으면 좋겠다고 하더군. 난 그 말을 곧이곧대로 믿고 신궁을 빠져나왔소. 하지만 놈이 막상 말한 장소로 가보니 모두 거짓이었소. 내가 전쟁에 휘말릴까 봐 일부러 빼돌린 것이지. 여태 그런 줄로만 알았소. 한데 아니었소. 놈에겐 정말로 자신의 아이를 가진 여자가 있었소. 그게 육성녀였소."

"……!"

당소정은 또 한 번 가슴이 철렁 내려앉는 것 같았다. 하지만 엽무백이 소수옥을 데려왔을 때와는 다른 느낌, 다른 감정이었다. 그녀는 말할 수 없이 기뻤다. 그 기쁨이 겉으로 드러날까 봐 어금니를 꽉 깨물어야 할 만큼.

"그녀는 살 수 있을까?"

"진자강은 목숨을 걸 거예요. 당신의 명령이었으니까."

"모용설이 꽤 똑똑하던데."

"그 아이라면 진자강을 지켜줄 수 있을 거예요."

"당신 생각도 내 생각과 같아서 다행이군."

왠지 모르게 기분 좋은 말이다.

당소정은 저도 모르게 입가에 미소를 지었다.

그때였다.

동쪽 산릉에 걸쳐져 있던 먹구름이 사라지면서 일시에 서광이 터졌다. 눈부시도록 하얀 빛줄기가 땅을 향해 쏟아지더니 세상 그 무엇과도 견줄 수 없는 빠르기로 암혼곡을 향해 달려왔다. 백광의 빛줄기는 순식간에 암혼곡을 집어삼켜 버렸다.

한순간 눈앞의 전경이 모두 사라지며 백광이 시야를 가득 채워 버렸다. 그 순간, 적진 속에서 천지를 진동시키는 창룡후가 들려왔다.

"공격하라!"

첫 번째 공격은 화공이었다.

백광을 뚫고 날아온 수십 발의 화탄이 암혼곡과 사자성 곳곳에 떨어졌다.

꽝! 꽝! 쿠콰콰쾅!

귀청을 찢는 폭음과 함께 땅거죽이 하늘로 치솟았다. 애써 쌓아놓은 성벽의 돌덩이들이 수십 장씩 솟구쳤다가 떨어졌다. 성벽 뒤쪽에 몸을 낮추고 있던 말과 사람들도 돌덩이와 함께 솟구쳤다. 비명이 곳곳에서 끊이지 않았고 육편이 분분히 흩날렸다.

"위치를 고수하라!"

설삼검군의 우렁우렁한 사자후가 폭음을 뚫고 울려 퍼졌다. 바로 옆에서 화탄이 터지고, 동료가 죽어나갔으며, 거대한 체구의 말들이 산산조각 나 흩어지는데도 사람들은 숨죽여 기다렸다.

벽력궁의 화공은 맞설 수 없다고 했다.

피할 수도 없다고 했다.

그저 날벼락이 내게 떨어지지 않기만을 바라며 지옥과도 같은 시간을 견뎌야 한다고 했다. 대신 그 참혹한 시간이 끝난 후에 몇 배로 돌려줄 수 있을 거라고도 했다.

화탄은 계속해서 날아들었다.

암혼곡이 불바다로 변한 건 순식간의 일이었다. 하지만 산성의 안쪽만큼은 불바다로 만들지 못했다. 암혼곡의 가파른 경사와 사람들이 며칠 동안 전력을 쏟아 쌓은 성벽이 포물선을 그리며 날아오는 화탄을 막아냈기 때문이다.

화탄에 맞은 성벽이 통째로 터져 나가고, 일부는 성 안쪽에 떨어졌지만 그래도 불구덩이로 변한 암혼곡보다는 나았다.

힘들게 성벽을 쌓은 것이 바로 이 때문이다.

성벽은 지금과 같은 집단전에서 가장 무시무시한 위력을

발휘하는 벽력궁의 화탄을 막기 위한 것이었다. 일각이 흐르는 동안 무려 수백 발의 화탄이 암혼곡과 산성에 작렬했다. 성벽은 제 역할을 충분히 한 후 장렬하게 무너졌다.

대월도와 육 척에 달하는 목간(木干)으로 무장한 흑색도귀병단이 불구덩이를 뚫고 새까맣게 몰려온 것도 그때였다.

"발시!"

설산검군의 명령이 떨어졌다.

쏴아아아아!

성 안쪽으로부터 솟구쳐 오른 일만 발의 강전이 흑색도귀병단을 향해 떨어졌다. 화살의 대부분은 목간에 꽂혔다. 그 소리가 우박이 쏟아지듯 장엄했다.

화살은 계속해서 쏘아졌다.

그때마다 흑색도귀병단이 앞세운 목간은 벌집으로 변해갔다. 그러다 몇몇 사람들이 틈새를 뚫고 박힌 화살에 꿰어 비명을 질렀다. 한 사람이 쓰러지면서 빈틈이 생겼다. 뒤를 이어 날아든 화살들이 그 빈틈을 뚫고 대여섯 명을 삽시간에 쓰러뜨렸다. 빈틈은 다시 빈틈을 낳고 대열은 순식간에 엉망진창이 되어 버렸다. 산성의 결사대가 화살을 모두 쏟아부었을 때 암혼곡은 목간과 함께 널브러진 흑색도귀병들의 시체로 가득했다.

전쟁은 이제부터였다.

흑색도귀병단이 열어준 길을 따라 칠만에 달하는 적 본대

가 사자성 근처까지 도달했다. 칠만의 적이 내지르는 함성이
골짜기 전체를 떵떵 울렸다.

"내가 당신을 좋아했다는 걸 알고 있소?"

엽무백이 말했다.

당소정은 심장이 철렁 내려앉는 것 같았다.

이게 무슨 청천벽력 같은 소린가.

더불어 얼굴이 발갛게 달아오르며 뭐라 말할 수 없는 뜨거
운 기운이 온몸을 타고 올라왔다. 눈물이 왈칵 쏟아질 것 같
았다. 그녀는 말하고 싶었다. 아마도 내가 먼저 당신을 좋아
했을 거라고. 하지만 정작 입 밖으로 나오는 말은……

"그런 내색한 적… 없잖아요."

"여태 당신에게만은 말을 못 놓았는데, 몰랐나 보군. 어쩔
수 없지. 무운을 비오."

말이 끝나기 무섭게 엽무백은 대기시켜 놓았던 말에 훌쩍
올라탔다. 동시에 묵룡병을 높이 치켜들며 좌중을 향해 천둥
같은 대갈일성을 터뜨렸다.

"공격하라!"

엽무백은 몰려오는 적들을 향해 힘차게 말을 달렸다. 성안
에서 대기하고 있던 일만의 결사대가 일제히 함성을 지르며
뒤를 따랐다.

"와아아아!"

第十章 장산혈사(章山血事) 二

十兵鬼
십병귀

일만 결사대가 말을 탄 채 성벽을 넘었다.

개갑으로 무장한 말과 사람이 가파른 산비탈을 치달리자 그 기세가 사뭇 사나웠다. 아래에서는 그 일곱 배에 달하는 칠만의 병력이 골짜기를 새까맣게 뒤덮으며 올라왔다.

그 모습이 흡사 두 개의 노도가 서로를 향해 뒷일을 생각지 않고 달려가는 것 같았다. 노도는 골짜기의 중동에서 하나로 격돌했다.

위에서 내려치는 힘은 아래에서 올려치는 힘의 두 배다. 개갑으로 무장한 말을 탄 채 가파른 경사를 수십 장이나 달려온 결사대의 돌파력은 무시무시했다. 눈 깜짝할 사이에 혼세신교의 선두가 넝마처럼 찢어져 버렸다.

기세 좋게 달려오던 신교의 선발대가 말발굽에 무참히 짓밟혔다. 어떤 이들은 돌격창에 꿰뚫리고 또 어떤 이들은 말과 사람, 사람과 사람 사이에 짓눌려 죽었다.

하지만 그건 정상적인 전투의 결과가 아닌, 말과 사람이 목숨을 돌보지 않고 질주해 온 물리적 힘에 의한 것이었다.

정도무림 결사대의 피해도 만만치 않았다.

말들은 쓰러지는 적들이 내지른 병장기에 배를 뚫렸고, 사람은 어디서 날아왔는지 모를 도검에 옆구리가 터졌다.

사람과 말과 각종의 병장기가 하나로 뒤엉킨 접전의 순간이 지나자 결사대의 돌파력도 힘이 죽었다. 그때부턴 온전한 백병전이었다. 오직 개개인의 실력에 의해서만 삶과 죽음이 오가는 지극히 원초적인 싸움.

장병과 단병이 미친 듯이 오갔다.

비명과 함성이 하나로 뒤섞여 천지를 진동시켰다. 핏물이 쉴 새 없이 솟구치고 또 흘러내렸다. 적아가 하나로 뒤섞인 암혼곡은 어느새 지옥도로 변해갔다. 어느 순간, 지옥도의 정중앙으로 새파란 벼락이 떨어졌다.

꽝!

굉음과 함께 사납게 돌진하던 십수 명의 마병이 피를 뿌리며 쓰러졌다. 쓰러진 시체들 위로 먹빛 장창을 든 그림자가 솟구쳤다.

엽무백이었다.

막강한 경력으로 방원 대여섯 장을 쓸어버린 그는 골짜기 가득히 포진한 적들의 머리 위 허공을 밟으며 무서운 속도로 질주하기 시작했다.

때를 맞춰 함께 지옥도를 뚫고 달리는 그림자들이 있었다. 전장 곳곳에 포진해 있다가 접전의 순간 느닷없이 솟구친 열 두 개의 그림자는 엽무백이 열어주는 길을 따라 아수라장이 된 지옥도를 가로질러 달렸다.

유령비조공은 지면에서 발산되는 기운과 경력의 충돌로 반동을 얻는 공부다. 반동을 타면 도약을 하고, 반동을 때려 내면 땅거죽이 터지며 폭발이 일어난다.

엽무백은 지면에서 발산되는 기운 대신 밀집한 적들의 육 신을 때려 밟았다. 일 장 높이의 허공에서 그의 두 발이 바쁘 게 교차할 때마다 아래에선 적들의 어깨와 머리통이 퍽퍽 소 리를 내며 터져 나갔다.

곳곳에 포진해 있던 백인장급 이상의 고수들이 천중을 향 해 병장기를 힘차게 휘둘러왔다. 목표는 엽무백의 하박. 하지 만 그들이 내지른 병장기는 엽무백의 발끝에서 폭사되는 무 시무시한 경력을 감당하지 못했다. 오히려 반탄력에 튕겨 나 온 병장기가 벼락처럼 꺾이고 내리꽂는 바람에 애꿎은 동료 들의 육신을 찢어발기기 일쑤였다.

지옥도를 가르는 사람은 엽무백만이 아니었다.

설산검군이 장검을 좌우로 뿌려댈 때마다 노도와 같은 기운이 뻗어 나와 적진을 쓸었다. 분명 검기나 검강은 아닌데 그보다 더 막강한 경력 앞에서 적들의 육신은 속수무책으로 찢겨 나갔다. 그럼에도 설산검군은 숨소리 하나 거칠어지는 법 없었다. 초공산, 명왕과 함께 천하삼대고수로 꼽히던 백이십 세의 노강호가 펼치는 검술은 그토록 고명했다.

설산검군의 뒤에는 철검 한 자루를 들고 은색의 머리카락을 휘날리며 달리는 곤륜파의 마지막 장로 섬전일도 신일룡이 있었다. 강건한 인상에 부리부리한 눈매를 가진 그는 생긴 것만큼이나 패도적인 검공을 구사했다. 마치 오늘이 지나면 다시는 싸우지 않겠다는 듯 생애 모든 공력을 쏟아부었다. 그의 검초가 작렬할 때마다 적들의 목구멍에서 핏물이 터져 댔다.

신일룡의 뒤에는 장대한 키에 기둥뿌리 같은 사지를 거느린 노인, 공동파의 철담호 양원각이 있었다. 공동의 검은 본시 현문에서 갈라져 나왔으나 지금 양원각의 펼치는 검초에는 그 흔적이 전혀 남아 있지 않았다.

일검을 휘두를 때마다 어김없이 적의 심장에 구멍을 뚫어 버리는 그의 검은 철저한 살인검이었다. 마도천하가 된 지 십년, 그 세월이 고고한 공동의 검을 살인검으로 만들어 버린 것이다.

고수들의 행렬은 계속 이어졌다.

작달막한 키에도 불구하고 폭풍 같은 돌파력으로 질주하는 종남파의 서우검 도남강, 턱밑에 난 붉은 수염을 흩날리며 불같은 기세를 뿜어내는 황보세가의 황보충, 서릿발 같은 안광을 폭사하는 은염객 이명환, 거무죽죽한 낯빛이 섬뜩한 느낌을 주는 표풍신마 악송강 등이 불구대천의 원수라도 만난 것처럼 적들을 도륙하며 달렸다.

그리고 당엽, 법공, 당소정, 조원원이 있었다.

앞선 정도무림의 명숙들에 비하면 공력이 상대적으로 일천할 수밖에 없는 그들은 후미에서 꼬리처럼 따라붙으며 진기를 아꼈다. 자신들의 목적은 어디까지나 적과 접전을 벌이는 것이 아니라 궁주들의 목을 치는 것이므로.

사람들은 자신들의 이 행보에 일만 결사대의 목숨, 나아가 수백 년을 이어온 정도무림의 운명이 걸렸음을 절절하게 느꼈다.

엽무백과 열한 명의 고수가 질주하는 방향을 따라 혈로가 생겨난 것은 그 때문이다.

하지만 속도는 점점 늦춰질 수밖에 없었다.

적진의 심장부를 향해 다가가면 갈수록 고수들이 많이 포진했기 때문이다. 처음 일격필살로 쓰러뜨리던 적들과 체공 상태에서 병장기를 주고받는 횟수가 점점 늘어났다. 그러다 어느 순간 엽무백은 바닥으로 뚝 떨어졌다. 사방에 포진해 있던 수백 명이 엽무백을 향해 벌 떼처럼 달려들었다.

그때부터 전투는 다른 양상으로 전개되었다.

까라라라랑, 깡깡!

몇 차례 기음을 토해낸 묵룡병이 두 자루 곤으로 바뀌었다. 그 곤으로부터 일 장여의 전방 허공에 뜬 두 자루 장검이 새까맣게 몰려드는 적들을 폭풍처럼 난사하기 시작했다.

생사결은 몸속 깊은 곳에 내재되어 있던 인간의 본성을 가장 정직하게 끄집어낸다. 상대를 죽이지 않으면 내가 죽는 잔혹한 현실 앞에서는 그 어떤 명분도 한낱 말장난에 지나지 않았다. 살기 위해, 살아남기 위해 엽무백은 손속에 사정을 두지 않았다.

"으악!"

"아악!"

비명이 난무하고 피보라가 솟구쳤다.

몸뚱이로부터 분리된 인체의 파편이 낫 맞은 풀 모가지처럼 어지럽게 날아다녔다. 누구도 지옥의 사신으로 화한 엽무백의 질주를 막아서지 못했다. 그건 차라리 일방적인 도살이었다.

전투의 순간 언뜻언뜻 살펴본 주변의 풍광도 비슷했다. 어느새 뒤를 따르는 것에서 벗어나 좌우를 점한 사람들은 벌 떼같이 달려드는 적들을 향해 폭풍 같은 공세를 펼치고 있었다.

그들 열두 명의 특무조가 펼치는 검진 속으로 뛰어드는 자는 어김없이 난자당해 죽었다. 마병들은 제 죽는 줄을 알면서도 뛰어들었다. 도대체 무엇이 그들을 이렇게 무모하게 만드는 걸까?

두려움이다.

오랜 세월 학습되고 굳어져 이제는 금제가 되어버린 신교에 대한 두려움, 교주에 대한 공포가 그들을 죽음의 나락으로 몰아가고 있었다.

그러나, 그럼에도 불구하고 엽무백 일행은 전혀 승기를 잡지 못했다. 죽여도 죽여도 끊임없이 달려드는 적들의 숫자는 압도적인 무력을 무색케 할 만큼 많았다.

어느 순간 엽무백과 열한 명의 특무조는 한 걸음도 나아가지 못한 채 몰려드는 적들만 상대해야 했다. 여전히 맹위를 떨치고, 여전히 적들을 도륙하고 있지만 결과적으로 적진 한복판에 고립되어 버린 것이다. 이래서 전쟁은 어느 한 사람이나 몇몇의 고수로 좌지우지할 수 있는 게 아니다.

좌방에서 달려드는 적 일곱 명을 벼락처럼 차례로 난도질하는 엽무백의 시야에 불과 십여 장 밖에서 이 광경을 지켜보는 이정갑과 명왕, 그리고 외궁 궁주들의 모습이 들어온 것도 그 무렵이었다.

*   *   *

진자강과 모용설, 소수옥은 암혼곡을 따라 펼쳐진 서쪽 산자락을 달리고 있었다. 결사대와 헤어진 후 세 사람은 유사시 도주가 용이한 곳에서 전투를 지켜보기 위해 장소를 물색했다.

그러다 진자강의 십리경으로 곡구의 왼쪽 숲에 위치한 깎아지른 벼랑이 들어왔다. 밑에서 기어오를 수도 없고 위에서 내려갈 수도 없는 최적의 장소였다.

"저기서 활을 쏘면 어떨까요?"

모용설이 한 말이었다.

결사대와 함께 싸우지 못해 실망하는 진자강을 보다 못해 잔꾀를 낸 것이다. 그리고 지금 세 사람은 강궁과 화살을 잔뜩 구해 벼랑을 향해 달려가는 중이었다.

울창한 가시덤불을 뚫고 반각쯤 달렸을 때 십리경으로 보았던 그 절벽이 어슴푸레하게 들어오기 시작했다. 절벽이라기보다는 가파른 경사가 이어지는 산자락 중간쯤에서 갑자기 툭 튀어나온 일종의 암맥이었다.

하지만 주위의 산자락이 워낙 험준한데다 암맥의 경사가 직각을 이루어 충분히 절벽 역할을 했다. 세 사람은 가시덤불을 뚫고 절벽 위로 뛰어들었다. 그리고 한순간 그 자리에 석상처럼 굳어버렸다.

절벽 위에는 정체를 알 수 없는 괴인 십수 명이 이미 진을 치고 있었다. 십여 명 정도는 허리에 검을 차고 커다란 가죽 주머니를 등에 짊어졌고, 나머지 네 명은 단출한 차림을 한

두 명의 노인과 젊은 남녀였다.

어느 쪽이 먼저랄 것도 없이 병장기를 뽑아 들고 대치했다. 소수옥은 허리춤에 매어둔 검을 득달같이 뽑아 들어 적들을 겨누었다. 엽무백은 뱃속에 든 아이를 생각해 자신을 전투에서 배제시켰지만 무공은 여전히 건재했다. 얼굴도 본 적 없는 잡졸쯤이야 단칼에 베어버리면 그만이다.

그때 젊은 여자가 나직하게 신음했다.

"육성녀……?"

"나를 알아?"

"인사드리겠습니다. 홍화루의 적비라고 해요."

여자 적비가 공손하게 포권지례를 했다.

소수옥은 크게 놀랐다.

죽은 장벽산으로부터 홍화루의 적비라는 여자에 대해 이따금 들어서 알고 있다. 그녀가 자신의 벗인 십병귀를 지켜주고 있다고, 믿을 만한 여자라고.

"당신이 여길 어떻게……?"

"모르셨군요. 엽 공자가 신궁으로 침투할 때 저희가 도왔어요. 엽 공자가 육성녀를 모시고 신궁을 빠져나갔다는 소문이 사실이었군요."

육성녀라는 말에 적비와 함께 온 일행이 모두 병기를 거두었다. 적이 아니라는 걸 깨달은 것이다. 진자강과 모용설도 엽무백이 침투할 당시 저들이 도왔다는 말에 병장기를 거뒀다. 의심은 하지 않았다. 법공이 무용담을 하도 자랑스럽게 떠벌리고 다녔기에 적비에 대해서도 익히 알고 있었다.

"한데 여긴 어쩐 일들이죠?"

소수옥이 물었다.

"우선 인사들 나누시죠."

적비의 말에 노각이 먼저 나섰다.

"처음 뵙겠습니다. 신도의 뒷골목에서 애들 몇 명 거느리고 있는 노각이라고 합니다."

"조세옥이외다."

늙수그레한 조세옥도 가볍게 포권을 해 보였다.

"만리독행 조세옥!"

모용설이 깜짝 놀라 외쳤다.

"노부를 아느뇨?"

"알다마다요. 세상에 가지 못할 곳이 없다는 도왕 조세옥 어른이시잖아요. 아버님께선 늘 도왕 조세옥이야말로 진정한 풍류남아라고 말씀하곤 하셨답니다."

"껄껄껄, 누구이기에 이토록 영민한 딸을 두었을꼬?"

한껏 치켜세우는 말에 기분이 좋아진 조세옥은 껄껄 웃으며 물었다.

"인사드리겠어요. 모용세가에서 온 모용설이라고 합니다."

모용설은 예를 다해 인사를 했다.

"오오, 모용 가주의 딸이로구먼. 어쩐지 기품이 남다르더라니."

"이쪽은 진 공자예요. 장차 광동진가의 가주가 되실 분이요."

"진자강입니다."

진자강이 떨떠름하게 인사를 했다.

조세옥을 두고 천하의 도둑놈이라고 하는 소리는 들어봤지만 풍류남아라는 말은 처음이다. 필시 모용설이 조세옥을 아군으로 끌어들이기 위해 비위를 맞춰주는 게 분명했다.

조세옥은 말없이 고개를 끄덕였다.

"그리고 어르신은 뇌귀 황정기 대협이시죠?"

모용설이 한쪽에 우두커니 서 있는 뇌귀를 향해서도 물었다. 예쁘장한 여자아이가 어르신이니 대협이니 하고 부르니 뇌귀도 얼음장 같은 마음이 사르륵 녹는 것 같다. 하지만 끝까지 내색은 하지 않았다.

"험험."

소수옥의 시선이 적비를 향했다.

도왕, 뇌귀, 노각을 이끌고 여기 온 이유가 무엇이냐는 뜻이다.

"엽 공자가 창룡루를 날려 버릴 때 쓴 폭기가 바로 뇌귀 어르신의 물건입니다. 우리에게 그런 게 백 개가 더 있죠."

말과 함께 적비가 노각에게로 시선을 주었다.

노각이 수하들을 향해 고갯짓을 하자 그의 수하들이 등에 짊어지고 있던 가죽 주머니를 일제히 내려놓았다. 그 속에서 나온 것은 주먹만 한 철구였다. 소수옥, 진자강, 모용설의 눈이 화등잔만 하게 커졌다.

第十一章

장산혈사(章山血事) 二

전투는 모두 두 군데서 펼쳐지고 있었다.

한 곳은 혼세신교의 본대와 정도무림의 결사대가 접전 중인 암혼곡, 나머지 한 곳은 엽무백이 열한 명의 특무조를 이끌고 싸우는 곡구였다.

암혼곡에서 벌어지는 전투는 이미 승기가 기울어갔다. 압도적인 병력을 앞세운 혼세신교는 시종일관 무서운 기세로 정도무림의 결사대를 압박, 산성의 입구까지 밀고 올라갔다.

이제 남은 것은 겨우 오천여 명. 정도무림의 결사대는 순식간에 병력의 절반을 잃었다. 그나마 오래 버티지 못할 것이 자명했다.

엽무백은 일다경이 넘도록 단 한 걸음도 나아가지 못했다. 적의 심장부로 침투하지 못한 것이 아니다. 이미 이정갑과 외궁의 궁주들로부터 이십여 장의 거리까지 접근해 왔다.

문제는 그들이 전면으로 나서지 않는다는 것이다. 대신 사루, 오원, 육대, 칠당에서 고르고 고른 고수들이 부나방처럼 달려들었다. 그때마다 엽무백과 열한 명의 고수는 미친 듯이 살육을 자행했다.

그렇게 죽인 숫자만도 벌써 삼백여 명에 육박한다. 문제는 그렇게 죽이고도 적은 아직 많이 남아 있다는 점이다. 칠만이라는 숫자가 지닌 힘은 그토록 위협적이었다.

제아무리 세상을 떨어 울리는 고수라고 할지라도 무한정싸울 수는 없다. 뼈와 살로 이루어진 이상 육체는 지치게 마련이고 내공은 바닥을 드러내게 마련이다.

이정갑과 외궁의 궁주들이 노리는 게 이것이었다. 그들은자신들을 목숨을 노리고 온 엽무백과 열한 명의 고수가 지치기를 기다렸다. 억울할 것 없다. 비겁하다 욕할 것도 없다. 이건 무인들 간의 생사결이 아니라 전쟁이었으므로.

이정갑의 의도는 적중했다.

숨 쉴 틈도 없이 달려드는 적들의 공세 앞에서 전력을 다해싸우던 표풍신마 악송강이 느닷없이 뛰어든 한 사람에게 일검을 맞았다.

핏물이 허공에 뿌려졌다.

재빨리 세 걸음을 물러나는 악송강의 옆구리가 활짝 열려 있었다. 열려진 옆구리 사이로 창자가 주르륵 흘러나왔다. 악송강은 그 와중에도 쓰러지지 않으려는 듯 바닥에 장검을 힘차게 박았다. 하지만 강건한 의지와 달리 그의 육신은 그대로 허물어지고 말았다.

강동 일대의 녹림도를 소탕하며 수많은 일화를 남긴 희대의 협객 표풍신마(飄風神魔) 악송강은 그렇게 죽었다.

"악 대협!"

은염객 이명환이 뒤늦게 그의 이름을 불러보았지만 소용없었다. 진노한 이명환은 피가 뚝뚝 흐르는 장검을 든 채 악송강을 굽어보고 있는 외눈박이사내를 향해 질풍처럼 신형을 쏘았다.

"멈춰!"

엽무백이 다급하게 외쳤지만 소용없었다.

이성을 잃고 달려드는 이명환의 검은 외눈박이사내의 머리 위 한 치쯤에서 깡 소리를 내며 멈춰 서는 옴짝달싹 못했다. 외눈박이사내의 왼팔에 감긴 강철 용조(龍爪)가 이명환의 검을 그대로 옭아매어 버린 것이다.

순간 외눈박이사내가 오른손에 든 장검을 아래로부터 쳐올렸다. 대경실색한 이명환은 검을 버리고 팔꿈치를 꺾어 외눈박이사내의 안면을 가격해 갔다. 그건 그야말로 눈 깜짝할 사이에 펼친 임기응변의 한 수였다.

하지만 외눈박이사내는 섬전과 같은 속도로 고개를 꺾어 이명환의 팔꿈치를 아슬아슬하게 흘려보냈다. 외눈박이 사내는 단지 피하기만 한 것이 아니었다. 고개를 급박하게 꺾는 그 순간 그는 강철 용조를 동시에 내질렀다.

"커헉!"

외마디 비명과 함께 이명환의 상체가 새우처럼 구부러졌다. 외눈박이 사내가 이명환을 힘차게 밀쳤다. 맥없이 나가떨어지는 이명환의 아랫배로부터 인체의 부산물이 주르륵 당겨져 나왔다.

외눈박이 사내는 흑월주 이정풍이었고, 강철수투는 이정갑이 하사한 혼세신교의 십대귀물 화룡백연조였다.

이명환의 뱃속을 통째로 뚫고 들어간 화령백연조를 내장을 갈가리 찢어발긴 후에야 비로소 빠져나왔다.

진노한 사람들이 이정풍을 잡기 위해 신형을 쏘려 했지만 그는 이미 빽빽한 수하들 속으로 사라지고 난 후였다.

이게 적들의 방식이었다.

폭풍 같은 공세를 펼치는 와중에 은신술과 기습에 능한 이정풍과 같은 고수들을 투입해 순간적인 타격을 가하고 빠지는 전술.

눈 깜짝할 사이에 두 명의 무림 명숙이 생을 다했다. 사람들은 망연자실했다. 앞으로 나아가지도, 뒤로 물러나지도 못하는 상황에서 목표로 했던 무신들과는 손속 한번 나눠보지 못한 채 또다시 진력만 소모하는 전투를 시작했다.

'방법이 보이질 않는다.'

엽무백은 답답했다.

그때였다.

남쪽 절벽으로부터 주먹만 한 구체를 매단 화살 십여 발이 동시에 허공을 갈랐다. 화살은 한창 전투가 진행 중이던 암혼 곡과 곡구의 협소한 공간에 차례로 떨어졌다.

그리고 이어지는 대폭발.

쾅! 쾅! 쾅! 쾅!

귀청을 찢는 굉음과 함께 지반이 통째로 흔들렸다. 땅거죽이 솟구치고 폭발의 진앙에 몰려 있던 수백의 마병이 고깃덩어리가 되어 날아갔다.

화살은 계속해서 날아들었다.

폭발도 계속해서 이어졌다.

대기가 떵떵 울리고 지축이 흔들리기를 한참. 일대는 죽어 나자빠진 사람들로 장사진을 이루었다. 눈 깜짝할 사이에 곡구에 몰려 있던 마병 천여 명이 왜 죽는지도 모르고 죽어버렸다.

엽무백은 저 폭기의 정체를 간파했다.

'적비가 왔군.'

적비가 뇌귀와 도왕을 이끌고 온 것이다.

벽력궁이 압도적인 화력을 보유하고도 가파른 산비탈과 산성이라는 장벽에 부딪쳐 재미를 보지 못한 반면, 뇌귀의 폭기는 적은 양에도 불구하고 지형의 이점과 전투를 흐름을 읽어내는 정교한 타격으로 몇 배의 위력을 발휘했다.

매달린 폭기의 위력을 경험한 적들은 화살이 날아오는 방향을 피하기 위해 이리 뛰고 저리 뛰었다. 곡구로 진입하기 위해 칠만 마병이 포진해 있던 개활지는 순식간에 아수라장이 되어버렸다.

"남쪽 절벽이다! 놈들을 찾아내 제거하라!"

신기자의 사자후가 허공을 갈랐다.

예사롭지 않은 신법을 지닌 고수 수십 명이 남쪽 절벽을 향해 달려갔다. 하지만 그들을 향해서도 폭기를 매단 대여섯 발의 화살이 날아들었다.

천지를 진동시키는 폭발이 어지럽게 이어진 후 드러난 것은 참혹하기 짝이 없는 광경이었다. 남쪽 절벽을 향해 달려가던 자들과 그들이 달려가던 길목에 있던 백여 명의 병력이 흔적도 없이 사라져 버렸다.

폭기는 엽무백 일행과 무신들이 대치하고 있는 적진 심장부에도 떨어졌다.

꽈꽈꽈꽝!

날벼락과도 같은 폭발로 말미암아 엽무백 일행을 에워쌌던 적들의 검진은 산산이 찢겨나가 버렸다. 뇌귀가 만든 폭기는 폭압만 발산하는 것이 아니다. 폭기 속에 들어 있는 화정이 개활지 곳곳에 돋아나 있던 건초 지대로 옮겨붙으면서 불까지 일어났다. 삽시간에 사방이 자욱하고 매캐한 연기로 뒤덮였다.

소나기처럼 퍼붓던 폭기가 멈추었을 때 나타난 광경은 참혹하기 그지없었다. 마병들로 가득했던 개활지는 곳곳에 유성이 떨어진 듯한 구덩이가 생겨났고, 구덩이 주변엔 어김없이 시체와 팔다리를 잃고 죽어가는 자들의 신음이 난무했다.

그 틈을 타고 산성까지 밀려 올라갔던 정도무림의 결사대가 함성을 내지르며 다시 내려왔다. 전장의 중심도 자연스럽게 암혼곡에서 개활지로 옮겨졌다.

하지만 마병은 여전히 육만여를 헤아릴 만큼 압도적인 반면 정도무림의 결사대는 오천여 명 정도로 줄어 있었다.

오천여 명을 잃는 대가로 일만여 명을 쓰러뜨렸으니 대승이라고 할 수도 있었지만, 결과적으로는 열 배 이상의 적을 상대해야 하는 모순적인 상황에 직면한 것이다.

엽무백은 다시 전방으로 시선을 집중했다.

무참하게 죽어 널브러진 시체들, 신음하는 부상자들, 그리고 매캐하게 피어오르는 연기 사이로 보이는 무신들이 보였다.

"모두 물러나라!"

이정갑이 쩌렁하게 외쳤다.

그의 명령 한마디에 곳곳에서 병장기를 고쳐 잡고 일어나던 자들이 일제히 물러났다. 엽무백과 아홉 명으로 줄어든 특무조, 그리고 여섯 명의 무신을 중심으로 방원 수십 장의 공간이 생겨났다.

"결국 여기까지 왔군."

이정갑이 말했다.

"생각보다 오래 걸렸지."

엽무백이 말했다.

"이건 처음부터 너의 전쟁이 아니었다. 대체 무엇이 너를 여기까지 오게 만든 것이냐?"

모두의 시선이 엽무백을 향했다.

명왕도, 외궁의 궁주들도, 그리고 엽무백과 함께 온 사람들도 그것만큼은 궁금했다. 엽무백은 가볍게 웃더니 말했다.

"그러게 말이오. 빌어먹을."

이정갑의 눈동자가 차갑게 일그러졌다.

엽무백이 다시 말문을 열었다.

"한 가지 묻고 싶은 게 있는데."

"……?"

"마궁 궁주들이 일만의 고수를 이끌고 신궁으로 진격하던 그날 밤, 장벽산의 저승행은 비마궁에서 인도했다고 들었소. 그때 마지막으로 장벽산의 숨통을 끊어놓은 자가 누구였소?"

"결국 복수 때문이었느냐?"

"그냥 알고 싶을 뿐이오."

"본좌가 직접 끊었느니라."

"그랬군."

말과 함께 엽무백의 곤을 쥔 손에 진기를 흘려보냈다. 일
장 밖에 떨어져 있던 두 자루 검이 곤 속으로 빨려들어 오더니
기이한 음향과 함께 결합하며 순식간에 장창으로 돌변했다.

엽무백은 장창의 중단을 잡고 바닥을 찍었다. 이어 상체를
비틀며 장창을 우하방으로 비스듬히 겨누었다. 순간 그의 전신
으로부터 막강한 기도가 뿜어져 나왔다. 돌변한 그의 기도에
사방에서 피어오르던 연기가 폭풍을 만난 것처럼 요동쳤다.

무신들도 일제히 각자의 병장기를 뽑아들었다.

이에 화답하기라도 하듯 설산검군, 신일룡, 양원각, 도남
강, 황보충, 고육정, 당엽, 법공, 당소정, 조원원도 병장기를
고쳐 잡고 진기를 끌어올렸다.

그들이 일시에 뿜어내는 기파에 좌중을 둘러싼 사람들은
숨이 턱턱 막히는 충격을 느꼈다. 굳이 고수들에게서 뿜어져
나오는 기파가 아니더라도 사람들은 숨을 죽일 수밖에 없었
다. 한 자리에 모으기도 힘든 대륙 최강의 인간들이 수만의
목숨과 무림의 운명을 걸고 마지막 결전을 하려는 순간이 아
닌가.

첫 번째 격돌은 엽무백으로부터 시작되었다.

팡!

바닥을 힘차게 박찬 엽무백은 섬전과도 같은 속도로 이정갑을 향해 신형을 쏘았다. 때를 맞춰 설산검군은 벽력궁주 신풍길을 향해, 신일룡과 양원각은 초마궁주 북일도를 향해, 도남강과 황보충은 대양궁주 허장옥을 향해, 고육정과 당엽은 적양궁주 조첨문을 향해 진격했다. 마지막으로 당소정과 조원원, 법공은 장락궁주 섭일호의 목숨을 노리고 질주했다.

마도천하를 호령하는 여섯 명의 무신과 정도무림의 결사대를 이끄는 열 명의 격돌은 그렇게 해서 이루어졌다.

인간이 만들어낸 모든 것은 그것이 탄생한 풍토의 영향을 받는다. 일 년 내내 눈이 녹지 않는 대설산에서 탄생한 검공답게 설산검군의 절기 빙백신검(氷魄神劍)은 시종일관 지독한 한기를 뿜어냈다.

반면, 벽력궁주 신풍길의 초열지검(焦熱之劍)은 그 태생이 화공(火功)이다. 얼음장같이 차가운 기운과 불같이 뜨거운 기운이 허공에서 격돌했다.

꾸꾸꿍!

새파란 섬광과 함께 날벼락이 쳤다.

어디로부터 생겨났는지 모를 수증기가 몰아치며 두 사람을 에워쌌다. 이십여 합을 나누는 동안 벼락이 쉬지 않고 쳤지만 승부는 어느 쪽으로도 기울지 않았다.

초공산조차 상대하기를 껄끄러워 했다는 소문이 무색할

만큼 설산검군은 지닌바 무공을 마음껏 발휘하지 못했다.

칠만의 병력을 뚫고 이곳까지 돌진해 오는 동안 너무나 많은 진기를 소모한 탓이다. 반면 신풍길은 이정갑을 제외하면 무신들 중에서도 가장 고강한 자이니 그와 백중세를 이루는 것만으로도 설산검군은 대단한 무공의 소유자라 할 수 있었다.

하지만 오십여 합을 넘기면서 신풍길은 설산검군을 서서히 몰아붙이기 시작했다. 허공을 가르는 신풍길의 용두장검이 시뻘건 화염에 휩싸였다. 거기에 뇌정까지 담겼다. 설산검군은 장검을 머리 위에서 비스듬히 꺾어 용두장검을 막아냈다.

꽝!

둔중한 격타음과 함께 설산검군은 끓는 쇳물과도 같은 열기가 머리와 어깨로 와락 쏟아지는 것을 느꼈다. 순간, 신풍길의 소맷자락이 하복부를 스치는 듯했다. 대경실색한 설산검군은 벼락처럼 몸을 뺐다. 그의 하복부 어림에서 폭발이 일어난 것도 동시였다.

콰앙!

뇌정까지 담긴 화검으로 신경을 쏠리게 만든 다음 아래에서 폭기를 터뜨린 것이다. 설산검군은 화끈한 불 맛을 느끼며 무려 대여섯 장이나 주르륵 밀려간 끝에 겨우 멈춰 설 수 있었다.

그리고 내려다본 그의 아랫배는 만신창이가 따로 없었다. 옷자락은 갈기갈기 찢어졌고, 살갗은 곳곳에 박힌 파편으로 말미암아 연거푸 피를 쏟아냈다.

"궁주, 손속이 제법 뜨겁구려."

낭패가 틀림없는 상황에서도 설산검군은 차분했다. 반면, 확실한 승기를 잡았음에도 불구하고 신풍길은 격노했다. 암수라는 불명예를 감수하고 펼친 한 수에도 불구하고 단번에 설산검군을 쓰러뜨리지 못한 것이 못내 억울했던 것이다.

"망할 놈의 늙은이!"

걸쭉한 상말과 함께 신풍길이 다시 돌진했다.

이미 중상을 입었으니 설산검군이 무너지는 것은 시간문제였다.

다른 사람들이라고 크게 다르지 않았다.

신일룡, 양원각, 도남강, 황보충, 당엽, 고육정은 각각 두 명씩 짝을 지어 합공을 펼쳤음에도 불구하고 무신들을 압도하지 못했다. 오히려 시간이 흐를수록 점점 패색이 짙어졌다.

급기야 백여 초를 넘길 때쯤엔 신일룡을 제외한 모두가 몸에 한칼을 아로새긴 상태였다. 원인은 설산검군의 밀리는 것과 동일했다. 이곳까지 오는 동안 소모한 진력의 낭비로 말미암아 사람들은 본신의 실력을 모두 발휘하지 못했다.

고수들 간의 검투는 머리카락 한 올, 들숨 날숨 한 번의 차이로도 생사가 오간다. 하물며 각자가 수백 명씩을 베어 넘긴 후에 무신이라 불리는 자들을 만났으니 승부는 처음부터 불을 보듯 뻔한 것이었다.

그럼에도 불구하고 사람들은 후회하지 않았다. 방법은 이것밖에 없었고, 할 수 있는 선에서는 최선을 다했기 때문이다.

누구보다 곤란한 사람은 당소정, 조원원, 법공이었다. 법공과 조원원은 당소정이 검과 암기로 엄호를 해주는 틈을 타 나아가고 물러나기를 반복하는 합격술을 펼쳤다.

하지만 장락궁주 섭일호는 호락호락하지 않았다. 그는 아들의 죽음에 대한 복수를 하기라도 하려는 듯 시종일관 강맹하기 짝이 없는 검초로 싸움을 주도했다.

법공의 양어깨에서는 언제 당했는지 모를 핏물이 터져 나오고 있었다. 조원원은 왼쪽 옆구리가 찢어져 너덜거렸고, 당소정은 오른쪽 어깨로부터 극통을 느꼈다. 무언가 어깨를 뚫고 들어왔다가 나갔다는 것을 인지하는 순간엔 이미 피가 철철 흐르고 있었다.

쭉 뻗은 엽무백의 묵룡병이 일순 새파란 섬광에 휩싸였다. 가공할 속도를 이기지 못한 대기가 찢어지라 비명을 질렀다.

이정갑은 가볍게 몸을 흔들었다.

단지 한 걸음을 옆으로 옮겼을 뿐인데 대기가 휘우뚱 일그러졌다. 그 순간, 이정갑은 허리춤에서 장검을 뽑아 묵룡병의 중단을 내려쳤다.

꾸앙!

흡사 도끼로 고찰의 범종을 때리는 듯한 소리가 울려 퍼졌다. 이정갑이 내지른 일검의 육중한 힘을 견디지 못한 묵룡병이 아래로 처박혔다.

　엽무백은 그 힘을 거스르지 않았다. 전날 창룡루에서 일전을 치러본 바 이정갑의 무공은 저항하거나 거스를수록 화려한 변초로 뻗어 나갔다.

　대신 엽무백은 묵룡병으로 바닥을 찍고 그걸 축 삼아 이정갑의 오른쪽 관자놀이를 향해 전륜각(轉輪脚)을 차올렸다. 대기를 휘우뚱 일그러뜨리는 돌풍과 함께 막강한 경력이 폭사되었다.

　그야말로 전광석화와 같은 임기응변.

　역시나 이정갑은 녹록지 않았다.

　도저히 빈틈이 없을 것 같은 그 찰나의 순간에 그는 아래로 내렸던 좌장을 벼락처럼 뒤집어 올렸다. 살인귀의 발과 무신의 손이 허공에서 격돌했다.

　뻥!

　엄청난 충격파가 대기를 때리며 퍼져 나갔다.

　내공 약한 사람이 근처에 있었다면 칠공으로 피를 쏟을 정도의 파장에도 불구하고 두 사람은 숨 쉴 틈 없는 공방을 다시 주고받았다.

　창과 검이 톱니바퀴처럼 정교하게 맞물려 들어가기를 한참, 두 사람은 어느새 이백여 초를 훌쩍 넘겨 버렸다.

　그나마 전날 창룡루에서 낭패를 당한 경험이 있는 이정갑이 각별히 신중을 기했기에 벌어진 일이었다.

이미 죽은 초공산을 제외하면 엽무백에게나 이정갑에게나 이백여 초를 견디는 상대는 처음이었다. 이백여 초를 퍼붓고도 상대의 옷자락 하나 건드리지 못한 것 역시 처음이다.

싸움은 점점 치열해졌고, 격돌의 파장은 방원 십여 장을 절대 사지로 만들어 버렸다. 두 사람은 그야말로 신들린 것처럼 싸웠다. 그 모습이 흡사 두 마리의 용이 구름 속에서 하나로 엉겨붙은 것 같았다.

엽무백은 진심으로 놀랐다.

이정갑은 검사다.

그의 초광비검(超光飛劍)은 무림의 일절로 검에 관한 한 죽은 초공산 전대 교주조차도 한 수 양보한다고 들었다. 오늘 직접 그의 검을 받아보니 헛소문이 아니었다.

이만한 무력을 지닌 인간이 여태 초공산의 아래 있었다는 게 신기했다. 반역을 해도 진작 했어야 하지 않는가.

'초공산과 같은 시절에 태어난 것이 억울하겠군.'

이정갑은 이정갑대로 당혹감을 감추지 못했다.

장벽산의 칼로 살았던 시절의 소문과 대륙을 가로지르며 행한 업적으로 말미암아 결코 만만한 녀석이 아니라는 것쯤은 짐작했다.

한데 이건 상상 이상이 아닌가.

'전력을 쏟아부어야 백중세라니……'

엽무백의 나이 겨우 서른 남짓, 반면 이정갑은 팔순을 넘겼다. 강호의 경험으로 보나 내공의 깊이로 보나 엽무백은 이정갑의 상대가 되지 않아야 한다. 한데 백중세를 이룬다.

원인은 자명하다.

혼원요상신공!

혼세신교의 교주들은 대대로 백여 종이라는 엄청난 숫자의 신공절학을 익혔다. 백여 종이 넘은 무학은 전체가 하나이면서 하나가 곧 전체였다. 초식과 초식을 넘나드는 이 광활한 무공류의 이름은 북천류(北天流). 그 북천류의 중심에 혼원요상신공(混元堯相神功)이 있었다.

혼세신교에는 교맥이 곧 무맥이라는 말이 있다.

달리 말하면 혼세신교의 교맥은 혼원요상신공을 중심으로 한 북천류의 전수자를 통해 이어진다는 것과 같다.

한데 초공산은 스물일곱의 제자 중 누구에게도 그 무맥을 전수하지 않은 채 죽어버렸다. 덕분에 혼원요상신공의 주화입마를 실험하기 위한 제물에 불과했던 엽무백이 혼원요상신공의 유일한 전승자가 되어버리는 난감한 일이 벌어졌다.

그 힘이, 엽무백의 몸속에 내재되어 있는 혼원요상신공의 기운이 저토록 강한 힘을 이끌어내게 하는 것이다.

어느 순간 엽무백은 마침내 기다리던 빈틈을 보았다. 다시 오지 않을 절체절명의 기회, 이정갑만 쓰러뜨리면 설산검군을 도울 수 있다. 신풍길을 쓰러뜨린 후에는 설산검군과 함께 또 다른 사람들을 돕고, 결국엔 패색이 완연한 지금의 상황을 반전시킬 수 있으리라.

엽무백은 요란한 섬광을 뿌려대는 이정갑의 검로 속으로 묵룡병을 힘껏 밀어 넣었다. '꽝꽝' 대는 소리와 함께 육중한 힘을 이기지 못한 묵룡병이 어지럽게 요동쳤다.

그 찰나의 순간 엽무백은 우수를 힘껏 뻗었다.

아무도 몰랐지만 그의 이 일격에는 한 가지 비밀이 숨겨져 있었다. 그건 십병귀라는 별호와도 관련된 것이었다. 본시 엽무백은 아홉 개의 병기만을 썼다. 다시 말해, 지난날 창룡루에서 이정갑의 손목을 뚫는 데 사용한 영검이 마지막 병기다.

그럼에도 불구하고 십병귀라고 불리는 것은 지금 펼치는 무공의 흔적이 마치 병기의 그것과 같아서 사람들이 오인을 한 탓이다.

무공의 이름은 혈인뇌조(血印雷爪), 격중의 순간 선명한 혈수인(血手印)과 함께 철벽도 구멍이 뚫린다. 이정갑을 죽이기 위해 마지막까지 숨겨두었던 한 수.

한데, 이정갑도 엽무백의 빈틈을 본 모양이다.

그는 실로 불가사의한 움직임으로 좌장을 뒤집었다. 아지랑이 같은 기운이 장심에 어리는가 싶더니 어느 순간 시뻘건 화염이 되어 엽무백의 심장을 때렸다. 엽무백의 우수로부터 뻗쳐 나온 뇌전이 이정갑의 심장을 파고든 것도 동시였다.

뻥!

펑!

두 개의 다른 굉음이 동시에 울렸다.

엽무백과 이정갑은 누가 먼저랄 것도 없이 대여섯 장을 날아간 끝에 착지했다. 충돌의 여파로 솟구쳐 오른 먼지가 내려앉기를 한참, 두 사람의 모습이 극명하게 대비되었다.

이정갑의 심장에는 선명한 혈수인이 새겨져 있었다. 하지만 공력을 한계까지 담아냈음에도 불구하고 천공(穿孔)은 생기지 않았다. 혈수인마저 마치 증발하듯 조금씩 사라지고 있었다.

격중의 순간 이정갑의 내부로부터 반탄되어 오는 불같이 뜨거운 기운을 느꼈는데, 아마도 그 기운이 호신강기를 만들어낸 것 같았다.

"가루라염(迦樓羅炎)!"

엽무백의 입에서 나직한 신음이 흘러나왔다.

북천류와 상극을 이루는 명계의 무학이다.

엽무백은 묵룡병을 짚고 일어나려다 털썩 쓰러졌다. 온몸의 뼈마디는 금이라도 간 것처럼 고통스러웠고 내장은 불구덩이 속에 던져지기라도 한 것처럼 뜨거웠다. 아찔한 현기증과 함께 무언가가 목구멍을 타고 올라왔다. 무얼 어찌해 볼 틈도 없이 검붉은 피를 한 바가지나 토해냈다. 화기가 얼마나 깊이 스며들었는지 토해낸 피에서도 김이 무럭무럭 올라왔다.

"엽 공자!"

당소정이 찢어지게 외쳤다.

당소정, 조원원, 법공은 노강호들에 비해 상대적으로 생사대전의 경험이 적었다. 당소정이 평정심을 잃는 순간 합격진이 일시에 무너졌다.

아니다.

그건 생사대전의 경험이 짧아서가 아니다.

비록 짧은 시간이었지만 엽무백과 생사고락을 함께하면서 쌓인 정리가 그들의 이성을 흔들어놓았다. 무신을 눈앞에 두고 고개를 꺾는 것이 얼마나 위험한 일인지 알면서도 그들은 기어이 엽무백을 돌아보고야 말았다.

대가는 무거웠다.

뻐뻐뻥!

둔탁한 격장음이 연속적으로 들리는가 싶더니 법공, 당소정, 조원원이 나가떨어졌다. 대여섯 장을 팽글팽글 돌다가 멈춘 그들은 검붉은 핏덩이를 연거푸 토해냈다.

내가중수법에 당한 징후다.

법공은 불사신이라도 되는 것처럼 몸을 뒤집으며 벌떡 일어났다. 그러나 채 한 걸음도 옮기지 못하고 다시 허물어져 버렸다. 일어나고 허물어지고, 일어나고 허물어지길 여러 차례, 엽무백의 음성이 나직하게 울렸다.

"그만해. 추해."

패배의 순간에도 엽무백은 한가로운 표정을 잃지 않았다. 그의 한마디에 곤에 의지해 다시 한 번 일어서던 법공은 벌러덩 드러누워 버렸다. 그리곤 혼잣말처럼 내뱉었다.

"제기랄!"

설산검군과 다섯 명의 명숙, 그리고 당엽은 아직도 무신들과 격전 중이었다. 하지만 법공 등을 상대하던 장락궁주 섭일호가 가세하면서 상황은 급격히 변하기 시작했다. 설산검군과 다섯 명의 무림명숙은 바람 앞의 촛불처럼 위태롭기만 했다. 이제 저 촛불마저 꺼지면 모든 게 끝이 나리라.

인정할 수밖에 없었다.

작전은 실패했고, 전쟁은 패했다.

"당신이 이겼소."

엽무백이 이정갑을 돌아보며 말했다.

"이제라도 승복한다면 네놈만은 살려주겠다."

"대신 혼원요상신공을 내놓아야 하겠지?"

"그게 네놈이 아직까지 살아 있는 이유니라."

"이미 권좌를 차지했으면서 어찌하여 혼원요상신공에까지 욕심을 부리는 게요? 비마궁의 초광비검만으로는 교맥의 정통성을 확보할 수 없어서?"

혼원요상신공은 고대로부터 이어져 온 북천류의 정수, 십만교도의 머릿속에 깊이 뿌리 내린 정통성에 대한 인식을 바꾸는 것은 쉽지 않다.

지금이야 피 냄새가 가시지 않은 권력 찬탈의 초기인데다 십병귀라는 강력한 대적의 등장으로 문제 삼는 이가 없지만, 시간이 흐르면 반드시 곳곳에서 불만이 터져 나오리라.

지난날 권좌의 초기에 천제악이 많은 일이 산적했음에도 불구하고 만장각에 틀어박혀 혼원귀일신공(混元歸一神功)을 연성한 것도 바로 그 때문이었다.

혼원귀일신공은 혼원요상신공과 더불어 천류 최강의 비학이라 불리는 신공. 하지만 마성이 너무나 짙어 전대 교주들조차 함부로 익히지 못했다는 금단의 마공이다.

그런 마성조차 불사할 정도로 천제악에게 정통성의 확보는 중요한 문제였다. 하지만 가짜는 수백 년이 흘러도 진짜가 될 수 없다.

이정갑은 부정도 긍정도 하지 않았다.

"처음부터 네놈의 물건이 아니었다."

"나도 원해서 가진 것이 아니오."

"마지막으로 묻겠노라. 혼원요상신공을 내놓겠느냐?"

"이제 와서 내놓는다면 내가 그동안 걸어온 발자국이 너무 아깝지 않겠소?"

"어쩔 수 없군."

이정갑이 걸음을 옮겼다.

단지 한 걸음을 옮겨 디뎠을 뿐인데 무슨 조화인지 대여섯 장의 거리가 사라졌다. 그는 이미 작심을 한 듯 그 어떤 망설임도 없이 검을 휘둘렀다. 백색의 섬광이 묵룡병을 바닥에 꽂은 채 가까스로 몸을 가누고 있던 엽무백을 위에서 아래로 갈라갔다.

그 순간, 천중으로부터 길쭉한 막대기 하나가 엽무백의 앞에 뚝 떨어졌다. 동시에 막대기가 꽂힌 지점을 중심으로 방원 십여 장에 세찬 경력이 휘몰아쳤다.

쾅! 휘우웅! 퍼엉!

경력은 엽무백을 사선으로 가르던 섬광의 궤적을 밀어냈다. 뿐만 아니라 이정갑까지 힘차게 날려 버렸다. 빗자루에 쓸린 가랑잎처럼 대여섯 장을 날아간 이정갑은 바닥에 장검을 힘차게 꽂으며 떨어졌다. 그러곤 진노한 얼굴을 꺾어 들었다.

"도대체 어떤 놈이!"

정체불명의 경력은 생사대전을 벌이던 무신들과 정도무림의 명숙들에게도 몰아쳤다. 막강한 경력을 감당하지 못한 사람들은 누가 먼저랄 것도 없이 옷자락을 펄럭이며 허둥지둥 물러났다.

모든 싸움이 멈췄다.

느닷없이 벌어진 이 황당한 상황을 이해하지 못한 사람들은 너나 할 것 없이 엽무백의 앞에 꽂혀 있는 작대기로 시선을 던졌다.

그토록 엄청난 경력의 폭풍을 만든 작대기는 놀랍게도 손때가 반질반질하게 묻은 평범한 명아주 지팡이였다. 명아주 지팡이를 알아본 무신들의 눈동자가 튀어나올 듯 커졌다.

第十二章 망자(亡者)의 귀환

마병과 결사대의 본대가 격돌하는 전장으로부터 웅성거리는 소리가 파도처럼 밀려오기 시작했다. 사람들의 시선도 덩달아 전장으로 향했다.

곡구의 서쪽, 울창한 숲으로부터 한 무리의 기마인이 전장을 가로질러 오고 있었다. 하나같이 기기묘묘한 용모에 기형이병(奇形異兵)을 든 자들의 숫자는 삼백에 육박했다.

눈에 뿜어져 나오는 안광은 마귀의 그것 같고, 전신에서 발산되는 기세는 전장을 쓸어버릴 것처럼 사나웠다. 흡사 지옥에서 금방 올라온 듯한 괴물들은 지난날 무신총의 혈사 당시 이정갑을 도와 천제악의 무리를 몰살한 명계의 마두들이었다.

달라진 것이 있다면 그날에 비해 숫자가 세 배로 늘어났다는 것. 전장에는 무신총의 혈사 당시 현장에 있던 사람들이 적지 않았다. 하지만 그것 때문에 사람들이 적아를 막론한 채 사색이 된 것은 아니었다.

명계의 마두들은 정체불명의 사인교를 호위하듯 따르는 중이었다. 건장한 체구의 장년인 네 명이 짊어진 사인교 위에는 폭삭 늙은 노인 하나가 타고 있었다.

오 척 단구에 구부정한 허리, 쭈글쭈글 흘러내리는 주름을 가진 그는 명왕과 매우 흡사한 용모를 지녔지만 한 가지 다른 것이 있었다. 그건 은발의 신령한 머리카락과 그 사이로 새파란 화염을 쏟아내는 두 개의 눈동자였다.

놀랍게도 그는 초공산이었다.

수년 전 수백의 마군이 지켜보는 앞에서 숨을 거두었다는 혼세신교 제칠대 교주 초공산이 믿을 수 없게도 살아 돌아온 것이다.

개활지에서 백척간두의 전쟁을 벌이던 사람들은 적아를 막론하고 모두가 넋이 나가 버렸다. 전투는 멈춘 지 오래였다.

초공산과 명계의 마두들이 오는 방향을 따라 사람들이 썰물처럼 갈라졌다. 그 길을 뚫고 초공산과 삼백의 마두는 한가롭게 다가왔다. 그리고 마침내 무신들과 정도무림의 명숙들이 격돌을 벌인 현장에 이르렀다.

때아닌 초공산의 등장에 이정갑과 다섯의 무신은 얼굴이 하얗게 질렸다. 누군가 한마디 할 법도 하건만, 도저히 목소리가 나오지 않았다. 다들 사시나무 떨듯 떨기만 했다. 귀신을 본 듯한 얼굴이 아니라 정말로 귀신을 본 까닭이다.

설산검군과 다섯의 무림명숙, 그리고 당엽, 당소정, 조원원, 법공도 사색이 되기는 매한가지다. 사람들은 너나 할 것 없이 공황상태에 빠져 버렸다.

"본좌가 없는 사이 살들이 많이 올랐군."

초공산이 무신들을 쓸어보며 말했다.

마치 도살장에 끌려온 돼지를 보는 듯한 표정이다. 그 소름 끼치는 시선에 무신들은 흠칫 굳을 수밖에 없었다. 그들이 평생을 두고 넘지 못한 인간이 하나 있다면 바로 초공산이었다. 오죽하면 오랜 시간 공들여 독살하는 쪽을 택했을까.

무신들은 믿을 수가 없었다.

초공산의 죽음을 직접 목격했고, 신교의 풍습에 따라 염(殮)을 하고 무신총에 안치하는 것까지 확인했다. 지금쯤 관속에서 썩어가야 할 그가 어찌하여 멀쩡하게 살아 있단 말인가.

"진정… 교주시란 말씀이오?"

신풍길이 떨리는 음성으로 물었다.

"누가 교주란 말인가!"

웅장하게 울리는 목소리의 주인공은 이정갑이었다. 그는 아직 사인교를 타고 있는 초공산을 향해 장검을 겨누며 외쳤다.

"감히 누가 죽은 자를 흉내 내는가!"

초공산의 두 눈이 이정갑을 직시했다.

순간 그의 두 눈동자로부터 무시무시한 화염이 쏟아졌다. 단지 마주하는 것만으로도 두 눈을 뚫고 들어와 뇌를 태워 버릴 것만 같은 열기.

"이정갑, 감히 본좌에게 검을 겨누고도 네놈이 살기를 바랐더냐."

전날 독살을 당하고 무신총에 안치되었을 당시 초공산은 사실 죽지 않았다. 다만 신교의 신비로운 술법을 이용, 기식을 끊고 숨을 멈춘 채 죽은 척을 했을 뿐이다. 이후 그는 명계로 들어가 오래전에 죽은 명왕을 대신해 마두들을 이끌고 은거했다. 바로 오늘을 차근차근 준비하면서.

이정갑은 문득 명왕이 진짜가 아닐지도 모른다고 하던 북일도의 말을 떠올렸다. 하지만 되돌리기엔 너무나 멀리 왔다. 여기까지 와서 권좌를 빼앗길 순 없었다.

"죽은 자는 죽은 자들의 세상에서 살아야 하는 법. 나는 이미 혼세신교의 교주다. 뭣들 하느냐! 저 사이한 늙은이를 죽여 내게 충성을 보여라!"

이정갑은 개활지에 운집한 육만의 마병을 쓸어보며 외쳤

다. 사자후가 쩌렁하게 울려 퍼지는 순간 육만 마병은 어찌할 바를 모르고 서로의 눈치만 살폈다.

그러다 이정갑과 운명을 함께하는 백인장급 이상의 고수들을 중심으로 전의가 솟구치기 시작했다. 잠시 후, 육만의 마병은 병장기를 고쳐 잡으며 우르르 몰려들었다. 초공산이 살아서 돌아왔다는 건 믿기 어려운 일인 반면, 이정갑의 명령은 바로 지금 그들이 겪어야 할 현실인 탓이다.

초공산이 이끌고 온 삼백의 마두가 부챗살처럼 퍼지며 육만 마병을 막아선 것도 동시였다. 마상의 마두들이 중병을 바깥으로 늘어뜨리며 눈알을 부라리자 흡사 병단을 방불케 하는 위압감이 뿜어져 나왔다.

그 기세에 힘차게 달려오던 육만 마병이 한순간 주춤했다. 순간, 초공산의 왼쪽 어깨 위에서 섬광이 번쩍였다. 우연찮게도 초공산과 지척에 있게 된 흑월주 이정풍이 기습을 가한 것이었다.

과거였다면 상상도 할 수 없는 일이다. 하지만 거리가 너무나 가까웠고 화룡백연조라는 신병이 있는데다, 초공산이 살아 돌아온 이상 참형을 면치 못한다는 생각이 이정풍으로 하여금 모험을 하게 했다.

결과는 비참했다.

초공산은 가볍게 소맷자락을 휘둘렀을 뿐이다.

이정풍은 마치 거대한 쇠망치에 얻어맞기라도 한 듯 대여

섯 장이나 날아갔다. 이어 그의 사지 곳곳에서 '펑펑' 하는
소리가 요란하게 울리더니 육신이 갈기갈기 터져 나가 버렸
다. 피와 체액과 정체 모를 인체의 부산물이 분분히 떨어져
내렸다.

폭염혈장(爆念血掌)

이견이 있을 수 없는 초공산의 독문 절학이다.

무신들을 제외하면 신교의 최고수라는 이정풍을 파리 잡
듯 죽여 버린 초공산이 좌중을 쓸어 보더니 돌연 사인교에서
솟구쳤다.

"가소로운 것들."

천중을 향해 십여 장이나 솟구친 초공산이 포물선을 그리
며 뚝 떨어졌다. 그 순간 흡사 하늘에서 유성이 날아와 작렬
한 듯 거대한 지진파가 개활지 전역을 덮쳐갔다.

제대로 서 있는 사람은 없었다.

막강한 경파와 폭압을 견디지 못한 마병들은 쓰러지고 밀
려나고 뒤엉켰다. 아직 꺼지지 않은 불과 연기와 사람과 말이
하나로 엉겨붙어 비명을 질러대는 광경은 지옥도가 따로 없
었다. 초공산의 무위를 경험한 마병들은 감히 더는 도발할 생
각을 못했다.

무신들은 소름 끼치는 충격을 맛보았다.

설산검군과 정도무림의 명숙들 역시 당황하기는 매한가지
였다. 그들이 아무리 당황스러운들 엽무백만큼이야 할까. 한

데도 엽무백은 태연했다.

"등장이 아주 절묘하오이다."

엽무백이 말했다.

그는 모든 걸 체념한 듯했다.

초공산이 고개를 꺾어 엽무백을 돌아보았다.

"미욱한 놈. 북천류의 정수를 익히고도 한낱 초광비검 따위에게 당했더냐."

"제대로 보지 못했구려. 나를 꺾은 것은 초광비검이 아니라 명왕이 준 가루라염이었소. 아니, 당신이 준 것이던가?"

"암수 따위로 무신을 죽이려 하고도 당당하구나."

"죽고 사는 문제가 달렸는데 암수가 대수일까."

"그래, 그게 네놈의 그릇인 게지."

"한 가지 물어도 되겠소?"

"말하라."

"왜 나는 당신의 제자가 될 수 없었던 것이오?"

초공산의 눈동자에 한순간 기광이 스쳤다.

'그게 한이 되었던 것이냐?'

"너의 육체는 내가 본 것 중 가장 완벽했다."

"무슨… 뜻이오?"

"본좌가 스물일곱의 제자에게도 주지 않은 혼원요상신공을 왜 하필 너에게 주어 수련하게 했는지 이상하지 않았느냐?"

왜 이상하지 않았을까.

평생을 두고 고민한 게 바로 그거다.

자신에게 혼원요상신공을 준 것은 그것을 수련하는 과정에서 필연적으로 생겨나는 주화입마의 해법을 위해서라고 치자. 한데 왜 제자들에게는 혼원요상신공을 주어 교맥을 잇게 하지 않았던 걸까? 혼세신교의 교주라면 당연히 후계자를 정하고 무맥을 전수해 주는 것이 의무이거늘.

"천하를 모두 가진 사람이 가장 마지막으로 탐하는 게 무엇이라고 생각하느냐?"

초공산이 다시 물었다.

과거 그런 사람이 있었다.

이 땅에 인간이 뿌리를 내리고 처음으로 대륙을 일통한 진시황(秦始皇)이 그랬다. 천하를 손에 넣고도 이 모든 것을 내려놓은 채 죽어야 한다는 것이 억울했던 그는 불사를 꿈꾸며 수만 명을 세상 곳곳으로 보냈다. 불로초를 구해오라는 명령과 함께.

한데 초공산은 왜 지금 그 얘기를 꺼내는가.

그 역시 불사를 꿈꾸었다는 말일까?

순간 엽무백의 머릿속에 퍼뜩 떠오른 생각이 있었다. 고대로부터 기이한 존재들을 통해 이어져 왔다는 불사의 내공심법, 대자연의 기운과 합일하여 마침내 궁극의 존재인 창조자의 힘을 훔치는 공부, 바로 혼원요상신공의 서문에 적혀 있는 내용이다.

혼원요상신공 속에 불사의 공능이 있다.

하면 왜 전대의 교주들은 죽었을까?

그때 북일도의 입에서 나직한 음성이 흘러나왔다.

"역천의 술법!"

엽무백도 만장각에서 본 적이 있다.

오래전부터 북방 새외에는 이상한 소문이 한 가지 떠돌았다. 천산의 어느 고산지대에 영원한 삶을 산다는 신비로운 술법을 가진 일파가 있다는 것이다. 후일 초공산은 북방 새외를 일통하는 과정에서 마침내 그 일파를 만났다. 그리고 소문으로만 떠돌던 그 신비로운 술법도 손에 넣었다.

이름하여 섭혼탈백대법(攝魂奪魄大法).

혼을 섞어 상대의 육신을 빼앗고 마침내는 영혼의 전이를 통해 영원한 삶을 산다는 사술. 하지만 그건 이미 미치광이들이 영적 최면 상태에서 끼적거린 허황된 술법이라는 판명이 났다. 누구도 성공을 한 예가 없기 때문이다.

초공산은 바로 그 역천의 술법을 통해 엽무백의 육신을 빼앗으려 하는 것이다. 섭혼탈백대법이 혼원요상신공의 오의와 어느 지점에서 상성을 하는 모양, 스물일곱의 제자 누구에게도 혼원요상신공을 전수해 주지 않은 것도 그 때문이다. 엽무백을 상대로 실험을 한 것도, 금제를 가해 대성을 하지 못하도록 한 것도 그 때문이다.

그는 권좌를 영원히 차지하고 싶었던 것이다.

이해할 만도 하다. 온 생을 바쳐 정복한 구주팔황과 사해오호를 타인에게 넘겨주고 죽기가 억울하지 않았겠나. 그것도 모르고 여태 살아왔다니.

"나를 계속 지켜보고 있었겠군."

엽무백이 말했다.

"너는 본좌의 손을 벗어난 적이 없었다."

"이정갑에게는 왜 가루라염을 준 것이오?"

"말하지 않았더냐. 나는 혼세신교의 몰락을 원치 않는다고."

정도무림의 잔당들을 토벌하기 위해 이정갑에게 힘을 실어주었다는 뜻이다. 이른바 차도살인지계(借刀殺人之計). 초공산도 결국엔 어쩔 수 없는 혼세신교의 교주였다.

이제야 모든 의문이 속 시원하게 풀렸다.

더불어 무저갱과도 같은 초공산의 깊은 심계에 몸서리가 쳐졌다.

"네놈이 여기까지 올 줄은 짐작 못 했다. 본좌가 불사의 해법을 찾지 못했다면 네놈에게 권좌를 물려주었을 것이다. 이것만큼은 진심이니라."

"……."

"하나 너의 운명은 그게 아니었던 모양이로구나. 이제 본좌가 너의 육신을 취해 도탄에 빠진 신교를 구하고 하늘 아래

본좌만이 유일한 신임을 증명하겠노라. 경건한 마음으로 본좌를 영접할지어다."

말이 끝나기가 무섭게 정체를 알 수 없는 사이한 기운이 초공산과 엽무백을 둘러싸며 거대한 기막을 형성했다.

순간.

"안 돼!"

좌방의 한 지점으로부터 번쩍이는 섬광과 함께 시커먼 그림자가 비조처럼 날아들었다.

당소정이었다.

초공산이 사이한 술법으로 엽무백의 육신을 빼앗으려 한다는 걸 알아차린 그녀가 마지막 남은 진기를 쥐어짜 신형을 쏜 것이다. 쭉 뻗은 그녀의 장검이 기막을 뚫으려는 찰나, 초공산이 가볍게 소매를 휘둘렀다.

꾸앙!

엄청난 굉음과 함께 거대한 반탄력이 당소정을 날려 버렸다. 머리를 위로 꺾은 채 날려가는 그녀의 입에서 붉은 피가 뿜어져 나와 호선을 그렸다. 당엽이 재빨리 달려가 떨어지는 당소정을 안아 들었다.

"언니!"

조원원이 비명을 지르며 달렸다.

이후로는 누구도 감히 향해 달려들 생각을 못했다. 기막 안에서는 초공산이 한 팔을 뻗었다. 그의 팔로부터 넘실넘실 흘러나온 아지랑이가 엽무백을 에워쌌다. 몸을 가누는 것조차 힘들어하던 엽무백이 반 장여 높이의 허공으로 두둥실 떠올랐다.

무림인들이 흔히 말하는 허공섭물이나 격공섭물과는 다른, 그보다는 어떤 술법에 의한 괴현상이라는 걸 사람들은 알 수 있었다.

엽무백을 에워싼 아지랑이가 점점 푸른 광채를 띠기 시작했다. 엽무백은 무아지경에 빠진 사람처럼 그 어떤 저항도 없었다. 어느 순간부터는 팔다리가 툭툭 꺾이기도 하고, 인체 곳곳에서 기운이 터져 나오는 것처럼 옷자락이 요동치기도 했다. 그러다 어느 순간, 초공산의 정수리로부터 검은 연기가 빠져나와 엽무백의 명문혈로 빨려들어 갔다.

검은 연기가 초공산의 혼백임을 짐작 못 할 사람은 없었다. 정수리의 백해혈은 우주로부터 대자연의 기운을 받아들이는 곳, 동시에 사람이 죽을 경우 혼백이 빠져나가 우주의 일부가 되는 혈이기도 하다. 반면 명문혈은 부모로부터 선천지기를 받아들이는 생명의 문이다.

다시 말해 죽음과 함께 백회혈로부터 빠져나온 초공산의 혼백이 다시 엽무백의 명문혈로 들어가 새로 태어나는 것이다.

엽무백의 육신이 한순간 활처럼 휘어졌다.

가슴을 활짝 연 채 허공을 향하는 그의 얼굴은 고통으로 일그러졌다. 그러다 갑자기 새우처럼 몸을 웅크렸다. 상체를 옆으로 꺾기도 하고 배배 꼬기도 하며 요동치던 그의 육체 곳곳에서 말할 수 없이 강력한 진동이 일어났다. 근육이 부풀고 옷자락이 사방으로 찢겨 나갔다. 탐스럽던 머리카락이 사자의 갈기처럼 늘어나는가 싶더니 돌연 은발의 신령한 머리카락으로 변해 버렸다.

그 순간, 초공산이 풀썩 쓰러졌다.

주위를 둘러싸고 있던 기막이 순식간에 사라지며 허공에 두둥실 떠 있던 엽무백도 바닥으로 떨어졌다.

조금 전까지만 해도 지진을 일으키며 사람들을 경악케 했던 초공산은 몸 안의 생기가 모두 빠져나갔는지 목내이처럼 말라 버렸다.

주검으로 변한 것이다.

반면 엽무백은 전혀 딴사람이 되어 있었다.

젊고 탄력적인 육체는 넘치는 내공을 감당하지 못하겠다는 듯 근육으로 부풀어 올랐고, 은발은 허공에 넘실댔다. 눈썹은 짙어졌고, 눈동자는 깊어졌으며, 꾹 다문 입술은 흡사 천둥이라도 토해낼 것처럼 위압적이었다.

하지만 아직은 새로운 몸이 익숙지 않은 듯 눈동자가 크게 흔들리고 사지는 자연스럽게 제자리를 잡지 못하고 있었다.

전장이 찬물을 끼얹은 듯 고요했다.

과연 초공산은 섭혼탈백대법을 성공한 것일까?

저자는 엽무백일까?

초공산일까?

"후우……."

엽무백인지 초공산인지 모를 그가 긴 숨을 토해냈다. 숨결에 사이한 빛깔을 띤 연기가 뿜어져 나왔다가 공기 중으로 흩어졌다.

모두가 숨을 죽인 가운데 이정갑과 다섯 명의 무신은 생각에 잠겼다. 초공산은 구주팔황과 사해오호를 정복한 희대의 거인이다. 거기에 섭혼탈백대법이 성공했다면 전대 교주들의 오랜 숙원이었던 혼원요상신공의 마지막 십이단공 벽을 뚫었을 공산도 컸다.

그렇다면 초공산은 진정한 무적이 된다.

육만 마병의 통제가 불가능해진 지금 그를 상대로 싸우는 것은 죽음을 자초하는 길이다.

하지만 선택의 여지가 없을 때도 있다.

초공산은 배신을 용납하지 않는 비정한 인간. 그는 자신을 독살하고 권좌를 차지하려 사람들을 결코 살려두지 않을 것이다.

만약 저자가 초공산이 아니라 엽무백이라고 해도 죽여야하는 건 마찬가지다. 다른 것이 있다면 초공산을 죽이는 것보다 조금 더 수월할 거라는 것.

결국 무신들이 갈 길은 하나였다.

이정갑이 먼저 결단을 내렸다.

"갈!"

우렁찬 사자후와 함께 이정갑의 신형이 천중으로 솟구쳤다. 저 괴물이 혼란해하는 틈을 타 단숨에 쪼개 버릴 작정이었던 것. 오 척의 장검이 무시무시한 파공성을 흘리며 괴인의 정수리를 노렸다.

순간, 괴인의 눈동자에 시뻘건 화염이 들어왔다.

괴인이 한 팔을 쭉 뻗었다. 거대한 경력이 폭풍처럼 터져 나가며 이정갑의 검신을 바깥으로 튕겨냈다. 이정갑은 무얼 어찌해 볼 틈도 없이 괴인의 손바닥으로 쭉 빨려들어 가 단숨에 목을 잡혀 버렸다.

우두둑!

그게 끝이었다.

목뼈가 부러지고 숨통이 조인 이정갑은 허공에 대롱대롱 매달린 채 사지를 부르르 떨더니 이내 축 늘어졌다.

초공산을 독살하고, 그의 수많은 제자들을 숙청한 후 마침내 교주의 자리에까지 오른 그는 그렇게 허무하게 죽어버렸다.

그때쯤엔 벽력궁주 신풍길의 검이 괴인의 옆구리를 노리고 날아들었다. 괴인이 이정갑을 상대하는 틈을 타 펼친 기습적인 한 수. 괴인은 놀랍게도 맨손으로 신풍길의 검신을 덥석 잡아 비틀었다.

무신의 검이 평범한 검일 리 있나.

그럼에도 불구하고 괴인의 팔뚝을 타고 오르며 엿가락처럼 구부러지던 검이 그 힘을 이기지 못하고 펑펑 터져 나갔다. 그전에 괴인의 좌권은 이미 신풍길의 가슴을 뚫고 있었다.

퍼억!

둔탁한 음향과 함께 괴인의 주먹이 신풍길의 등을 뚫고 나와 버렸다. 다시 주먹을 빼는 순간 신풍길은 스르륵 허물어졌다. 가슴엔 커다란 구멍이 뚫려 있었다. 즉사였다.

"갈!"

"갈!"

"갈!"

"갈!"

공동의 운명임을 직감한 초마궁주 북일도, 대양궁주 허장옥, 적양궁주 조첨문, 장락궁주 섭일호가 동시에 합공을 했다.

그 순간, 줄곧 바닥에 꽂혀 있던 명아주 지팡이가 벼락처럼 날아와 북일도의 옆구리를 뚫어버렸다.

괴인은 이어 하박을 노리고 날아드는 허장옥의 뒷덜미를 엄지와 검지 사이의 손날로 찍어 억눌렀다.

무시무시한 속도로 솟구치던 허장옥의 목이 순간적으로 뚝 떨어지며 땅바닥에 반 자나 깊이 처박혔다. 뼈가 부러지다 못해 목이 끊어질 정도였으니 당연히 즉사였다.

허장옥이 죽음으로써 벌어준 시간을 틈타 조첨문과 섭일호는 마침내 괴인의 지척까지 접근하는 데 성공했다. 천하제일의 쾌검으로 불리는 조첨문의 장검과 잔혹하기로 유명한 섭일호의 검이 동시에 괴인의 좌우를 노렸다. 두 개의 검이 모두 격중하지 않는다고 해도 하나는 옆구리를 쑤실 수 있으리라고 두 사람은 믿어 의심치 않았다.

하지만 상황은 전혀 그렇게 전개되지 않았다.

번쩍이는 섬광과 함께 괴인의 신형이 증발해 버린 것이다. 그가 다시 나타난 것은 조첨문과 섭일호의 등 뒤였다.

그는 먼저 조첨문의 왼쪽 관자놀이를 좌장으로 쳤다. 퍽 소리와 함께 오른쪽 귓구멍에서 핏물이 터져 나왔다. 뇌가 진탕했으니 즉사는 불을 보듯 뻔했다.

괴인은 이어 섭일호의 머리카락을 틀어쥐고 당겨 무릎으로 얼굴을 가격했다. 단 일격. 퍽 소리와 함께 섭일호의 안면은 형체를 알아볼 수 없을 만큼 함몰되었다. 역시 즉사였다. 괴인이 손가락에 힘을 풀자 섭일호의 시체가 바닥으로 뚝 떨어졌다.

여섯 명의 무신이 눈 깜짝할 사이에 죽어버렸다. 눈으로 보고도 믿을 수 없는 이 살벌하고 놀라운 광경에 사람들은 모두 넋이 나가 버렸다.

좌중에 쥐 죽은 듯한 침묵이 흐르길 한참, 개활지에 운집한 육만의 마병이 일제히 무릎을 꿇고 외쳐 댔다.

"천세 천세 천천세!"

의심의 여지가 없었다.

무신들을 개 잡듯 때려잡는 저 괴인이 초공산의 현신이 아니면 대체 누구란 말인가. 육만의 마병은 머리를 땅바닥에 찧으며 살아 돌아온 교주 초공산을 영접했다.

살벌한 기운이 감도는 가운데 초공산이 고개를 꺾어 좌방을 보았다. 그곳에 사지를 바들바들 떨며 서 있는 외팔이가 있었다. 이정갑에게 입안의 혀처럼 굴며 오늘의 환란을 이끈 모사 신기자였다.

"사, 살려주십시오."

신기자가 무릎을 털썩 꿇고 땅바닥에 연신 이마를 찧어댔다. 한 번도 죽음을 두려워한 적 없다고 생각했다. 거사를 성공시키기 위해 기꺼이 한 팔을 바친 적도 있다. 하지만 이제는 알겠다. 죽음에 대한 공포란 상대에 따라 가변적인 것임을.

"주군이 죽었는데 살기를 바란다?"

"살길을 일러주소서. 결초보은하겠나이다."

"네놈을 찢어 죽여 마땅하다만, 한 번의 기회를 주겠노라. 지금 즉시 병력을 이끌고 귀환, 흑도의 무리로부터 신궁을 지켜라. 더불어 이정갑과 그를 따르는 무리를 모두 찾아 목을 베고 수급을 신궁 밖에 내걸라. 마지막으로 본좌를 맞을 채비를 하라."

가히 초공산다운 처사였다.

"며, 명을 받들겠나이다."

신기자는 목숨을 부지했다는 희망에 또다시 피가 나도록 이마를 찧어댔다.

초공산은 이어 설산검군과 정도무림의 명숙들을 돌아보았다. 중상을 입고 여기저기 뒹구는 그들의 모습은 참혹하기 이를 데 없었다. 어느새 후방에서 마병들과 격전을 치르던 모용천까지 달려와 그들을 돌보고 있었다.

초공산이 그들을 향해 다가갔다.

그는 한차례 쓸어본 후 설산검군을 향해 말했다.

"오래도 살아 있군."

"아무렴 영생을 살게 된 귀하만 하겠소?"

"당신은 설산에서 나오지 말아야 했어."

"조금 전까지만 해도 동료였던 자의 얼굴로부터 그런 말을 들으니 기분이 참으로 이상하군. 더 이상의 대화는 불필요할 터. 명예롭게 죽여주시오."

한동안 설산검군을 응시하던 초공산이 불현듯 당소정에게로 시선을 옮겼다.

"네년이 당가의 여식이렷다?"

"……"

당소정은 아무 말도 하지 않았다.

육신은 엽무백인데 영혼은 초공산인 그를 앞에 두고 그녀
는 뭐라 말할 수 없는 혼란에 휩싸였다. 엽무백을 잃은 상실
감과 그의 육체를 빼앗은 초공산에 대한 분노로 말미암아 두
눈에서는 굵은 눈물이 뚝뚝 떨어졌다. 약하다는 것은, 힘이
모자라다는 것은 이처럼 분통 터지는 일이다.

　"신교에는 허언이 없다. 본좌는 과거 비선을 이끄는 남궁
가의 혈족에게 한 가지 약속을 했다. 이제 그 약속을 지키려
한다. 너는 정도무림의 잔당들을 이끌고 절강으로 들어가라.
향후 백 년 동안 신교는 어떤 경우에도 절강을 넘보는 일이
없을 것이다."

　"……!"

　당소정을 비롯해 장내에 모인 정도무림의 인물들은 모두
가 망치로 얻어맞는 듯한 충격을 느꼈다. 느닷없이 절강을 주
겠다니 이게 무슨 말인가.

　반면 내밀한 속사정을 알고 있는 일부 장로들은 석상처럼
굳어버렸다. 남궁가의 혈족과 한 약속이란 과거 남궁옥에게
살생부의 인물들을 찾아주는 대가로 절강성을 주겠다고 한
것을 말한다.

　까맣게 잊고 있던 그 얘기를 초공산이 지금 꺼냈다. 이제
모두가 죽었구나 했는데 목숨을 살려주는 것으로도 모자라
절강성을 주겠다고?

　그때 사인교가 다가왔다.

초공산은 뒤도 돌아보지 않고 사인교에 훌쩍 올라타더니 삼백 마두의 호위를 받으며 장내를 빠져나갔다. 개활지에 포진해 있던 육만 마병이 대열을 갖추어 사인교의 뒤를 따랐다.

전장엔 이제 설산검군을 비롯한 정도무림의 명숙들과 오천여 결사대만 남았다. 죽기를 각오했다가 절강성을 얻었으니 그야말로 기사회생의 반전이다. 비록 그 옛날처럼 주유천하 하지는 못하겠지만 최소한 절강성에서만큼은 자유를 누리며 살 수 있다.

문파도 세울 수 있고, 다른 문파의 후기지수들과 교류도 할 수 있다. 열흘 가는 붉은 꽃 없는 법, 힘을 기르며 묵묵히 기다리다 보면 언젠가 혼세신교를 상대로 싸울 수 있는 날이 다시 오지 않겠는가.

하지만 환호성을 지르는 사람은 아무도 없었다.

자신들을 여기까지 오게 해준 십병귀가 죽었기 때문이다. 수습할 시체조차 없는 상황. 당소정은 초공산으로 변한 그가 버리고 간 묵룡병을 집어 들고 흐느꼈다. 하늘에서는 때아닌 눈이 펑펑 쏟아져 내렸다.

第十三章　다시 시작하다

十兵鬼
십병귀

눈이 유난히도 많이 내렸던 겨울이 지나고 봄이 왔다. 발아
래에서 뭔가 푸릇푸릇한 것들이 돋아나는가 싶더니 어느새
산야가 제법 푸르렀다.

곡우(穀雨)를 하루 앞둔 날 당소정은 악양루 앞에 자리한
작은 다루의 이층 누각에서 차를 마시고 있었다. 시원하게 뚫
린 호수에서 불어오는 바람이 그간의 피로를 씻어주는 것 같
았다.

곁에서는 진자강이 모용설에게 악양루에 대해 열심히 설
명을 하고 있었다.

"예로부터 사람들은 남창(南昌)의 등왕각, 무한(武漢)의 황

학루(黃鶴樓), 그리고 이곳 악양루를 일컬어 강남삼대명루라고 했어요. 그중에서도 제일은 역시 악양루라고 할 수 있죠. '동정천하수(洞庭天下水) 악양천하루(岳陽天下樓)'라는 말이 괜히 있는 게 아니거든요."

"와아."

화의궁장을 산뜻하게 차려입은 모용설이 입술을 예쁘게 벌리며 감탄사를 터뜨렸다.

신이 난 진자강은 더욱 열심히 입을 놀렸다.

"한데 처음부터 악양루로 불린 게 아니라는 걸 아세요?"

"그래요?"

"예, 악양루는 본래 동오(東吳)의 장수 노숙(魯肅)이 훈련 중인 수군(水軍)을 검열하기 위해 만든 군루(軍樓)가 그 시초예요. 그러던 것이 당(唐)대에 이르러 악양루로 불리었고 이름난 문인들이 이곳 악양루에 올라 시를 짓곤 하면서 세상에 널리 알려지기 시작했죠. 전쟁을 위해 만들어진 군루가 이토록 평온한 풍경 위에 지어졌다는 것이 참 모순적이지 않습니까?"

"공자님은 정말 해박하신 것 같아요."

"제가 뭘……."

민망해진 진자강이 뒤통수를 벅벅 긁었다.

"그런데 악양루에는 언제 올라가 보죠?"

"……!"

악양루에 대해 저렇게 아는 척을 하지만 두 사람은 아직 악양루에 발을 들여놓아 보지도 못했다. 인근 유력한 무림방파의 후기지수 십여 명이 악양루를 통째로 차지하고 앉아서는 여흥을 즐기기 때문이었다.

악양루 주변엔 그들이 타고 온 호화로운 마차들이 즐비했고, 누각으로 오르는 길목엔 칼을 찬 호위무사들이 사나운 눈길로 좌중을 쓸어보고 있었다.

사정이 저러니 양민들은 감히 악양루로 오를 생각을 할 수가 있나. 악양루에서 바라보는 동정호의 풍광을 구경하기 위해 대륙 전역에서 몰려온 사람들은 아쉬운 대로 악양루와 비슷한 위치의 호반에 모여 만두를 먹거나 술을 마셨다.

사람이 모이는 곳에 파리가 꼬이는 법. 대목을 만난 담가면 장수들과 주루의 호객꾼들이 어지럽게 오가는 가운데 탁발승까지 한몫을 잡겠답시고 헛바닥이 개발바닥이 되도록 염불을 외우고 다녔다.

차(茶) 상인으로 위장한 세 사람이 악양루를 코앞에 두고 엉뚱한 다루에서 차를 마시는 것도 그 때문이었다. 호반은 너무 혼잡하고, 악양루로 오르자니 무인들과 시비라도 일어 자신들의 정체가 발각될까 두려운 것이다.

"동정호에 왔으면 술이라도 한잔 찌끌일 것이지 차가 웬말이에요?"

갑작스러운 목소리와 함께 한 사람이 계단을 올라왔다. 소매 끝에 화사한 꽃문양을 수놓은 백의궁장을 차려입은 그녀는 조원원이었다.

"언니!"

모용설이 반색을 하며 달려갔다.

조원원도 활짝 웃으며 모용설을 맞았다.

누각으로 오르자 조원원은 진자강을 힐끔 돌아보며 물었다.

"넌 아는 체도 안 하니?"

"오셨습니까?"

"오셨습니까? 무슨 한참 노인네 맞이하듯 하네. 누나라고 부르며 졸졸 따라다닐 땐 언제고."

"제, 제가 언제."

조원원이 하얀 치아를 드러내며 웃었다.

조원원이 자신을 놀렸다는 걸 뒤늦게 알아차린 진자강도 입꼬리가 올라가고 말았다. 두 사람은 서로를 마주 보며 한참을 웃었다.

조원원이 당소정을 바라보며 말했다.

"언니."

"어서 와."

두 사람 사이에는 별 말이 오가지 않았다.

하지만 백 마디 말을 하는 것보다 더 뜨거운 감정이 오고 갔다. 탁자를 가운데 두고 둘러앉은 네 사람은 차를 마시며 살아온 얘기들을 물었다.

그날 절강성으로 들어간 정도무림의 생존자들은 각자의 무관을 열고 새로운 삶을 시작했다. 구대문파와 오대세가들 중에서도 상당수가 절강성에 무관을 열고 새로 제자들을 받아들였다. 마도천하 아래 자칫 끊어질 뻔했던 수많은 무림절학들이 다시 이어지고 있는 것이다.

설산검군은 사람들을 절강까지 안전하게 인도한 후 다시 대설산으로 돌아갔다. 남은 생은 조용히 지내고 싶다는 말과 함께.

당소정은 모용천과 함께 상방을 꾸렸다.

평범한 상방이 아니었다.

항주라는 대도시를 기반으로 점점 규모를 넓히다가 결국에는 대륙의 상권을 좌지우지할 상방이었다. 당소정과 모용천은 앞으로 혼세신교와 싸울 무기로 금력을 택했다. 언젠가는 기필코 마교를 몰아낼 수 있으리라.

조원원은 일인전승의 문파 해월루의 후예답게 무관을 열지 않았다. 대신 그동안 못한 세상 구경이나 하겠다며 대륙 곳곳의 명산을 찾아다녔다.

"당 공자 소식은 들었어?"

당소정이 물었다.

"아뇨."

조원원이 시무룩하게 말했다.

장산 혈사 이후 당엽을 본 사람은 없었다.

생의 대부분을 혼자서 살았던 그답게 간다는 말도 없이 사라져 버리고 말았다. 덕분에 전쟁이 끝난 후 당문 비고(秘庫)의 위치가 그려진 지도를 주기로 했던 당소정은 아직도 약속을 지키지 못했다.

그 지옥 같은 전쟁을 치르는 동안 당엽에게 어떤 심경의 변화가 있었음을 짐작하는 것은 어렵지 않았다. 아마도 그는 이제야 비로소 죽은 동생을 놓아줄 수 있게 되지 않았을까.

조원원이 절강에 머무르지 않고 대륙의 명산을 떠돈 것도 실은 당엽을 찾기 위해서였다. 조용한 곳을 좋아하는 그의 성정으로 미루어 어느 산중에 초옥을 짓고 살지 않을까 추측한 것이다.

하지만 성과가 없었던 모양이다.

"살아 있으면 언젠간 만나겠지."

"살아 있기는 할까요?"

암혼인(暗魂引)을 두고 하는 말이다.

남은 생을 담보로 오늘을 사는 술법. 점점 강해지는 사기를 견디지 못하다 결국엔 미치광이 살인마로 전락한다는 금단의 마공이다. 지난날 금사도에서 중상을 입은 후 당엽은 꺼져 가는 생의 불꽃을 붙잡기 위해 암혼인을 펼쳤다.

그가 갑자기 사라진 것도 그 때문인지 모른다.

사람들 앞에서 죽어가는 자신의 모습을 보이지 않기 위해,

미치광이 살인마로 돌변한 자신을 들키지 않기 위해 어느 심산 골짜기에서 스스로 목숨을 끊었을지도 모르는 일이다.

"그는 강한 사내야. 알잖아."

당소정의 위로에 조원원은 애써 미소를 지었다.

그때 갑자기 악양루가 소란스러워지기 시작했다.

고개를 돌려보니 행락객들 사이를 돌아다니며 탁발을 하던 승려가 악양루를 둘러싼 호위무사들을 상대로 열심히 목탁을 두들기며 염불을 외는 중이었다. 소란은 그 광경을 지켜보는 사람들의 웅성거림에서 비롯된 것이었다.

수작을 보니 시주를 달라는 것 같았다.

"무슨 일이야?"

급기야 악양루 이 층에서 한 사람이 난간 사이로 얼굴을 내밀었다. 스무 살이나 되었을까? 호화로운 비단옷에 빙기옥골의 용모를 지닌 사내의 곁에는 역시나 비슷한 또래의 선남선녀들이 재미난 구경이라도 만난 듯 고개를 빼꼼히 내밀었다.

"웬 중놈이 공자님들께 탁발을 하겠답시고⋯⋯."

호위무사가 위를 올려다보며 말했다.

"탁발이야? 동냥이야?"

"예?"

"중이 아니라 거지 같아서 하는 말이야."

이 층 누각에서 왁자지껄한 웃음보가 터졌다.

호반에서 지켜보던 사람들도 배를 잡고 깔깔 웃었다.

그러거나 말거나 승려는 더욱더 힘차게 목탁을 두들기며 목청을 높였다.

"극락왕생 극락왕생 원생화자연화계 자타일시성불도 계수 서방안락찰 접인중생대도사 아금발원원왕생 유원자비애섭 수……."

이 층 누각에 있던 사내가 시끄럽다는 듯 인상을 찡그렸다. 그걸 본 호위무사가 단호한 음성으로 말했다.

"혼쭐을 내서 쫓아 보내겠습니다."

"중을 때리면 지옥 간다더라. 몇 푼 줘서 보내라."

"예."

호위무사는 이 층을 향해 꾸벅 허리를 숙이고는 다시 승려를 향해 돌아섰다. 이어 품속을 뒤적거리더니 엽전을 손에 잡히는 대로 꺼내 승려의 손에 던지듯 쥐어주었다.

승려는 우는 아이 젖 물린 듯 염불을 뚝 그치더니 엽전을 하나하나 세어 소맷자락 속에 쏙 넣고는 마지막으로 크게 진언을 외우고 물러났다.

"옴마니밧메훔……."

승려가 숙였던 허리를 펴고 돌아서는 순간 당소정, 조원원, 진자강은 깜짝 놀랄 수밖에 없었다. 뒤통수가 어쩐지 낯이 익더라니, 승려는 법공이었다.

악양루에서 만나자는 약속을 잊지 않고 왔다가 엉뚱한 놈들을 진을 치고 있자 저러고 어슬렁거리는 모양, 머리카락을 새알처럼 빡빡 밀고 가사까지 걸친 걸 보니 하마터면 못 알아볼 정도로 사람이 달라져 있었다.

"저러고 있으니 정말 승려 같네."

조원원이 말했다.

진자강은 어느새 법공을 데리러 가기 위해 쏜살같이 계단을 내려갔다. 곁에선 모용설이 아까부터 배꼽을 잡고 데굴데굴 굴렀다.

"왜 그래?"

조원원이 물었다.

"멀쩡하게 살아 있는 사람들을 향해 극락왕생하라고 열심히 염불을 외우는데 어떻게 안 웃을 수가 있겠어요."

"……!"

"……!"

조원원과 당소정을 할 말을 잃었다.

나불나불 잘도 염불을 외더라니 그게 모두 극락왕생하라는 소리였나 보다. 조롱도 이런 조롱이 없다. 그때쯤 법공이 진자강의 손에 이끌려 누각으로 올라왔다.

"여어, 여기들 모여 있었구만."

"승이 돼가지고 멀쩡하게 살아 있는 사람에게 잘 죽으라고 주문을 외우면 되겠어요?"

조원원은 보자마자 툭 쏘았다.

"누가 꼭 지금 죽으라고 그랬나. 나중에 죽으면 극락왕생

하라고 해준 거지. 그나저나 그 옷차림은 뭐야? 어랍쇼? 화장
도 했네."

"화, 화장을 하긴 무슨……."

상황은 순식간에 반전되어 조원원의 얼굴이 발갛게 달아
올랐다. 법공이 얼굴을 바짝 들이밀며 씨익 웃었다.

"왜? 당가 놈이라도 나타날까 봐?"

"지금 무슨 말을 하는 거예요?"

"내가 모를 줄 알고?"

"헛소리 말고 차나 드세요."

말과 함께 조원원이 법공의 찻잔에 찻물을 가득 따라주었
다. 법공은 찻잔을 들어 단숨에 비우더니 탁자에 쾅 소리가
나도록 내려놓으며 말했다.

"하도 씨부렁거렸더니 입에서 단내가 나네, 단내가."

"그동안 어떻게 지내셨어요?"

당소정이 다시 찻잔을 채워주며 물었다.

"어떻게 지내긴, 당가 놈 찾으러 다녔지."

"그게 무슨……?"

조원원이 놀란 눈을 치켜떴다.

"감동할 것 없어. 미치광이 살인마로 변신하면 내가 옆에
서 지키고 있다가 목을 뎅겅 치려고 그런 거니까. 미치광이로
부터 죄 없는 중생을 구제하려는 대보살심이라고나 할까."

말은 저렇게 해도 당엽이 걱정되어 나선 게 틀림없다.

조원원의 눈에선 어느새 눈물이 그렁그렁 맺혔다.

"이것 봐라. 그놈 소식이라도 들으면 까무러치겠는걸."

조원원의 얼굴이 하얗게 탈색되었다.

진자강과 조원원도 놀란 표정으로 법공을 바라보았다. 당소정이 착 가라앉은 음성으로 물었다.

"당 공자 소식을 들었나요?"

"애뇌산(哀牢山)이라고 있어. 운남성하고도 한참이나 아래쪽 묘족들이 사는 밀림지대에 있는 절산인데, 웬 미친놈 하나가 애뇌산에서 이상한 짓거리를 하고 다닌다는 소문이 있어서 가봤지."

"갔더니요?"

조원원이 다급하게 물었다.

"갔더니만 내가 잘 아는 놈이 야만족들을 상대로 의원질을 하면서 사기를 치고 있더라고."

"그래서요?"

"그래서라니?"

"그래서 어떻게 했는데요?"

"어떡하긴, 술 한 잔 얻어먹고 왔지. 고약한 냄새가 풀풀 나는 게 술인지 썩은 물인지 모르겠더라니까."

"그게 끝이에요?"

"그럼 뭘 어쩌라고."

"억지로라도 끌고 왔어야죠."

"제 발로 순순히 가겠다는데 왜 끌고 와."

"……!"

"……!"

"……!"

"……!"

조원원, 당소정, 진자강, 모용설은 그대로 굳어버렸다.

법공은 뭐가 그리 재밌는지 씬득씬득 웃기만 했다.

뭔가 싸늘한 기운을 느낀 사람들은 누가 먼저랄 것도 없이 계단 쪽으로 고개를 돌렸다. 그곳에 당엽이 서 있었다.

멀쩡했다.

혈색도 좋았고, 미쳐 가는 기미도 보이지 않았다.

오히려 살이 제법 올라 얌전한 문사 같았다.

조원원은 쑥스러움도 잊은 채 달려가 와락 안겼다.

당황한 당엽은 이러지도 저러지도 못한 채 난감한 표정을 지었다.

"얼씨구, 자리라도 깔 기세네."

법공의 흰소리가 있고서야 두 사람은 멋쩍은 얼굴이 되어 탁자로 다가왔다. 찻잔이 놓이고 찻물이 오고갔다. 누가 무슨 얘기를 했는지도 모르게 시간이 훌쩍 지나갔다. 서산에 해가 걸리고 동정호가 온통 노을빛으로 물들 무렵 진자강이 말했다.

"엽 아저씨도 있었으면 좋았을 텐데……."

좌중이 갑자기 조용해졌다.

당소정이 엽무백을 마음에 두고 있었음을 모두가 안다. 지금 이 순간 엽무백을 가장 보고 싶은 사람 역시 그녀였다. 하지만 당소정은 여느 때와 다름없이 평온한 표정이었다. 애써 마음을 다잡고 있는 것이다.

"죽은 놈 얘기는 왜 해!"

법공이 버럭 소리를 질렀다.

"죽었어도 잊지는 않으려고요."

"잊는다고 잊힐 사람이면 차라리 좋겠다."

조원원이 찻물을 술처럼 들이키면서 말했다.

"에이, 다들 일어나라고. 시줏돈도 들어왔겠다, 내가 한 잔씩 쫙 돌리지."

법공이 자리를 박차고 일어났다.

꼭 술 때문이 아니더라도 자리를 떠야 했다.

역용을 했다고는 하나 당소정, 조원원, 모용설의 용모가 워낙 뛰어난 탓에 아까부터 적지 않은 사내들이 어떻게든 수작을 한번 걸어보려고 기회를 엿보고 있었다.

사람들이 모두 자리에서 일어나 걸음을 옮기려는 순간 한 사람이 이 층 누각으로 막 들어섰다. 문사풍의 청건을 쓴 수수한 차림의 장년인이었다. 어디서 마주치더라도 다시 알아보기 어려울 정도로 흔한 얼굴의 그는 다른 탁자는 다 놔두고 당소정 일행에게로 다가와 공손하게 포권지례를 했다. 그리고 물었다.

"혹, 동정호가 처음이신지요?"

당소정을 비롯한 일행들의 표정이 흠칫 굳었다.

마교의 세가 예전 같지 않다고는 하나 아직은 대륙제일세
다. 자신들이 절강을 벗어나 이곳으로 온 게 알려지면 무슨
일이 벌어질지 모른다. 해서 병기도 휴대하지 않은 채 사람들
과의 접촉을 극도로 삼가지 않았는가.

"왜 그러시죠?"

당소정이 물었다.

"저희 공자님께서 여러분을 모시고 싶어 하십니다."

"무슨 일로요?"

"호수에서 바라보니 이곳 다루의 이 층에서 담소를 나누는
선남선녀들의 모습이 참으로 보기 좋다시며 함께 동정호 유
람이나 하는 게 어떠시냐고 여쭈라고 하셨습니다."

사내가 말미에 호숫가로 시선을 던졌다.

호반으로부터 멀지 않은 호수 위에 호화로운 선루(船樓) 한
척이 한가롭게 떠 있었다. 호수에는 곡우를 맞아 기녀들을 끼
고 뱃놀이를 나온 풍류공자들이 적지 않았다. 그런 풍류공자
들 중 하나가 당소정과 조원원, 모용설의 미모에 홀려 기어이
수작을 걸어오는 것이리라.

"청은 고맙습니다만, 저희는 따로 가볼 데가 있어서요."

말과 함께 당소정이 걸음을 옮기려 했다.

사내가 정확히 한 걸음을 옮겨 딛으며 앞을 막아섰다. 그러자 좀 전의 그 문약해 보이는 모습은 온데간데없고 한줄기 묵직한 경력이 드러났다.

'고수다!'

모두의 머릿속에 든 생각이었다.

최소한 절정고수다. 자신들의 아래라고 단정할 수 없을 정도의 고강한 사내. 법공이 당소정을 제치고 앞으로 나섰다. 그는 단단한 대추나무로 만든 목탁을 헐겁게 잡고 할랑할랑 흔들며 말했다.

"비켜."

짧고 묵직한 음성.

거절한다면 당장에라도 목탁으로 머리통을 쪼개 버릴 것만 같았다.

그때였다.

사내가 갑자기 한쪽 무릎을 털썩 꿇더니 머리까지 조아리며 말했다.

"부탁드립니다."

법공을 필두로 모두가 어리둥절한 표정을 지었다.

여자 몇 명 태우겠다고 이렇게까지 나올 필요는 없지 않은가.

"여러분을 모셔가지 못하면 저는 죽습니다."

사람들은 뜨악해질 수밖에 없었다.

대체 얼마나 흉악한 인간이기에 여자를 꼬드겨오지 못했다고 부리는 사람을 죽이나. 설마 하는 생각에 사내의 얼굴을 살폈지만 거짓말 같지는 않았다. 사내의 무공으로 봐서 억지로 길을 열려고 했다간 일대가 난장판이 될 게 뻔했다.

법공이 당소정을 바라보았다.

어떻게 할지를 묻는 것이다.

그때 당소정의 귓속으로 당엽의 전음이 파고들었다.

[일단 배를 탄 다음 한갓진 곳으로 유인하죠. 곤란한 상황이 되면 수장을 시켜 버리는 방법도 있고……]

당소정은 다시 사내를 돌아보며 말했다.

"그럼 잠깐 신세를 지겠어요."

*　　*　　*

선루는 수십 명을 한꺼번에 태우고도 남을 만큼 컸다. 갑판에 오르자 가장 먼저 보인 것은 난간을 따라 일장 간격으로 서 있는 십여 명의 칼잡이였다.

이렇다 할 특징도 없이 그저 편한 대로 차려입었는데 평범한 복장과는 달리 전신에서 뿜어져 나오는 기도는 가히 압도적이었다. 아무리 봐도 호위무사나 하고 있을 자들이 아니었다.

앞서 다루를 찾아왔던 사내도 그렇고, 호위무사들도 그렇게 하나같이 예사롭지 않다. 이런 자들을 부리는 자는 도대체 어떤 사람일까?

사람들은 호랑이 굴에 들어왔음을 실감했다.

그 사이 배는 뭍을 떠나 빠른 속도로 호심을 향해 나아가고 있었다. 병기도 없는 상태에서 저들 모두와 싸우는 건 위험천만한 일이었다. 다들 어찌해야 할 바를 모르고 있는 그때 사내가 선실문을 열었다.

"들어가시지요."

"못 들어갈 것도 없지."

법공이 목탁을 단단하게 움켜쥐고 호기롭게 걸음을 옮겼다. 당소정, 조원원, 진자강, 모용설, 당엽이 차례로 뒤를 이었다. 모두가 선실로 발을 들여 놓는 순간 문이 쾅 소리를 내며 닫혔다.

산해진미가 가득 차려진 탁자를 가운데 두고 젊은 남녀가 맞은편에 앉아 있었다. 두 사람이 천천히 몸을 일으켰다. 벽체를 따라 시원하게 낸 창에서 햇살이 쏟아져 들어와 그들 두 사람을 비추었다.

선실에서 기다리고 있는 남녀는 육성녀 소수옥과 엽무백, 아니, 엽무백의 육신을 차지하고 있는 마교주 초공산이었다.

"당신들이 여길 왜……!"

당소정이 목소리를 쥐어짰다.

사람들은 너 나 할 것 없이 머리끝이 곤두서는 충격을 받았다. 소수옥은 그렇다고 쳐도 초공산은 왜 여기 있는가. 소수옥이 초공산을 데려온 것일까? 아니면 초공산이 소수옥을 협박해 이리로 온 것일까? 온갖 생각들이 머릿속을 헤집으며 달리는 와중에 사람들은 천천히 살기를 끌어 올렸다.

그때 초공산이 차분한 음성으로 말했다.

"곡우에 악양루에서 만나기로 하지 않았던가? 웬 놈들이 악양루를 먼저 차지해 버렸다고 해서 배를 하나 빌렸는데, 괜찮지?"

"……!"

"……!"

"……!"

"……!"

"……!"

"……!"

이건 또 무슨 소린가.

오늘 사람들이 이곳 악양루에서 모인 건 전날 칠성노군을 만나기 위해 수로맹총타로 가던 중 장강 위에서 모용설이 장난삼아 한 말 때문이었다.

사람들은 그날의 이야기를 누구에게도 하지 않았다. 때문에 그날 그 자리에 있었던 사람들 외에는 누구도 오늘의 회동을 아는 사람이 없다. 소수옥이 초공산을 데리고 온 게 아니라면…….

"정말… 당신인가요?"

당소정이 떨리는 음성으로 물었다.

초공산, 아니, 엽무백은 말없이 웃기만 했다.

그 미소를 보는 순간 당소정은 엽무백이 맞다고 확신했다. 저렇게 외롭고 높고 쓸쓸해 보이는 미소를 지을 수 있는 사람은 그밖에 없었으니까.

"그날 초공산은 술법에 실패했소. 이후로 초공산 행세를 하며 살았지. 전쟁을 끝내려면 그 방법밖에 없었……."

엽무백은 더 말을 잇지 못했다.

당소정이 어느새 그의 품으로 안겨들었기 때문이다. 엽무백은 가만히 그녀의 등을 쓰다듬어 주었다. 창을 통해 쏟아져 들어온 햇빛에 당소정의 등이 하얗게 부서졌다. 그렇게 새로운 이야기가 시작되고 있었다.

『십병귀』 완결
그동안 애독해 주셔서 감사합니다.

이제부터
전자책은
이젠북

www.ezenbook.co.kr

세상을 보는 또 하나의 창!
이젠북(ezenbook)!
지금 클릭하세요!

검색창에 이젠북 을 쳐보세요! ▼ 🔍

기사도
chivalry

요람 판타지 장편 소설
FANTASY FRONTIER SPIRIT

2012년, 『제국의 군인』의 요람,
그의 새로운 이야기가 시작된다!
같은 세계, 또 다른 이야기!

몰락해 가는 체르니 왕국으로 바람이 분다.
전쟁과 약탈에 살아남은 네 남매는 스승을 만나고
인연은 그들을 끌어올려 초인의 길에 세운다.
그렇게 그들은 기사가 되었고
운명을 따라 흥성을 가진 루는 자신의 기사도를 세운다!

명왕기사(明王騎士) 루.

그가 세우는 기사도의 길에 악이란 없다!

Book Publishing CHUNGEORAM